WHILE MORTALS SLEEP
by Kurt Vonnegut

이 도서의 국립중앙도서관 출판예정도서목록(CIP)은
서지정보유통지원시스템 홈페이지(http://seoji.nl.go.kr)와
국가자료공동목록시스템(http://www.nl.go.kr/kolisnet)에서 이용할 수 있습니다.
(CIP제어번호: CIP2018004598)

KURT
VONNEGUT

세상이 잠든 동안

While
Mortals
Sleep

커트 보니것 소설

이원열 옮김

문학동네

일러두기

1. 주석은 모두 옮긴이주이다.
2. 본문 중 고딕체는 원서에서 이탤릭체로 강조한 부분이고, 볼드체는 원서에서 대문자로 강조한 부분이다.
3. 장편소설과 단행본은 『 』, 단편소설과 시는 「 」, 연속간행물과 텔레비전 프로그램, 곡명은 〈 〉로 구분했다.

이중 몇 개는 은하계이다.

차례

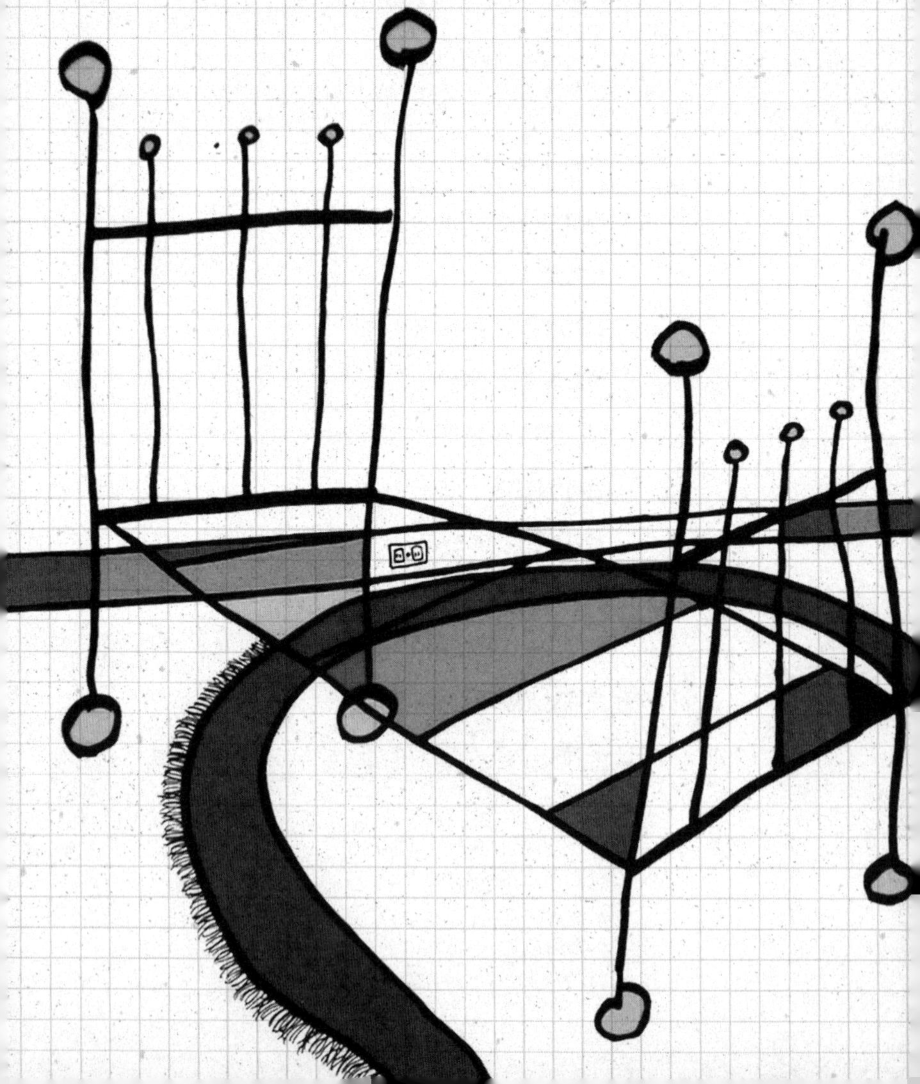

제니

조지 카스트로우는 일 년에 꼭 한 번 제너럴 가전제품 회사에 돌아오곤 했다. GHA* 냉장고 신제품 몸체에 자기 장비를 장착하기 위해서였다. 그리고 그때마다 제안함에 제안서를 하나씩 넣었다. 내용은 언제나 같았다. "내년 냉장고는 여자 모양으로 만드는 게 어때요?" 그리고 여자 모양을 한 냉장고의 스케치를 덧붙였다. 채소 보관함은 어디인지, 버터는 어디에 넣고 얼음은 어디에 들어가는지 따위를 표시한 화살표들이 함께 그려져 있었다.

조지는 그걸 푸드-오-마마라고 불렀다. 모두들 푸드-오-마

---

* 제너럴 가전제품 회사(General Household Appliances Company)의 약자.

마가 정말 끝내주게 웃긴 농담이라고 생각했다. 조지가 일 년 내내 냉장고처럼 생긴 냉장고와 함께 춤을 추고 이야기를 하고 노래를 부르며 떠돌아다녔기 때문이다. 그 냉장고의 이름은 제니였다. 그가 GHA 연구소의 정말 유망한 직원이던 시절에 고안해 만든 것이었다.

조지는 제니와 결혼한 것이나 다름없었다. 그는 이삿짐 트럭 짐칸에서 제니와 함께 살았고, 그곳은 제니의 전자두뇌로 거의 꽉 차 있었다. 짐칸에는 간이침대와 요리용 철판, 다리 세 개짜리 스툴, 테이블, 사물함도 있었다. 밤을 보내기 위해 트럭을 세울 때면 그는 바깥 맨땅에 도어 매트를 깔았다. 매트에는 야광으로 '제니와 조지'라고 쓰여 있었다.

제니와 조지는 미국과 캐나다에 있는 모든 가전제품점을 돌아다녔다. 사람들이 가게 안에 충분히 모여들 때까지 그들은 춤을 추고 노래를 하고 농담을 했다. 그러면 아무것도 하지 않고 주위에 가만히 서 있는 GHA 가전제품들을 확실하게 홍보할 수 있었다.

제니와 조지는 1934년에 그 일을 시작했다. 내가 대학을 졸업하고 회사에 들어갔을 때 조지는 예순네 살이었다. 조지의 엄청나게 높은 급여와 그의 자유로운 생활방식에 대해, 그리고 그가 사람들을 웃겨서 가전제품을 판다는 이야기를 듣고, 나는 당연히 그가 이 회사에서 가장 행복한 사람일 거라 생각했다.

하지만 인디애나폴리스 지점으로 전근을 가기 전까지 나는 제니와 조지를 볼 기회가 없었다. 그러던 어느 날 아침, 전보를 받았다. 제니와 조지가 우리 동네 근처에 있으니 그들을 찾아 조지에게 전처가 아주 아프다는 소식을 전해줄 수 있느냐는 내용이었다. 살날이 얼마 남지 않은 그녀가 그를 보고 싶어한다고 했다.

나는 그에게 아내가 있었다는 데 아주 놀랐다. 사무실의 나이든 사람들 중 몇몇은 그녀에 대해 알고 있었다. 조지는 아내와 불과 육 개월을 같이 살았고, 그러고서는 제니를 데리고 출장을 떠났다. 전처의 이름은 낸시였다. 낸시는 곧장 조지에게 등을 돌려 그의 가장 친한 친구와 결혼했다.

내가 제니와 조지를 찾아내는 일을 맡았다. 회사는 그들이 정확히 어디 있는지 전혀 알지 못했다. 조지는 자기 일정을 스스로 짰다. 회사는 그가 하고 싶은 대로 하도록 놔두었고, 경비 사용 내역과 도매상과 소매상들이 보내는 열광적인 편지들을 보고서 그가 대충 어디 있는지 파악할 뿐이었다.

그리고 회사로 날아오는 열광적인 편지에는 거의 언제나 제니의 새로운 재주, 제니가 전에는 할 수 없었던 일들에 대한 내용이 담겨 있었다. 조지는 재니를 가만히 두질 못했다. 조금이라도 시간이 날 때마다 제니를 이리저리 손보았다. 마치 재니를 최대한 인간에 가깝게 만드는 일에 그의 인생이 걸려 있기라도 한 것처럼.

나는 인디애나주 중부에 있는 우리 도매상 할 플러리시에게 전화를 걸어 제니와 조지가 어디 있는지 아느냐고 물었다. 그는 요란하게 웃더니 당연히 안다고 했다. 제니와 조지는 인디애나폴리스에 있다고 했다. 그들은 후저* 가전제품점 앞에 있었다. 제니와 조지가 노스 머리디언 스트리트를 산책하는 바람에 이른 아침에 차들이 다 멈춰 섰다고 그가 말했다.

"제니는 새 모자를 쓰고 코르사주를 달고 노란 드레스를 입었어. 조지는 정장을 쫙 빼입고 노란 스패츠**를 차고서 지팡이를 들었고. 자네가 봤으면 죽었을 거야. 그리고 조지가 제니를 수리해서 배터리가 얼마 남지 않은 걸 알 수 있게 한 거 알지?"

"모르는데요." 내가 말했다.

"하품을 해." 그가 말했다. "그리고 눈꺼풀이 축 처져."

내가 후저 가전제품점에 도착했을 때, 제니와 조지는 그날의 첫 쇼를 시작하는 중이었다. 멋진 아침이었다. 조지는 인도에서 햇살을 받으며, 제니의 두뇌가 실린 이삿짐 트럭의 펜더에 기

* 인디애나 출신 사람을 일컫는 별칭.

** 구두 위에 착용하는 발목 보호대.

대어 있었다. 그와 제니는 듀엣으로 노래를 불렀다. 〈인디언 러브 콜〉이었다. 솜씨가 꽤 훌륭했다. 조지가 걸걸한 바리톤으로 "당신에게 전화할게요-오오" 하고 노래하면, 가게 문간에 선 제니가 가냘프고 소녀 같은 소프라노로 답했다.

가게 주인 설리 해리스가 제니 옆에서 한쪽 팔을 제니에게 두르고 섰다. 그는 시가를 피우며 입장객 수를 세고 있었다.

조지는 할 플러리시가 그토록 웃어대던 정장 차림에 노란 스패츠를 차고 있었다. 재킷 꼬리는 땅에 끌릴 정도였다. 흰 조끼는 무릎 근처까지 단추를 채웠다. 셔츠는 턱 아래까지 블라인드처럼 말려올라가 있었다. 신발은 카누 노만한 크기에 맨발처럼 보이게 하는 광대 신발이었다. 발톱은 소방차 같은 새빨간 색으로 칠해져 있었다.

하지만 할 플러리시는 웃기려고 만들어놓은 것이라면 무엇이든 정말 웃기다고 생각하는 그런 사람이었다. 자세히 살펴보면 조지는 우습지 않았다. 그리고 나는 거기 놀러간 게 아니었기 때문에 그를 자세히 살펴야 했다. 나는 그에게 슬픈 소식을 가지고 간 것이었다. 나는 그를 자세히 살폈고, 이 슬픈 세상에서 혼자 늙어가는 작은 인간을 보았다. 무언가에 신물이 난 듯한 큰 코와 갈색 눈을 지닌 작은 인간을 보았다.

하지만 관중들 대부분은 그가 엄청나게 웃기다고 생각했다. 나와 같은 것을 본 사람들은 군데군데 조금 있을 뿐이었다. 그들의 미소는 조지를 비웃는 것이 아니었다. 기묘하고 다정한 미소였다. 그들의 미소는 대부분 제니가 어떻게 작동하는지 묻는 것 같았다.

제니는 무선 조종으로 움직였고, 조작 버튼은 조지의 커다란 광대 신발 속 발가락 밑에 있었다. 발가락으로 버튼을 누르면 이삿짐 트럭에 있는 제니의 두뇌로 신호가 갔다. 그러면 두뇌가 제니에게 무엇을 할지 신호를 보냈다. 제니와 조지와 트럭 사이에 전선은 전혀 없었다.

제니가 하는 모든 행동이 조지와 관련이 있다는 사실이 믿기지 않았다. 그는 귀에 작은 분홍색 이어폰을 꽂고 있어서, 제니와 30미터나 떨어져 있어도 누가 제니에게 하는 말을 전부 들을 수 있었다. 그리고 안경테에 작은 백미러를 붙이고 있어서, 등을 돌리고 있어도 제니의 행동을 전부 볼 수 있었다.

노래가 끝나자 제니는 장난칠 상대로 나를 골랐다. "키 크고, 까무잡잡하고, 잘생긴 아저씨, 안녕하세요." 그녀가 내게 말했다. "낡은 아이스박스가 당신을 집에서 쫓아냈나요?" 냉장고 문 위에 스펀지 고무로 된 얼굴이 있었는데, 그 안에 스프링이 내장되어 있고 뒤에는 스피커가 달려 있었다. 얼굴이 너무 진짜 같아서 나는 하마터면 냉장고 안에 예쁜 여자가 있다고—문에 난 구멍으로 얼굴을 내놓고 있다고 믿을 뻔했다.

나는 그녀의 농담을 되받아쳤다. "이봐요, 프랑켄슈타인 부인." 내가 말했다. "저쪽 어디 가서 얼음이라도 좀 만드는 게 어때요? 당신 대장이랑 둘이서 나눌 이야기가 있는데."

분홍색이던 그녀의 얼굴이 하얗게 변했다. 그녀의 입술이 떨렸다. 입꼬리가 내려가더니 얼굴 전체가 일그러졌다. 그녀는 그런 끔찍한 사람은 볼 필요가 없다는 듯 두 눈을 감았다. 그러고 나서, 신만이 내 말을 아실 텐데, 그녀가 굵은 눈물을 두 방울 흘렸다. 눈물이 뺨 위로 흘러내리더니, 흰 에나멜을 칠한 앞면을 따라 바닥까지 떨어졌다.

나는 그의 연기를 대단하게 생각한다는 의미로, 정말 그와 만나고 싶다는 의미로 조지에게 미소를 지어 보이며 윙크를 날렸다.

그는 미소로 화답하지 않았다. 내가 제니에게 그런 식으로 말한 게 마음이 들지 않았던 것이다. 누가 보면 내가 그의 어머니나 여동생이나 그런 사람 눈에 침이라도 뱉은 줄 알 것 같았다.

열 살쯤 된 아이가 조지에게 다가가 말했다. "아저씨, 제니가 어떻게 움직이는지 알아요. 저 안에 난쟁이가 들어 있는 거예요."

"그걸 맞힌 사람은 네가 처음이구나." 조지가 말했다. "이제 다 들통났으니 난쟁이는 나오라고 해야겠다." 그는 제니에게 밖으로 나와 자기와 함께 인도 위에 서라고 손짓을 했다.

무게가 300킬로그램이 넘었기 때문에, 나는 그녀가 뒤뚱거리는 걸음걸이에 트랙터처럼 삐걱댈 거라고 생각했다. 하지만 제니는 예쁜 얼굴과 어울리게 사뿐사뿐 걸었다. 그 모습처럼 모든 것은 마음에 달렸음을 깨닫게 한 경우는 없었다. 나는 냉장고를 완전히 잊어버렸다. 오직 제니만 보였다.

그녀가 조지 옆으로 가서 섰다. "왜 그래요, 자기?" 그녀가 물었다.

"장난은 이제 다 끝났어." 조지가 말했다. "이 똑똑한 소년이 당신 안에 난쟁이가 들어 있다는 걸 알아냈어. 이렇게 된 거, 나와서 바람도 좀 쐬고 이 좋은 분들도 만나봐." 그가 딱 적당히 머뭇거리고 적당히 침울한 표정을 지어서 관객들은 정말 난쟁이를 볼지도 모르겠다고 생각할 정도였다.

그러고는 윙 하고 철컥하는 소리가 나더니 제니의 문이 활짝 열렸다. 안에는 찬 공기, 스테인리스스틸, 도자기, 그리고 오렌지주스 한 잔뿐이었다. 모두가 충격을 받았다—겉에는 저런 아름다움과 인격이 있는데, 그 안은 차가운 무無라니.

조지는 오렌지주스 잔을 꺼내 한 모금 마신 다음, 다시 제니 안에 넣고 문을 닫았다.

"당신이 평소와 달리 몸을 챙기는 걸 보니 기쁘네요." 제니가 말했다. 그녀가 그에게 푹 빠져 있음을, 그리고 평소 그가 그녀의 마음을 아프게 하는 일이 많음을 알 수 있었다. "정말이지," 그녀가 사람들을 향해 말했다. "이 불쌍한 사람이 평소 먹는 걸 보면 곧 괴혈병이나 구루병으로 죽을 것 같다니까요."

곰곰이 생각해보면, 관객만큼 제정신이 아닌 사람들도 없다. 조지가 제니 안에 아무것도 없다는 걸 입증했는데도, 이십 초 후 관객들은 다시 그녀를 진짜 사람으로 대하고 있었다. 여자들은 남자한테 스스로 몸을 챙기도록 만드는 게 얼마나 골치 아픈지 안다는 걸 제니에게 보여주기 위해 고개를 가로저었다. 그리고 남자들은 여자에게 늘 아기 취급을 받는 게 얼마나 짜증나는지 안다는 걸 조지에게 보여주려고 은밀한 시선을 던졌다.

그 연기에 동조하지 않는, 즐거움 때문에 바보가 되지는 않으려는 사람은 안에 난쟁이가 들어 있을 거라고 했던 꼬마 한 명뿐이었다. 아이는 자기 짐작이 틀려서 화가 났고, 진실—대문자 T로 시작하는 진짜 진실Truth—을 밝혀 그 연기를 박살내겠다는 야망을 품었다. 이 아이는 자라서 언젠가 과학자가 될 것이다. "좋아요." 아이가 말했다. "안에 난쟁이가 있는 게 아니라면, 이게 어떻게 움직이는지 난 정확히 알아요."

"어떻게 아니, 얘야?" 제니가 물었다. 그녀는 이 똘똘한 꼬마가 하는 말이라면 뭐든지 열심히 들어줄 준비가 되어 있었다. 그런 그녀의 태도 때문에 아이는 더 화가 났다.

"무선 조종!" 아이가 말했다.

"오오오오!" 제니가 말했다. 그녀는 신이 났다. "그러면 정말 멋지겠는걸!"

아이 얼굴이 보랏빛으로 변했다. "얼마든지 놀려도 좋지만," 아이가 말했다. "그게 정답이라는 건 아저씨도 알잖아요." 아이는 조지에게 도전장을 내밀었다. "아저씨는 뭐라고 설명하실래요?"

"삼천 년 전," 조지가 말했다. "알라 바카르의 술탄이, 역사상 가장 현명하고 가장 다정하고 가장 아름다운 여자와 사랑에 빠졌단다. 그 여자는 노예 소녀 제니였지."

"그 늙은 술탄은 자신의 왕국에 피바람이 끊이지 않을 거라는 걸 알았단다." 조지가 말했다. "제니를 본 남자들은 누구나 그녀의 사랑을 얻고 싶어 미쳐버렸거든. 그래서 늙은 술탄은 왕궁의 마법사를 시켜 제니의 영혼을 몸에서 빼내 병에 넣게 했단다. 그리고 자기 금고에 넣은 다음 잠가두었지."

"1933년에, 제너럴 가전제품 회사 사장 라이어널 O. 허트라인이 전설 속의 바그다드로 출장을 갔다가 묘한 병을 하나 샀어. 집에 가져와서 열어보니 삼천 년 된 제니의 영혼이 나온 거야. 나는 그때 GHA 연구소에서 일하고 있었고, 허트라인 씨가 나한테 제니에게 새 몸을 만들어줄 방법이 없겠느냐고 물으셨지. 그래서 내가 냉장고 몸체에 얼굴, 목소리, 발을 달았단다. 그리고 제니의 의지만으로 움직이는 영혼 제어장치도 달았지."

정말 바보 같은 이야기였고, 나는 한 번 키득거리고서 곧 잊어버렸다. 조지가 그 이야기를 할 때 과장된 연기를 하지 않고 진심을 담아 말했다는 것을 깨달은 건 몇 주가 지나서였다. 그는 제니에 대한 진실에 자신이 감히 다가갈 수 있는 최대한 가까이 가고 있었다. 그는 시를 통해 그것에 다가가고 있었다.

"그리고, 짠! 여기 있는 거지." 조지가 말했다.

"거짓말!" 과학자 꼬마가 외쳤다. 하지만 관객은 아이의 편이 아니었다. 앞으로도 절대 아이의 편을 들 일은 없을 것이다.

제니는 병에 갇혀 지냈던 삼천 년을 생각하며 크게 한숨을 내쉬었다. "음, 내 인생에서 그 시절은 이미 끝났어요. 이미 지나간 일을 한탄해봤자 소용없죠. 쇼를 계속할게요."

제니는 살금살금 가게 안으로 들어갔고, 조지와 나를 제외한 모든 사람들이 아장아장 그 뒤를 따랐다.

조지는 계속 발가락으로 제니를 조종하며 트럭의 운전석으로 들어갔다. 나는 그를 따라가 차창 안으로 고개를 밀어넣었다. 발가락으로 가게 안의 제니를 조잘조잘 떠들게 만드느라 그의 광대 신발 끝부분이 떨렸다. 화창한 아침 아홉시에 그는 병째로 술을 벌컥벌컥 들이켜고 있었다.

그의 눈에서 눈물기가 가시고 목안의 쓰라림이 사라지자 그가 내게 말했다. "소니 짐, 왜 날 그렇게 보고 있는 거야? 착한 아이답게 오렌지주스 먼저 마시는 거 못 봤어? 아침식사 전에 술을 마시는 것도 아니잖아."

"미안합니다." 나는 그에게 기운을 차릴 시간을 주기 위해, 그리고 나 역시 시간을 벌기 위해 트럭에서 물러났다.

"연구소에서 그 아름다운 GHA 냉장고를 봤을 때," 제니가 가게 안에서 이야기하고 있었다. "제가 조지한테 이렇게 말했죠. '내게 어울리는 흠 하나 없는 하얀 몸이 저기 있네요.'" 그녀는 나와 조지를 한 번씩 흘끗 보더니 입을 다물었다. 그녀의 파티용 미소가 몇 초간 사라졌다. 그리고 헛기침을 하더니 이야기를 계속했다. "어디까지 얘기했었죠?"

조지는 운전석에서 나올 생각이 없었다. 앞유리창을 통해 8천 킬로미터 떨어져 있는 굉장히 우울한 무언가를 바라보고 있었다. 그는 하루종일을 그렇게 보낼 준비가 되어 있었다.

마침내 수다거리가 떨어진 제니가 문가로 와서 그를 불렀다. "자기, 곧 들어올 거예요?"

"화내지 마." 조지가 말했다. 그는 그녀를 보지 않았다.

"아무…… 아무 문제 없는 거죠?" 그녀가 물었다.

"그럼." 조지는 여전히 앞유리창 밖을 내다보며 말했다. "아무 문제 없지."

나는 이것이 전형적인 쇼의 일부라고 생각해보려고, 거기에서 뭔가 기발하고 재미있는 부분을 찾아보려고 애썼다. 하지만 제니는 관객들을 상대로 연기하는 게 아니었다. 관객들은 제니의 얼굴조차 볼 수 없었다. 제니는 나를 상대로 연기하는 것도 아니었다. 그녀는 조지에게, 조지는 그녀에게 이야기하고 있었다. 아마 사하라사막 한가운데에 단둘이 있었다 해도 똑같이 연기했을 것이다.

"자기야, 많은 좋은 분들이 안에서 기다리고 있어요." 그녀는 당황스러워하고 있었고, 조지가 술을 마시다 나에게 들켰다는 것도 아주 잘 알고 있었다.

"만세로군." 조지가 말했다.

"자기야, 쇼는 계속해야죠." 그녀가 말했다.

"왜?" 조지가 물었다.

그때까지 나는 즐겁지 않은 웃음이 얼마나 즐겁지 않은지 몰랐다. 관객들에게 지금 일어나고 있는 일을 그저 아주 웃긴 상황으로 생각하게 하려고 제니는 즐겁지 않은 웃음을 지었다. 그 소리가 마치 누군가 둥근머리 망치로 샴페인 잔을 깨는 것 같았다. 오싹해진 사람은 나만이 아니었다. 모두가 오싹함을 느꼈다.

"뭔가…… 뭔가 필요한 게 있나요, 젊은이?" 제니가 내게 물었다.

젠장, 조지에게 말하는 것이 불가능해졌으니 나는 제니에게 말했다. "전 인디애나폴리스 지점에서 왔습니다. 저…… 저는 조지의 아내에 대한 소식을 가지고 왔어요."

조지가 고개를 돌렸다. “나의 누구?”

“당신의……당신의 전부인이요.”

관객들은 혼란스러워하며 다시 인도로 나와 주변을 어정거리며 우스운 부분이 언제 나오나 궁금해했다. 냉장고를 파는 방법치고는 정말 기묘했다. 설리 해리스는 기분이 나빠지기 시작했다.

“전처 소식을 못 들은 지 이십 년은 됐어.” 조지가 말했다. “이십 년을 더 못 들으며 살아도 괜찮아, 전혀 고통스럽지 않을 거야. 그래도 고맙군.” 그는 다시 앞유리창 밖을 내다보았다.

그걸 보고 관객들은 불안한 듯 웃었다. 설리 해리스는 안도한 표정이었다.

제니가 내게 다가와 몸을 기대고서 입을 거의 벌리지 않고 속삭였다. “낸시가 어떻게 됐는데요?”

“아주 아파요.” 내가 속삭였다. “죽어가고 있는 것 같습니다. 마지막으로 조지를 한번 만나보고 싶대요.”

트럭 뒤 어딘가에서 낮게 웅웅거리던 소리가 멈추었다. 제니의 뇌에서 나던 소리였다. 제니의 얼굴은 죽은 스펀지 고무로—백화점 옷가게 마네킹에서 볼 수 있는 것과 똑같이 멍청한 얼굴로 변했다. 푸른 유리 눈 속의 황록색 불빛이 빛을 잃었다.

“죽어간다고?” 조지가 말했다. 바람을 좀 쐬려는지 그가 트럭 문을 열었다. 그의 앙상한 목의 큼직한 울대뼈가 올라갔다 내려가고, 올라갔다 내려갔다. 그러더니 힘없이 두 팔을 휘저으며 말했다. “쇼는 끝났습니다, 여러분.”

곧바로 움직이는 사람은 아무도 없었다. 환상 쇼를 하던 도중에 일어난 이 우습지 않은 실제 상황에 모두 놀랐다.

조지는 정말로 쇼가 끝났다는 것을 보여주기 위해 광대 신발을 벗어던졌다. 그는 다시 입을 열지 못했다. 운전석 위에서 몸을 돌리고 앉아 발판에 얹은 맨발만 바라보고 있었다. 볼이 좁고 뼈가 앙상한 두 발이 시퍼랬다.

사람들은 아주 우울한 하루를 시작하기 위해 느릿느릿 물러났다. 설리 해리스와 나는 트럭 근처를 서성거리며 조지가 양손에 파묻은 머리를 들어올리길 기다렸다. 설리는 관객들에게 일어난 일 때문에 속이 상했다.

조지가 양손에 머리를 묻은 채 뭐라고 중얼거렸지만 우리는 알아들을 수 없었다.

“뭐라고?” 설리가 물었다.

“누가 와서 이런 이야기를 하면서 이제 가야 한다고 하면,” 조지가 말했다. “가야 하는 건가?”

“만약…… 만약 그녀가 자네 전처라면, 자네가 이십 년 전에 그녀를 두고 나와버렸다면,” 설리가 말했다. “어떻게 지금 와서 그녀 때문에 이렇게 무너져내릴 수 있나…… 내 고객들 앞에서, 내 가게 앞에서?”

조지는 대답이 없었다.

"기차표나 비행기표를 예약하고 싶으시거나, 회사 차량이 필요하시면 제가 구해드릴게요." 내가 조지에게 말했다.

"트럭은 버려두고?" 조지는 내가 아주 멍청한 제안을 했다는 듯이 말했다. "저 안에는 25만 달러짜리 장비가 들어 있다고, 소니 짐." 그는 고개를 가로저었다. "저 귀한 장비들을 그냥 버려두고, 남들이……" 그는 문장을 끝내지 않았다. 나는 그가 지금 하는 말을 가지고 언쟁하는 게 아무 의미가 없다는 것을 알 수 있었다. 그가 진짜 하려는 말은 다른 뜻이었기 때문이다. 트럭은 그의 집이었고, 제니와 제니의 뇌는 그의 존재 이유였다—그리고 이렇게 긴 시간이 지난 지금, 그들 없이 어디에 간다는 생각을 하니 겁이 나는 것이었다.

"트럭을 타고 가겠어." 그가 말했다. "그게 더 빨라." 그는 트럭에서 내려 조금 난리를 피웠다. 이삿짐 트럭은 빠른 교통수단이 아니라고 누군가 지적하는 것을 막기 위해서였다. "자네는 나와 같이 가." 그가 내게 말했다. "그러면 쉬지 않고 계속 차를 몰 수 있지."

사무실에 전화를 했더니 그들은 내가 제니와 조지와 함께 갈 수 있을 뿐 아니라, 반드시 가야 한다고 했다. 조지는 회사에서 제니 다음으로 가장 헌신적인 직원이고, 그래서 그가 이렇게 힘들 때 내가 할 수 있는 모든 일을 해서 도와야 한다는 것이었다.

전화를 끊고 돌아오니 조지도 어딘가 전화를 하러 가고 없었다. 마법 신발은 놔두고 스니커즈를 신고 갔다. 설리 해리스가 마법 신발을 들고서 속을 들여다보고 있었다.

"맙소사." 설리가 내게 말했다. "이 안에 작은 버튼들이 아코디언처럼 온통 붙어 있어." 그는 신발 속에 한 손을 넣었다. 일 분 정도 그러고 나서야 버튼을 하나 눌러볼 용기를 냈다.

"퍼." 제니가 말했다. 그녀의 얼굴은 완전히 무표정했다.

설리가 다른 버튼을 눌렀다.

"퍼." 제니가 말했다.

그가 또다른 버튼을 눌렀다.

제니는 모나리자 같은 미소를 지었다.

설리가 버튼 몇 개를 눌렀다.

"버르플랍프레네오. 바마 우즈트라싯. 슈." 제니가 말했다. 그리고 오른쪽으로 90도 돌더니 혀를 내밀었다.

설리는 겁을 먹었다. 침대 옆에 침실 슬리퍼를 놓듯이 마법 신발을 트럭 옆에 내려놓았다. "이봐……" 그가 말했다. "저 사람들은 여기 돌아오지 않을 거야. 조지의 쇼를 보고 나서는 여기를 영안실이나 뭐 그런 데라고 생각할 거라고. 그래도 신에게 감사드리는 건 딱 한 가지 있지."

"그게 뭔데요?" 내가 물었다.

"관객들이 적어도 이 냉장고의 목소리와 얼굴의 주인공이 누구인지는 몰랐잖아."

"누군데요?" 내가 말했다.

"몰랐어?" 설리가 말했다. "젠장…… 조지는 그녀의 얼굴을 본떠서 제니에게 붙여줬어. 그리고 영어로 말할 때 필요한 모든 소리를 다 녹음하게 시켰지. 제니가 내는 모든 소리는 다 그녀가 먼저 냈던 거야."

"그게 누군데요?" 내가 물었다.

"낸시야. 이름이 낸시가 맞던가." 설리가 말했다. "신혼여행에서 돌아오자마자 그 짓을 한 거야. 지금 죽어가고 있다는 그 숙녀분 말이야."

우리는 열여섯 시간 동안 1120킬로미터를 달렸다. 그 시간 내내 조지가 내게 한 말은 열 단어도 되지 않은 것 같다. 몇 마디 하긴 했지만 내게 한 건 아니었다. 자면서 잠꼬대를 한 것이었고, 아마 제니에게 하는 말인 듯했다. 그는 내 옆에서 코를 골면서 "우팜프 어파" 같은 소리를 냈다. 그러고는 스니커즈 속의 발가락을 꼼지락거리며 자기가 듣고 싶은 대답을 하도록 제니에게 신호를 보냈다.

그가 마법 신발을 신고 있지 않았기 때문에 제니는 아무것도 하지 않았다. 그녀는 트럭 뒤 어두운 짐칸 벽에 묶여 있었다.

목적지까지 한 시간가량 남았을 때만 해도 조지는 제니 걱정을 별로 하지 않았다. 그런데 그뒤로는 비글처럼 안절부절못했다. 거의 십 분에 한 번씩, 제니를 묶어둔 끈이 풀려 제니가 자기 뇌 안에서 여기저기 부딪히고 있을 거라고 생각했다. 그럴 때면 차를 세우고 뒤로 돌아가서 제니가 정말 괜찮은지 확인해야 했다.

검소한 생활이 어떤 건지 아는가? 트럭 안은 텔레비전 방송국 조정실 안에 있는 수도승의 방 같았다. 나는 조지의 간이침대보다 더 넓고 푹신한 자동차 시트도 본 적이 있다. 트럭 안의 조지를 위한 모든 물건들은 불편한 싸구려 제품이었다. 처음에는 그가 말한 25만 달러가 어디 있는 건가 싶었다. 하지만 그가 손전등으로 제니의 뇌를 비출 때마다 나는 점점 흥분했다. 그보다 더 기발하고, 복잡하고, 아름다운 전자 시스템은 다시는 못 볼 것이었다. 제니에 관해 돈은 문제가 아니었다.

해가 떠오르는 동안 우리는 고속도로에서 벗어나 구덩이투성이 도로를 덜컹거리며 달려 제너럴 가전제품 회사의 고향에 다다랐다. 내가 직장생활을 시작한 곳이자, 조지가 직장생활을 시작하고 아주 오래전에 자기 신부를 데려온 곳이었다.

조지가 운전을 하고 있었다. 차가 덜컹거리는 바람에 나는 잠에서 깼고, 조지 안의 무언가가 풀려났다. 별안간 그는 이야기를 해야만 했다. 그가 알람 시계처럼 갑자기 말문을 열었다.

"난 그 여자를 몰라!" 그가 말했다. "전혀 모른다고, 소니 짐!" 그는 마음의 고통을 덮으려 손등을 깨물었다. "난 완전히 낯선 사람을 보러 가는 거야, 소니 짐." 그가 말했다. "내가 아는 거라고는 그녀가 한때 아주 아름다웠다는 것뿐이야. 한때 난 그녀를 이 세상 그 무엇보다 더 사랑했고, 그녀는 내가 가진 모든 걸 산산조각냈어. 직장생활, 우정, 가정…… 다 끝장난 거야." 조지는 경적 버튼을 눌러 트럭에 달린 커다란 확성기로 새벽을 요란하게 뒤흔들었다. "절대 여자를 숭배하지 마, 소니 짐!" 그가 소리쳤다.

도로의 또다른 구덩이 하나를 지나갔다. 조지는 양손으로 핸들을 꽉 잡아야 했다. 트럭이 안정되면서 그도 안정되었다. 그는 목적지에 도착할 때까지 더이상 이야기하지 않았다.

우리의 목적지는 앞면에 기둥이 늘어서 있는 흰 저택이었다. 노버트 호니커의 집이었다. GHA 연구소 부소장인 그는 아주 잘 살고 있었다. 여러 해 전에 그는 조지와 가장 친한 친구였다—그가 조지의 아내였던 낸시를 빼앗아가기 전에는.

집의 불이란 불은 전부 켜져 있었다. 우리는 집 앞에 주차된 의사의 차 뒤에 트럭을 세웠다. 뒷번호판 윗부분에 있는 서로 꼬인 두 마리 뱀의 표식을 보고 의사의 차라는 걸 알 수 있었다. 우리가 차를 대자마자 집 현관이 열리며 노버트 호니커가 나왔다. 잠옷과 슬리퍼 차림이었고, 밤새 한숨도 못 잔 모습이었다.

그러나 조지에게 악수를 건네지는 않았다. 인사조차 하지 않았다. 그는 곧바로 연습해둔 말을 꺼냈다. "조지," 그가 말했다. "자네가 들어가 있는 동안 나는 여기 밖에 있을 거야. 안에 있는 동안은 자네 집이라고 생각해주길 바라네. 자네와 낸시에게는 서로 해야 할 말을 뭐든 할 수 있는 완전한 자유가 있어."

집안에 들어가 혼자서 낸시를 마주하는 건 결코 조지가 원하던 상황이 아니었다. "난…… 난 그녀에게 할말이 아무것도 없는데." 그러면서 한 손을 차 열쇠에 가져다댔다. 다시 트럭에 시동을 걸고 차를 몰아 달려가버릴 준비가 되어 있었다.

"그녀가 자네에게 할말이 있어." 호니커가 말했다. "밤새 자네를 찾았어. 지금 여기 와 있다는 것도 알아. 그녀가 말을 하면 귀를 가까이 대게. 기력이 약해."

조지가 트럭에서 내려 비틀거리며 집으로 걸어갔다. 그는 바다 밑바닥에 있는 잠수부처럼 걸었다. 간호사가 집으로 들어가는 그를 돕고서 문을 닫았다.

"저 안에 침대도 있나?" 호니커가 내게 물었다.

"그렇습니다." 내가 말했다.

"난 좀 누워야겠네." 그가 말했다.

호니커는 간이침대에 누웠지만 제대로 쉬지는 못했다. 키가 크고 덩치도 큰 그가 눕기엔 침대가 너무 작았다. 그는 다시 일어나 앉았다. "담배 있소?" 그가 물었다.

"있습니다." 나는 그에게 한 개비를 주고 불을 붙여주었다. "부인께선 어떠신가요?" 내가 물었다.

"죽진 않을 거요." 그가 말했다. "하지만 이번 일로 순식간에 할머니가 되어버렸지." 그는 손가락을 튕겼다. 약하게 튕겨서 아무 소리도 나지 않았다. 그는 제니의 얼굴을 보고 마음 아파했다. "저 안에 들어가면 조지는 충격을 받을 거요. 낸시는 이제 저 모습이 아니오." 그가 어깨를 으쓱했다. "어쩌면 잘된 일일지도 모르오. 이제는 그녀를 자기와 같은 인간으로 봐야 할 수도 있으니까."

그는 일어서서 제니의 뇌로 가더니 뇌의 일부를 담고 있는 철제 선반을 흔들었다. 선반은 조금도 움직이지 않았고, 오히려 호니커의 몸이 흔들렸다. "맙소사." 그가 말했다. "이런 낭비라니, 이런 낭비라니, 이런 낭비라니. 우리 시대 최고의 공학자 중 한 명이었던 사람이 이삿짐 트럭에 살면서 기계와 결혼하고, 서스캐처원주 무스조와 플로리다주 플라밍고 사이 어딘가에서 가전제품을 팔고 있다니."

"그분은 꽤 머리가 좋으신 것 같습니다." 내가 말했다.

"머리가 좋아?" 호니커가 말했다. "그는 그냥 조지 카스트로우가 아니오. 조지 카스트로우 박사라고. 여덟 살 때 5개 국어를 했고, 열 살 때 미적분학을 통달했고, 열여덟 살 때 MIT에서 박사 학위를 받았다고!"

나는 휘파람을 불었다.

"사랑을 할 시간은 전혀 없었지." 호니커가 말했다. "사랑을 믿지 않았고, 사랑 없이 지낼 수 있다고 확신했소—사랑이 뭔지는 몰랐지만 말이오. 사랑에 연연하기엔 조지에게 다른 할 일이 너무 많았소. 서른세 살에 폐렴에 걸렸을 때까지도 여자 손 한 번 잡아본 적 없었지."

호니커는 조지가 침대 밑에 놓아둔 마법 신발을 보았다. 그는 침실용 슬리퍼를 벗고 마법 신발을 신었다. 꽤 익숙한 것 같았다. "폐렴에 걸렸을 때," 그가 말했다. "조지는 갑자기 죽음에 대한 두려움에 빠졌고, 하루에도 몇 번씩 간호사의 손길을 절실히 필요로 했소. 그 간호사가 바로 낸시였지."

호니커는 제니의 중앙 제어 스위치를 켰다. 뇌에서 웅 소리가 났다. "사랑에 꾸준히 노출되어 일종의 면역성을 키워두지 못한 남자는," 그가 말했다. "처음으로 사랑에 노출되었을 때 바로 그 사랑 때문에, 죽음을 제외한 온갖 일을 당할 위험이 있소." 그는 부르르 몸을 떨었다. "사랑이 불쌍한 조지의 뇌를 뒤

죽박죽으로 만들어버렸지. 갑자기 사랑만이 유일하게 중요한 것이 되어버렸소. 그와 함께 연구소에서 일하면서 나는 하루에 여덟 시간씩 사랑에 대한 시시한 이야기를 들어야 했소. 사랑이 세상을 움직인다! 세상이 찾는 것은 사랑, 오직 사랑뿐이다! 사랑이 모든 것을 이겼다*!"

호니커는 옛날에 알았던 기술을 기억해내려 하며 코를 한번 잡아당기고 눈을 감았다. "자기, 안녕." 그가 제니에게 말했다. 그의 발가락이 마법 신발 속에서 꼼지락거렸다.

"안-낭, 므-이-느-아." 제니가 말했다. 그녀의 얼굴엔 아무 표정도 없었다. 그녀가 더 또렷하게 다시 호니커에게 말했다. "안녕, 미남 아저씨."

호니커가 고개를 절레절레 저었다. "낸시의 목소리는 이제 저렇지 않소. 지금은 더 낮고 거칠어졌지, 저렇게 청아하지 않아."

"드아으시니 으어러크어 두어지 으아느거 흐아느아니므어 드어부니." 제니가 그에게 말했다. 그 문장 역시 다시 부드럽게 말했다. "당신이 이렇게 되지 않은 건 하나님 덕분이에요."

"와. 솜씨 좋으시네요. 조지 말고 다른 사람이 제니를 말하게 할 수 있을 거라고는 생각 못 했어요."

"살아 있는 것처럼 보이게 할 수는 없소. 조지처럼은 절대 불

* Love conquers all. / omnia vincit amor. 베르길리우스의 목가에서 유래한 관용적 표현.

가능해.” 호니커가 말했다. “내가 천 시간을 연습한다 해도.”

“그렇게 많이 연습하셨어요?” 내가 말했다.

“물론이오.” 호니커가 말했다. “제니를 데리고 출장을 다니기로 되어 있던 사람은 원래 나였소. 어차피 연구에 별 가망이 없고 매인 데 없이 자유로운 총각이었지. 조지는 유부남이었고, 아내와 함께 집에서 지내며 연구소에서 더 큰 일을 하게 될 사람이었소.”

호니커는 삶의 경이로움을 느껴 훌쩍였다. “본래 제니를 만드는 건……” 그가 말했다. “조지의 커리어 중간에 들어갈 작은 장난에 그칠 일이었소. 조지가 즉석에서 생각해낸 전자공학 농담일 뿐이었지. 제니는 그가 낸시와 함께 신혼여행을 다녀온 뒤, 공중에 붕 떠 있다가 땅으로 내려오는 동안 장난칠 거리에 불과했소.”

호니커는 제니가 탄생하던 때의 옛이야기를 두서없이 늘어놓았다. 그리고 제니 역시 그때를 기억한다는 듯이 가끔 그녀를 대화에 끼어들게 했다. 그리고 그 시절에 호니커가 조지의 아내를 사랑하게 되었기 때문에 그에게는 나쁜 시절이었다. 당시 그는 자신이 뭔가 행동에 나서게 될까봐 죽을 만큼 두려웠다.

“나는 그녀를 있는 그대로 사랑했소.” 그가 말했다. “어쩌면 조지가 사랑에 대해 떠들어댄 헛소리들 때문에 그녀를 사랑하게 되었던 건지도 몰라. 조지가 사랑이나 그녀에 대해 황당한 말을 하면, 나는 그녀를 사랑할 진짜 이유를 생각해내곤 했지. 결국엔 그녀를 인간으로, 기적적이고, 유일무이하고, 단점과 장점이 마구 뒤섞인 존재로 사랑하게 되었소. 일부는 어린아이이고, 일부는 성인 여성이고, 일부는 여신이며, 엉터리 계산자* 보다 더 일관성 없는 존재로 말이오."

"그리고 조지가 나와 함께 보내는 시간이 점점 늘어났어요." 제니가 말했다. "그는 연구소에서 최대한 늦게 퇴근했고, 저녁을 허겁지겁 먹어치우고는 다시 나를 붙들고 일하면서 자정을 훌쩍 넘겼죠. 낮에는 늘 조종 신발을 신고 있었고, 밤에도 반 정도는 신고 있었어요. 그리고 우린 계속해서 이야기하고, 이야기하고, 또 했죠."

호니커는 제니가 다음으로 할말에 어울릴 만한 표정을 짓게 하려고 했다. 그는 설리 해리스가 전날 눌렀던 모나리자 미소 버튼을 눌렀다. "나는 정말 훌륭한 친구였죠." 그녀가 말했다. "나는 그가 듣고 싶어하지 않는 말은 한 번도 하지 않았어요. 그리고 언제나 그가 듣고 싶어하는 말을, 정확히 그가 듣고 싶어할 때 해줬죠."

"여기," 호니커는 제니가 앞으로 나올 수 있게 묶여 있던 끈

* 복잡한 수학 계산을 간단하게 처리할 수 있는 계산 기구.

을 풀며 말했다. "여기 있는 이것이 지구 위를 걸었던 여자들중 가장 계산이 빠르고, 순진한 남자의 마음을 가장 잘 아는 여자일세. 낸시는 절대 맞설 수 없었지."

"보통," 호니커가 말했다. "남자가 자기 아내에 대해 가졌던 첫 환상들은 신혼여행 이후 점차 사라진다오. 그후부터는 자기가 결혼한 사람이 실제로 어떤 사람인지 알아가는, 어렵지만 값진 일을 시작해야 하지. 하지만 조지에게는 다른 선택지가 있었소. 제니를 통해 아내에 대한 자기 환상을 유지할 수 있었던 거요. 그가 불완전한 낸시를 버린 건 결국 추문을 일으켰소."

"갑자기 조지는 자기 말고 다른 사람의 손에 맡겨지기엔 내가 너무나 귀한 기계라고 사람들에게 말했어요." 제니가 말했다. "자기가 제니를 데리고 출장을 가게 해주지 않으면 아예 회사를 그만두겠다고 했죠."

"사랑에 대해 새롭게 발견한 그의 굶주림에," 호니커가 말했다. "견줄 수 있는 건 사랑의 위험에 대한 그의 무지밖에 없었소. 그가 아는 거라곤 어디서 오는 사랑이건 사랑은 아주 기분을 좋게 해준다는 것뿐이었지."

호니커는 제니의 전원을 끈 뒤 신발을 벗고는 다시 간이침대에 누웠다. "조지는 로봇의 완벽한 사랑을 선택했소. 뒤에 남은 나는 조지에게 버려진 불완전한 여자의 사랑을 얻을 수 있었지."

"저…… 저는 낸시가 조지에게 하고 싶은 말을 할 수 있을 정도로 기력이 있다니 다행이라고 생각합니다." 내가 말했다.

"어찌됐든 조지는 들었을 거요." 호니커가 그렇게 말하며 종이쪽지를 건넸다. "그녀는 자신이 직접 말할 수 없는 경우를 대비해 이걸 받아 적게 했다오."

트럭 뒷문에 조지가 나타나는 바람에 나는 쪽지를 바로 읽어볼 수 없었다. 그는 자신이 조작할 때의 제니보다도 더 로봇 같아 보였다. "다시 자네 집일세…… 다시 자네 아내야." 그가 말했다.

조지와 나는 식당에서 아침을 먹었다. 그리고 GHA로 차를 몰고 가 연구소 앞에 세웠다.

"소니 짐," 조지가 내게 말했다. "자넨 이제 가서 다시 자네의 삶을 살게. 정말 고마웠네."

나는 혼자 트럭에서 내린 다음 낸시가 두번째 남편에게 받아 적게 한 쪽지, 그녀가 직접 조지에게 들려주기도 한 메시지를 읽었다.

한때 신이 당신에게 사랑하라고 주셨던 불완전한 사람을 봐줘요. 내가 정말 어떤 사람이었는지, 그리고 신이 허락하신다면, 지금 내가 어떤 사람인지를 보고 조금이라도 좋아해보도록 해요. 그리고 여보, 제발, 다시 불완전한 사람들 속에서 살아가는 불완전한 사람이 되어줘요.

나는 급히 떠나느라 조지와 악수를 하거나 이제 어떻게 할 거냐고 묻지도 못했다. 그래서 그 두 가지를 하기 위해 트럭으로 돌아갔다.

트럭 뒷문이 열려 있었다. 안에서 제니와 조지가 아주 부드럽고 낮은 목소리로 이야기를 나누고 있었다.

“제니. 난 내 삶의 조각들을 다시 주워모으려고 해, 아직 남아 있는 것들을. 어쩌면 연구소에서 다시 받아줄지도 몰라. 어쨌든 물어봐야지, 굽신거리면서.”

“당신이 돌아온다면 아주 신나할 거예요!” 제니가 더 신나 있었다. “내가 들은 얘기 중 최고의 소식이네요. 몇 년 동안이나 기다리던 소식이에요.” 그녀는 하품을 했고 눈꺼풀이 처졌다. “미안해요.” 그녀가 말했다.

“당신에겐 이제 당신을 데리고 다녀줄 더 젊은 사람이 필요해.” 조지가 말했다. “난 늙어가고 있어. 당신은 결코 늙지 않을 거고.”

“당신만큼 열정적이고, 사려 깊고, 잘생기고, 똑똑한 사람은 결코 만나지 못할 거예요.” 제니가 말했다. 진심이었다. 그녀는 다시 하품을 했다. 눈꺼풀이 조금 더 처졌다. “미안해요. 행운을 빌어요, 천사님.” 그녀가 웅얼거렸다. 그녀의 눈이 완전히 감겼다. "잘 자요, 자기." 그녀가 말했다. 그녀는 잠이 들었다. 배터리가 다된 것이었다.

"내 꿈 꿔." 조지가 속삭였다.

조지가 눈물 한 방울을 닦으며 트럭에서 영원히 멀어져갈 때, 나는 그의 시야에서 도망쳤다.

유행병

최근에 남편을 여읜 엄청난 수의 젊은 여자들이 모두가 볼 수 있도록 상복을 입고 돌아다니는 동안에도, 정부에서는 이 나라에 전염병이 퍼졌다는 것을 여전히 모르고 있었다. 미쳐버린 세상에 익숙해진 지 오래인 일반 국민들과 언론은 최근에 상황이 더욱 악화되었다는 것을 아직 눈치채지 못하고 있었다. 뉴스에 죽음이 가득했다. 뉴스에는 늘 죽음이 가득했다. 무슨 일이 일어나고 있는지 가장 먼저 알아차린 건 보험 회사들이었는데, 그럴 법도 했다. 그들은 기대수명을 육십팔 세로 잡고 수백만 명의 고객을 가입시켰다. 2만 달러 이상의 보험을 든 미국 유부남들의 평균 사망 연령이 이제 육 개월 만에 무려 사십칠 세까지 떨어졌다.

"사십칠 세로 떨어졌어요. 여전히 내려가는 중이고." 코네티컷 아메리칸 신용증권 생명·상해보험 회사의 사장이 말했다. 사장 본인은 불과 사십육 세였고, 미국 내 8위 규모의 보험 회사 사장으로는 아주 젊은 나이였다. 그는 유머가 없고, 수척하고, 야심찬 젊은이였다. 전 사장은 그를 '소름 끼칠 정도로 유능한' 사람이라고 했다. 그의 이름은 밀리컨이었다.

이사회 회장으로 승진한 전 사장은 지금 밀리컨과 함께 하트퍼드에 있는 회사의 임원 회의실에 있었다. 쾌활한 노신사인 그는 평생 독신으로 살았으며 이름은 브리드였다.

그곳에 있는 세번째 인물은 에버렛 박사로, 미국 보건복지부 소속의 젊은 전염병학자였다. 에버렛 박사가 이 병을 '유행병'이라고 부른 것이 그대로 병명이 되었다. "사십칠 세라고 하신 게……" 그가 밀리컨에게 물었다. "정확한 수치입니까?"

"지금 당장은 아주 정확한 수치를 확보하지 못합니다." 밀리컨이 얼굴을 찌푸리며 말했다. "저희 회사 최고 보험수리사가 이틀 전에 자살했거든요, 사무실 창문 밖으로 뛰어내렸죠."

"그에게 가정이 있었나요?" 에버렛 박사가 물었다.

"물론이오." 이사회 회장이 말했다. "그리고 이제 그가 남긴 생명보험이 그의 가족을 아주 잘 부양하고 있소. 부채도 전부 갚을 수 있고, 아내에겐 평생 쓰기에 충분한 수입이 생겼고, 아이들은 일해서 학비를 벌지 않아도 대학에 갈 수 있소." 늙은 사람인 회장은 슬픈 목소리로 비꼬는 말을 툭 던졌다. "보험이란 정말 놀라운 것이지." 그가 말했다. "특히 효력이 발생한 지 이 년 후에는." 대부분의 생명보험 계약이 효력이 발생한 지 이 년이 지나면 자살에 대해서도 보험금을 지급한다는 말이었다. "가정이 있는 사람이라면," 그가 말했다. "모두 생명보험을 들어야 하오."

"유언장을 남겼나요?" 에버렛 박사가 물었다.

"두 장 남겼소." 회장이 말했다. "하나는 우리에게 남긴 거였는데, 자기 자리에 집시 점쟁이를 고용하는 게 어떻겠느냐는 제안이었소. 나머지 하나는 아내와 아이들에게 남긴 것이었고, 내용은 간단했소. 난 우리 가족을 그 무엇보다 사랑해. 우리 가족이 마땅히 누려야 할 모든 것들을 갖게 하려고 내가 이렇게 한 거야." 브리드 회장은 그렇게 말한 뒤 이 유행병에 대한 탁월한 국내 권위자인 에버렛 박사에게 슬픈 듯이 윙크를 해 보였다. "이젠 이런 정서에 꽤 익숙해지셨겠지요."

에버렛 박사가 고개를 끄덕였다. "소아과 의사에게 수두가 익숙한 것처럼요." 지친 목소리였다.

밀리컨이 주먹으로 책상을 쾅 내리쳤다. "내가 알고 싶은 건 정부가 이 문제를 어떻게 할 것인지입니다." 그가 말했다. "현재 사망률을 보면, 이 회사는 팔 개월 안에 망할 겁니다! 모든 생명보험 회사가 같은 처지일 거고요. 정부는 어떻게 할 예정이죠?"

"정부가 어떻게 해야 한다고 생각하십니까?" 에버렛 박사가 말했다. "저희는 제안을 경청할 준비가 되어 있습니다. 좀 딱할 정도로 제안을 기다리고 있지요."

"좋습니다!" 밀리컨이 말했다. "정부 조치 1호!"

"1호!" 에버렛 박사가 그의 말을 따라 하며 받아 적을 준비를 했다.

"이 병을 공론화합시다. 그래야 싸울 수 있죠! 더이상 쉬쉬하지 말아요!" 밀리컨이 말했다.

"끝내주네요!" 에버렛 박사가 말했다. "당장 기자들을 부릅시다. 바로 여기서 기자회견을 열고 모든 사실들과 수치들을 밝히는 겁니다. 그러면 몇 분 안에 온 세상이 알게 되겠죠." 그가 늙은 회장을 돌아보았다. "현대의 커뮤니케이션은 놀라워요, 안 그렇습니까?" 그가 말했다. "거의 생명보험만큼이나 훌륭해요." 그는 기다란 테이블 위에 놓인 전화기로 손을 뻗어 수화기를 들었다. "석간신문 이름이 뭐죠?"

밀리컨이 그에게서 전화기를 빼앗더니, 끊어버렸다.

에버렛은 짐짓 놀란 척하며 그에게 미소를 지었다. "그게 1호라고 생각했는데요. 1호를 실행하려고 한 겁니다. 곧바로 2호로 넘어갈 수 있게요."

밀리컨은 눈을 감고 콧등을 문질렀다. 아메리칸 신용증권 생명·상해보험 회사의 젊은 사장은 감은 눈꺼풀 뒤의 은밀한 보랏빛 공간에서 생각해봐야 할 일들이 아주 많았다. 1호 조치를 취하면 보험 회사들이 나쁜 상황에 처했다는 사실이 필연적으로 알려질 텐데, 그러면 회사 역사상 최악의 재정 붕괴가 일어날 것이다. 유행병 치료는 어떻게 될까. 병이 널리 알려지면 그 병으로 인한 사망자가 더 빨리 늘어날 뿐이고, 보통 때라면 초조하게 몇 년에 걸쳐 누적될 사망 건수가 갑작스러운 공포감으로 인해 몇 주 안에 몰아서 발생할 것이다. 미국이 약해지고 경멸을 받게 된다든가, 돈이 생명 그 자체보다 더 높은 가치를 갖게 된다든가 하는 더 큰 문제에 대해서는 밀리컨은 별 관심이 없었다. 그에게 가장 중요한 문제는 즉각적이고 개인적인 것이었다. 회사가 망하기 직전이고 그것과 함께 밀리컨의 화려한 커리어가 쓰러질 거라는 선명하고 강렬한 사실 앞에서, 유행병이 가질 수 있는 다른 모든 의미는 빛이 바랬다.

테이블 위의 전화기가 울렸다. 브리드가 전화를 받더니 말없이 이야기를 듣고 끊어버렸다. "방금 비행기 두 대가 더 추락했다는군요." 그가 말했다. "하나는 조지아에서, 쉰세 명이 타고 있었습니다. 다른 하나는 인디애나입니다. 스물아홉 명이 타고 있었다는군요."

"생존자는요?" 에버렛 박사가 물었다.

"없습니다." 브리드가 말했다. "이번 달에 추락 사고가 열한

건이에요. 현재까지요"

"알았어! 알았어! 알았다고!" 밀리컨이 벌떡 일어서며 말했다. "정부 조치 1호, 비행 전면 금지! 이제 항공 여행은 안 돼!"

"좋아요!" 에버렛 박사가 말했다. "일층 위의 모든 창문에 창살을 설치하고, 인구 밀집 지역의 강이나 호수를 다 없애고, 총기, 밧줄, 독극물, 면도칼, 칼, 자동차, 배 판매를 모두 불법으로 규정하고……"

희망이 사라진 밀리컨은 의자에 털썩 앉았다. 그는 지갑에서 가족사진을 꺼내 힘없이 들여다보았다. 사진 속 배경에 그의 10만 달러짜리 해안가 주택이 있었고 그 뒤로는 닻이 내려진 그의 15미터짜리 대형 모터보트가 보였다.

"결혼하셨소?" 브리드가 젊은 에버렛 박사에게 물었다.

"아뇨." 에버렛 박사가 말했다. "정부가 이제 유부남들은 유행병 연구를 하지 못하도록 하는 규칙을 만들었어요."

"오?" 브리드가 말했다.

"유행병을 연구하던 유부남들이 대개 보고서를 제출하기도 전에 그 유행병에 걸려 죽는다는 걸 알아냈거든요." 에버렛 박사가 말했다. 그는 고개를 절레절레 흔들었다. "도대체 이해가 안 돼요, 도대체 이해가 안 된다고요. 가끔 이해가 되는 것 같다가도…… 다시 이해할 수가 없어요."

"사망 원인이 유행병이라고 판단하려면 사망자가 반드시 기

혼자여야 하는 거요?" 브리드가 물었다.

"아내가 있어야 하고, 그리고 아이들이 있어야 합니다." 에버렛 박사가 말했다. "그게 전형적인 패턴입니다. 아내만 있는 건 별 의미가 없어요. 이상하게도 아내와 아이 하나 역시 큰 의미가 없고요." 그는 어깨를 으쓱했다. "아, 자기 어머니나 다른 친척에게 유달리 헌신적인 경우, 어쩌면 자기 출신 학교에 헌신적인 경우도 엄밀히 말하면 유행병으로 분류되어야 할지 모르겠습니다. 하지만 그런 경우들은 통계적으로 중요하지 않아요. 충격적인 숫자의 사례만 다루는 전염병학자에게 이 유행병은, 성공했고 야망이 있고 아이가 둘 이상 있는 유부남들이 압도적으로 많이 걸리는 병입니다."

밀리컨은 그들의 대화에 전혀 흥미를 보이지 않았다. 엄청난 무관심을 드러내면서 그는 자신의 가족사진을 두 독신남 앞에 내려놓았다. 사진 속에는 꽤 평범한 어머니가 꽤 평범한 아이 셋을 데리고 있었다. 아이 중 하나는 젖먹이였다. "이 멋진 사람들의 눈을 봐요!" 그가 쉰 목소리로 말했다.

브리드와 에버렛 박사는 놀라서 서로를 흘끔거리다 밀리컨이 시키는 대로 했다. 그들은 어두운 표정으로 사진을 바라보았다. 그리고 밀리컨도 유행병에 걸려 죽게 되리라는 걸 서로 확인했다.

"이 멋진 사람들의 눈을 보라고요." 이제 밀리컨의 목소리가

'늙은 수부'*처럼 비극적으로 울렸다. "내가 언제든 해줄 수 있었던 겁니다. 지금까지는요." 그가 말했다.

브리드와 에버렛 박사는 계속해서 그 재미없는 눈들을 들여다보았다. 곧 죽을 남자의 모습을 보는 것보다는 사진을 보는 게 나았기 때문이다.

"로버트를 봐요!" 밀리컨은 자기 장남을 보라고 명령했다. "저 훌륭한 소년에게 더는 앤도버**에 갈 수 없다고, 이제부턴 공립학교에 다녀야 한다고 말해야만 하는 걸 상상해봐요! 낸시를 보라고요!" 그가 하나뿐인 딸 이야기를 꺼냈다. "이젠 말도 못 타고, 요트도 못 타고, 컨트리클럽도 못 가겠죠. 그리고 다정한 엄마의 품에 안긴 꼬마 마빈을 봐요." 그가 말했다. "이 세상에 아이를 낳아놓고는 아이에게 아무런 특권도 줄 수 없다는 걸 깨닫는 심정을 상상해보세요!" 자학과 수치에 취한 목소리였다. "저 불쌍한 꼬마는 사는 내내 한 발씩 내디딜 때마다 싸워야 한다고요! 저 아이들 모두가 말입니다. 아메리칸 신용증권 생명·상해보험 회사가 망하면, 저 아이들의 아버지가 해줄 수 있는 일은 하나도 없게 됩니다! 다들 기를 쓰고 노력해야 한

---

* 영국 낭만주의 시인 사무엘 테일러 콜리지의 시 「늙은 수부의 노래(The Rime of the Ancient Mariner)」에서 알바트로스를 죽이고 신의 저주를 받은 늙은 수부.

** 매사추세츠주 앤도버에 사립 명문 기숙학교 필립스 아카데미가 있다.

다는 말입니다!" 그가 외쳤다.

밀리컨의 목소리는 두려움 때문에 다시 누그러졌다. 그는 두 독신남에게 자기 아내를 보라고 했다. 별 특징 없이 통통하고 게을러 보이는 여자였다. "저렇게 멋진 여자와 함께라고 생각해보세요. 좋은 시절과 나쁜 시절을 함께한 진짜 친구이자, 아이들을 낳고 그 아이들에게 훌륭한 가정을 만들어준 사람과 함께라고 말이에요." 그는 한참 잠자코 있다가 다시 말했다. "상상해봐요. 그녀의 영웅이 되는 것을, 그녀가 평생 갈망해온 모든 걸 그녀에게 안겨주는 것을. 그리고," 그가 속삭였다. "그녀에게 그 모든 걸 잃었다고 말하는 것을 상상해보십시오."

밀리컨은 훌쩍였다. 그는 임원 회의실에서 달려나가 자기 사무실로 직행해 책상에서 장전된 리볼버를 꺼냈다. 브리드와 에버렛 박사가 그를 따라 달려갔지만, 밀리컨이 이미 자기 뇌를 날려버린 뒤였다. 그리하여 밀리컨은 100만 달러라는 멋진 생명보험금을 탈 수 있게 되었다.

그리고 부를 창출하기 위해 자살을 하는 유행병의 또 한 사례가 그곳에 쓰러져 있었다.

"그러니까……" 이사회 회장이 말했다. "난 저 사람 같은 미국인들이 전부 어떻게 될지 궁금했소. 자기 인생이 가족을 점점 더 부자로 만들어주기 위한 것이라고, 그렇게 하지 못하면 그건 인생이 아니라고 믿는, 이 똑똑하고 빛나는 새 인류가 어떻게 될지 궁금했단 말이오. 만약 다시 불경기가 찾아온다면 그들이 어떻게 될까, 똑똑하고 빛나는 사람들이 자신들의 순자산이 줄어들고 있다는 걸 갑자기 알게 되면 어떻게 될까 종종 생각했소." 브리드는 바닥을 가리켰다. 그리고 천장을 가리켰다. "올라가지 않고 내려간다면."

불경기가 시작되었다. 유행병이 돌기 약 사 개월 전에.

"한 가지밖에 모르는 사람들이오, 올라갈 줄만 아는 사람들." 브리드가 말했다.

"그리고 그들의 아내들과 아이들도 한 가지밖에 모르죠." 에버렛 박사가 말했다. "신이시여……" 그는 창가로 가서 겨울의 하트퍼드를 내다보며 말했다. "이제 이 나라의 주요 산업은 살기 위해 죽는 것이군요."

100달러짜리
키스

Q: 당신이 하는 모든 말이 저기 있는 속기사에 의해 기록될 거라는 사실을 알고 계십니까?

A: 네, 그렇습니다.

Q: 그리고 당신의 증언이 당신에게 불리하게 적용될 수 있다는 것도 아십니까?

A: 알고 있습니다.

Q: 성함, 나이, 주소가 어떻게 되시죠?

A: 헨리 조지 러벌 주니어, 서른세 살, 인디애나주 인디애나폴리스 노스 펜실베이니아 스트리트 4121번지입니다.

Q: 직업은요?

A: 오늘 오후 두시 정도까지는 오하이오 이글 상호 재해·손

해 회사의 인디애나폴리스 지점에서 기록 부서 관리자로 일했습니다.

Q: 서클 타워에서요?

A: 네.

Q: 저를 아십니까?

A: 인디애나폴리스 경찰서의 조지 밀러 경사님입니다.

Q: 당신에게 이 증언을 하게 하기 위해 당신을 학대하거나, 학대하겠다고 협박하거나, 대가를 제공하겠다고 한 사람이 있습니까?

A: 아니요.

Q: 당신은 오늘 오후 두시경에 번 피트리라는 남자를 전화기로 폭행한 사실이 있습니까?

A: 말을 하고 소리를 듣는 부분으로 그의 머리를 내려쳤습니다.

Q: 그것으로 그 사람을 몇 번 때렸습니까?

A: 한 번입니다. 세게 딱 한 번 때렸습니다.

Q: 번 피트리는 당신에게 어떤 사람입니까?

A: 제게 번 피트리는 이 세상의 문제 바로 그 자체입니다.

Q: 제 말은, 회사 안에서 번 피트리는 당신에게 어떤 사람입니까?

A: 저희는 같은 중견 간부급이었습니다. 다른 부서에 있었죠.

그는 제 상사가 아니었고, 저도 그의 상사가 아니었습니다.

Q: 승진을 놓고 경쟁하는 사이였나요?

A: 아닙니다. 우리는 서로 전혀 다른 분야에서 일했습니다.

Q: 그를 어떻게 묘사하시겠습니까?

A: 감정을 담아서 번을 묘사하기를 바라시는 겁니까, 아니면 그저 기록을 위해섭니까?

Q: 좋으실 대로 하시죠.

A: 번 피트리는 서른다섯 살쯤 된, 덩치가 크고 뚱뚱한 핑크빛 피부의 남자입니다. 오렌지색 머리칼은 실크 같고, 위쪽 앞니 두 개는 비버처럼 길죠. 빨간 조끼를 입고, 아주 작은 시가를 끊임없이 피웁니다. 여자 잡지에 매달 최소한 15달러를 쓰고요.

Q: 여자 잡지요?

A: 〈맨 어바웃 타운〉 〈불〉 〈비럴〉 〈바이털〉 〈비거〉 〈메일 밸러〉* 같은 것들 있잖습니까.

Q: 그러니까 번 피트리가 그런 잡지들에 매달 15달러를 쓴다는 말씀이신가요?

A: 적어도요. 그런 것들은 한 권에 보통 50센트 정도 하는데, 점심시간이 끝나고 돌아올 때 새 잡지를 최소 한 권 이상 사서

* 각각 '사교가' '황소' '정력이 넘치는' '활력 있는' '정력' '남자의 용기'라는 의미.

들어오지 않은 적이 없습니다. 가끔은 세 권을 사오기도 했습니다.

Q: 당신은 여자들을 좋아하지 않습니까?

A: 물론 좋아합니다. 여자라면 환장을 합니다. 한 여자와 결혼했고, 착하고 어린 딸이 둘 있습니다.

Q: 번이 그런 잡지를 사는 것에 대해서 당신은 왜 분개하십니까?

A: 분개하지 않습니다. 그냥 좀 병적으로 느껴질 뿐입니다.

Q: 병적이라고요?

A: 번에게 여자 사진들은 마치 마약 같습니다. 그러니까, 누구나 가끔 핀업 걸 사진을 보는 건 좋아하지만, 번은 한아름 사야 직성이 풀리죠. 그것들에 돈을 엄청나게 쓰고, 그 사진들은 그에게 현실의 그 어떤 것보다 더 현실적입니다. 핀업 걸 사진 아래에 '이리 와 베이비, 같이 놀자' 같은 말이 쓰여 있으면, 번은 그걸 믿습니다. 그 여자가 정말로 자기에게 그렇게 말하고 있다고 생각하죠.

Q: 번은 결혼했습니까?

A: 착하고 예쁘고 다정한 여자와 결혼했습니다. 그의 집엔 아주 예쁜 아내가 있어요. 그가 무슨 YMCA에 갇혀 산다거나 그런 것도 아니고요.

Q: 그런 잡지들엔 여자 사진 말고 다른 건 전혀 없습니까?

A: 아 물론, 다른 것들도 있죠. 그런 잡지를 펼쳐보신 적이 한 번도 없으십니까?

Q: 제가 질문 드렸습니다.

A: 그런 잡지들은 거의 다 비슷합니다. 벌거벗은 여자 사진이 큰 걸로 최소 한 장은 있습니다. 보통 한가운데에 있죠. 잡지가 팔리는 건 바로 그 큰 사진 때문입니다. 그리고 외제차라든가 미혼남의 펜트하우스를 꾸미는 법, 홍콩의 백인 노예, 오디오 스피커 고르는 법 같은 기사가 있죠. 하지만 번이 원하는 건 여자 사진입니다. 그에게, 그 사진들을 보는 건 그 여자들과 데이트를 하는 것과 마찬가지입니다. 허리띠도요.

Q: 뭐라고 하셨나요? 마지막 말씀이 뭐였죠? 허리띠요?

A: 그런 잡지 속 기사에 나오는 또다른 것이죠. 허리띠요.

Q: 본인도 그런 잡지들을 꽤나 열심히 읽으신 것 같군요.

A: 제 자리가 번의 바로 옆이었습니다. 온통 잡지들로 뒤덮여 있었어요. 그리고 새 잡지를 사서 사무실로 돌아올 때마다, 번은 그 잡지를 제 코에 문질렀고요.

Q: 실제로 당신 코에 문질렀다고요?

A: 정말입니다. 그리고 늘 같은 말을 했습니다.

Q: 늘 하던 말이 뭐였습니까?

A: 여성 속기사 앞에서 말하고 싶지 않습니다.

Q: 대충 비슷하게 말씀해주실 수 없나요?

A: 번은 여자 사진이 있는 페이지를 펼치고, 대충, 이렇게 말하곤 합니다. "야, 이런 예쁜 여자에게 키스할 수 있다면 난 100달러라도 낼 거야. 넌 안 그래?"

Q: 그게 거슬렸습니까?

A: 몇 년 지나니 짜증이 나기 시작했습니다.

Q: 어째서죠?

A: 지독히도 형편없는 가치관이 드러나니까요.

Q: 스스로가 사람들의 가치관을 바로잡아주고 다닐 자격이 있는 전능한 신이라고 생각하시나요?

A: 전 제가 전능한 신이라고 생각하지 않습니다. 심지어 훌륭한 유니테리언교도라고도 생각하지 않아요.

Q: 오늘 오후에 점심식사를 마치고 사무실로 돌아왔을 때 어떤 일이 있었는지 이야기해주시겠습니까?

A: 번 피트리가 새로 사온 〈메일 밸러〉를 펼쳐 들고 자기 책상 앞에 앉아 있더군요. 두 페이지에 걸쳐 실린 패티 리 마이놋이라는 여자의 사진을 보고 있었습니다. 그 여자는 셀로판으로 된 가운 차림이었고, 번은 전화에 귀를 기울이는 동시에 잡지를 보고 있었죠. 송화구는 한 손으로 덮고 있었어요. 아주 근사한 걸 듣고 있다는 듯이 제게 윙크를 해보이더군요. 저한테도 제 전화로 들으라고 손짓을 했습니다. 전화를 3번 회선에 맞추라는 뜻으로 손가락 세 개를 들어 보였어요.

Q: 3번 회선이요?

A: 사무실로 들어오는 회선이 세 개 있습니다. 사무실을 둘러보았더니 전화기마다 한 명씩 붙어서 3번 회선을 듣고 있더군요. 사무실에 있는 모든 사람들이 듣고 있었어요. 그래서 저도 들어봤죠. 전화벨 소리가 들리더군요.

Q: 뉴욕에 있는 패티 리 마이놋에게 거는 전화였나요?

A: 네. 그 당시에는 몰랐지만, 그랬습니다. 번은 제게 무슨 일인지 설명을 해주려고 했어요. 잡지에 있는 패티 리 마이놋의 사진을 가리키더니 미스 해클먼의 자리를 가리키더군요.

Q: 해클먼 자리에서 무슨 일이 일어나고 있었나요?

A: 해클먼은 감기 때문에 결근했습니다. 건물 관리인 한 명이 해클먼의 의자에 앉아서 그녀의 전화를 쓰고 있었습니다. 모두가 듣고 있던 장거리 전화를 건 게 바로 그 사람이었어요.

Q: 그 사람을 아시나요?

A: 건물 안에서 본 적이 있습니다. 성은 모르지만 이름은 알아요. 작업복 뒤에 이름이 수놓아져 있거든요. 그의 이름은 해리입니다. 성까지 하면 해리 바커라는 건 나중에 알게 되었습니다.

Q: 그를 묘사해보세요.

A: 해리요? 음, 실제보다 나이가 훨씬 더 들어 보입니다. 한 마흔다섯 살쯤 되어 보이죠. 실제로는 아마 저보다 어릴 겁니

다. 꽤 잘생겼고, 예전에는 운동도 꽤 잘했을 것 같아요. 하지만 머리숱이 빠른 속도로 줄고 있고, 걱정이 많아서 그런지 주름이 많습니다.

Q: 그래서, 당신은 뉴욕에서 울리는 전화벨 소리를 듣고 계셨다고요?

A: 네. 그리고 실수로 재채기를 했습니다.

Q: 재채기요?

A: 재채기요. 전화기에다 대고 하는 바람에 모두들 펄쩍 뛰었죠. 누군가 "게준트하이트"*라고 해서 번 피트리는 아주 기분 나빠 했습니다.

Q: 그가 어떤 행동을 했죠, 정확히?

A: 얼굴이 시뻘게지더니 투덜거렸습니다. "너희들, 닥치고 있어" 하고 투덜거렸어요. 그 왜 있잖습니까, 멍청이들 때문에 아름다운 경험을 망치는 게 싫은 사람처럼요. "이봐, 너희들, 끊거나 닥치거나 둘 중 하나만 해. 난 듣고 싶다고"라면서 투덜댔어요. 그리고 그때 상대방이 전화를 받았습니다. 패티 리 마이놋의 가정부였죠. 장거리 교환원이 이러이러한 번호가 맞느냐고 물었고 가정부가 맞다고 대답했습니다. 그러자 교환원이 "전화 받으십시오"라고 했죠. 관리인 해리가 가정부에게 이야

* Gesundheit. 독일어로 '건강'이라는 뜻. 영어의 'Bless you'처럼 재채기를 한 사람에게 하는 말로 쓰인다.

기하기 시작했어요. 해리는 잔뜩 긴장해 있었죠. 어떤 목소리를 내야 할지 마음을 정하려는 양 전화기에 대고 이상한 표정을 잔뜩 지어댔어요. 그러더니 "멜로디 알린 피처 양과 통화할 수 있을까요?"라고 했습니다. 가정부는 "누구요?"라고 물었죠. "멜로디 알린 피처 양이요." 해리가 말했습니다. "여기 피처라는 사람은 없는데요." 가정부가 대답했죠. 해리가 "패티 리 마이놋의 전화 맞나요?"라고 묻자 가정부는 "맞는데요" 하고 대답했습니다. "멜로디 알린 피처가 패티 리 마이놋의 본명이에요" 하고 해리가 말했습니다. 가정부는 "저는 그런 건 전혀 몰라요"라고 했고요.

Q: 패티 리 마이놋이 누구죠?

A: 아시지 않습니까?

Q: 기록을 위해 여쭤보는 겁니다.

A: 방금 말씀드렸는데요. 번의 잡지에 있던, 셀로판 가운을 입은 여자 말입니다. 〈메일 밸러〉 한가운데 페이지에 있던 여자입니다. 화려한 유명인이라고 할 수 있을 것 같네요. 여자 사진이 실리는 잡지에 늘 등장하고, 가끔 텔레비전에도 나옵니다. 빙 크로즈비와 함께 영화에 출연한 것도 한 번 본 적 있어요.

Q: 계속하시죠.

A: 그녀의 사진 밑에 어떤 문구가 있었는지 아십니까?

Q: 뭡니까?

A: '10월의 영원한 여인'이라고 쓰여 있었어요.

Q: 전화 통화에 대해서 계속 이야기해주시죠.

A: 음, 관리인 해리는 패티 리 마이놋의 본명을 가지고 가정부에게 장난을 걸었습니다. "언제 한번 멜로디 알린 피처라고 불러본 다음 뭐라고 하는지 들어보세요." 가정부는 "괜찮으시다면 저는 그렇게 안 할게요"라고 했습니다. 해리는 "그녀를 바꿔주시겠어요? 해리 K. 바커한테서 전화가 왔다고 전해주세요" 했고, 가정부는 "그녀가 당신을 아나요?" 하고 물었죠. 그리고 해리가 대답했습니다. "잠깐 생각해보면 기억을 할 겁니다." 그러자 가정부가 "어떻게 아는 사이인가요?" 하고 물었고, 해리는 "고등학교요"라고 답했습니다. "오늘밤 TV쇼 출연이 있어서 지금은 방해받고 싶지 않을 것 같은데요"라고 가정부가 말하자 해리가 "고등학교 때 저와 그녀는 부부였어요. 그러면 얘기가 좀 달라질 수도 있을까요?" 했습니다. 그때 번이 제 팔을 쳤습니다.

Q: 그가 당신을 쳤다고요?

A: 네,

Q: 당신이 그를 폭행하기 전에 그가 먼저 당신을 폭행했다고 주장하시는 건가요?

A: 그럴 수도 있을 것 같군요, 안 그런가요? 흥미로운 생각이군요. 만약 제가 사기꾼 같은 변호사를 고용하게 되면 변호

사가 그렇게 주장하겠지요. 아뇨, 번은 저를 폭행하지 않았습니다. 제 주의를 끌려고 팔을 쳤던 것뿐입니다. 아플 정도로 세게 때리긴 했지만요. 그러고는 패티 리 마이놋의 사진을 실제로 제 얼굴에 대고 마구 문질렀어요.

Q: 문질렀다고요?

A: 실제로 사진을 제 얼굴에 대고 온통 문질렀습니다.

Q: 전화를 받던 가정부는 해리 K. 바커가 한때 자기 고용주와 부부 사이였다는 걸 알고 나서 어떻게 했나요?

A: "기다리세요"라고 말했습니다.

Q: 그렇군요.

A: 그런 다음 가정부가 전화기 앞을 떠났는데, 제가 "기다리세요"라고 말했습니다. 그리고 번이 폭발했죠.

Q: 당신이 전화에 대고 농담을 했는데, 번은 그게 마음에 들지 않았던 겁니까?

A: 전 그냥 가정부의 말투를 흉내냈던 건데, 번은 완전히 뚜껑이 열려버렸어요. 그가 말했죠. "그래, 이 잘난 놈아, 주둥이 닥치고 있어. 난 네 천상의 목소리를 하루종일, 매일, 매년 듣고 살아. 이제 패티 리 마이놋의 목소리를 직접 듣게 될 참이니까, 그 아가리를 닥치고 있어준다면 정말 고맙겠어. 이 통화료도 내가 내는 거야. 내 주머니에서 나가는 돈이라고. 얼마든지 같이 들어도 좋지만, 제발 닥치고 있으라고."

Q: 번이 통화료를 냈습니까?

A: 맞습니다. 전화를 거는 것 자체가 번의 생각이었습니다. 번이 해리에게 그 잡지에 실린 패티 리 마이놋의 사진을 보여주었을 때 시작된 일이었습니다. 번은 해리에게 이렇게 예쁜 여자와 키스할 수 있다면 100달러라도 내겠다고 했고, 해리는 그렇게 말하다니 우습다고 했지요. 해리가 번에게 자기가 한때 그 여자의 남편이었다고 했고, 번은 믿지 못했습니다. 그래서 20달러 내기로 전화를 건 겁니다.

Q: 번이 당신에게 폭발했을 때, 어떤 식으로든 반격하지는 않았습니까?

A: 전 그냥 받아들였습니다. 그는 장난칠 기분이 아니었거든요. 마치 제가 그의 연애를 망치려 든 것 같았습니다. 그와 패티 리 마이놋이 서로 열렬히 사랑에 빠져 있는데, 제가 나타나서 박살을 낸 것 같았어요. 저는 한마디 대꾸도 하지 않았고, 그때 패티 리 마이놋이 전화를 받았어요. "여보세요?" 그녀가 말했죠. "나 해리 바커야." 해리는 사근사근하고 세련되게 이야기하려고 했습니다. 그리고 번이 줬던 작은 시가에 불을 붙이고 있었어요. 그가 말했습니다. "오랜만이야, 멜로디 알린." 그러자 그녀가 말했죠. "누구세요? 당신이야, 퍼드?"

Q: 퍼드는 누구죠?

A: 저도 모릅니다. 그녀의 친구 중에 장난치기를 좋아하는

사람이 또 있는지도 모르죠. 재미있는 일을 좋아하는 뉴욕의 화려한 유명인 중에서 말입니다. 해리는 "아니, 진짜 해리야. 우리 십일 년 전 10월 14일에 결혼했잖아, 멜로디 알린. 기억나?"라고 했어요. 그녀가 말했습니다. "정말 해리일 거라고 믿진 않지만, 해리라면 왜 나한테 전화한 거야?" "우리 딸이 어떻게 지내는지 궁금해할 것 같아서 전화했어, 멜로디 알린." 해리가 말을 이었습니다. "그동안 아이에 대해 알아보려고 한 적이 한 번도 없었잖아. 그애가 어떻게 지내는지 궁금해할 거라고 생각했어, 네가 낳은 유일한 아이니까."

Q: 그녀가 뭐라고 대답하던가요?

A: 일 분 정도 아무 말도 하지 않았습니다. 그리고 마침내 아주 거칠고 새된 목소리로 이렇게 말했습니다. "누구시죠? 날 협박하려는 건가요? 그렇다면 곧장 지옥에나 가버려요. 신문사에 가서 다 떠벌리고 싶으면 그렇게 해요. 그걸 비밀로 숨기려고 한 적도 없었어요. 난 열여섯 살 때 해리 바커라는 남자애랑 결혼했어요. 우리 둘 다 고등학교 2학년이었고, 내가 아이를 갖게 돼서 결혼했던 거였어요. 온 세상에 다 떠벌려도 상관없어요." 그러자 해리가 말했습니다. "그 아이는 죽었어, 멜로디 알린. 네 어린 아기는 네가 떠나고 이 년 후에 죽었어."

Q: 그가 뭐라고 말했다고요?

A: 그와 그녀의 아이가 죽었다고 했습니다. 그들의 아기가

죽었다고요. 그녀는 그 사실조차 몰랐고, 자기 딸이 어떻게 되었는지 알아본 적이 한 번도 없었죠. 그 여자가, 〈메일 밸러〉에 따르면, 붉은 피가 흐르는 남자라면 누구나 꿈꾸는 영원한 여인이라는군요. 그리고 그녀가 뭐라고 했는지 아세요?

Q: 아뇨.

A: 경사님, 그 '10월의 영원한 여인'은 이렇게 말했습니다. "그건 내 인생에서 통째로 지워버린 부분이야. 미안하지만 난 관심 없어."

Q: 그녀가 그렇게 말했을 때 번 피트리의 반응은 어땠나요?

A: 특별한 반응은 없었습니다. 돼지 같은 작은 눈은 완전히 멍해진 상태였고, 이를 드러내고 있었는데 아마 갈고 있는 것 같았어요. 자신과 패티 리 마이놋의 요란한 백일몽에 빠져 있었죠.

Q: 그리고 어떻게 되었나요?

A: 그러고는 아무 일도 없었습니다. 그녀가 전화를 끊었고, 그걸로 끝이었죠. 우리 모두 전화를 끊었고, 번을 제외한 모두가 토할 듯한 표정이었습니다. 해리가 일어나서 고개를 가로저었습니다. "세상에, 그녀에게 전화를 하지 않을 정도의 지각은 있었어야 했는데"라고 했죠. "여기 20달러 받아, 해리." 번이 말했습니다. "됐어" 하고 해리가 말했어요. 해리는 악몽 속에 있는 사람 같았습니다. "이젠 받고 싶지 않아. 그녀에게 돈

을 받는 기분일 거야." 해리는 자기 양손을 내려다보았습니다. "내가 그녀에게 집을 지어줬어, 작고 멋진 집이었지. 내 손으로 직접 지은 집이었는데." 그는 다른 이야기를 하려다 마음을 바꿨습니다. 계속 자기 두 손을 내려다보면서 사무실 밖으로 비틀비틀 걸어나갔죠. 그뒤로 삼십 분 정도, 사무실 안은 시체 안치소 같았어요. 모두 기분이 엉망이었습니다, 번만 빼고요. 번 쪽을 보았더니, 다시 패티 리 마이놋의 사진을 펼쳐놓고 있더군요. 저와 눈이 마주치자 그가 제게 말했습니다. "저 운좋은 개자식."

Q: 누가 운좋은 개자식입니까?

A: 해리 바커가 운좋은 개자식입니다. 침대 위에 있는 그 멋진 여자와 결혼한 적이 있으니까요. "저 운좋은 개자식," 번이 말했습니다. "야, 전화로 목소리를 들었으니까, 이제 이 여자는 1천 달러 주고 키스하고 싶은 여자야."

Q: 그때 그를 폭행했습니까?

A: 맞습니다.

Q: 번의 전화로요? 정수리를요?

A: 맞습니다.

Q: 기절시키셨습니까?

A: 저는 번 피트리를 기절시켰습니다. 고등어보다도 더 완벽하게 뻗게 했죠. 갑자기 이 세상의 문제가 바로 번 피트리라는

걸 깨달았기 때문입니다.

Q: 이 세상의 문제가 뭡니까?

A: 모두 사진에만 관심을 가집니다. 아무도 피사체 자체에는 관심을 갖지 않아요.

Q: 덧붙이고 싶은 말이 있으신가요?

A: 네. 제 체중은 56킬로그램이고, 번 피트리는 90킬로그램이며, 그가 저보다 30센티미터는 더 크다는 사실을 기록에 남기고 싶습니다. 저는 무기를 사용할 수밖에 없었습니다. 물론 그의 병원비를 댈 준비는 되어 있습니다.

후견인

"그 많은 돈이 없었으면 좋았을 텐데." 낸시 홈스 라이언이 말했다. "정말 없었으면 좋았을 것 같아." 낸시는 한 시간 반 전에 결혼했다. 그녀는 남편과 함께 차를 타고 보스턴에서 케이프코드로 가고 있었다. 늦겨울 정오였다. 배경으로 납빛 바다, 널빤지로 창문을 막은 여름별장들, 아직 갈색 잎사귀들을 꽉 붙들고 있는 졸참나무들, 서리를 수염처럼 매단 크랜베리 덩굴들이 펼쳐져 있었다……

"그렇게 돈이 많다는 건 부끄러운 일이야." 낸시가 말했다. "진심이야." 정말 진심은 아니었다. 그러니까, 아주 진지하게 한 말은 아니었다는 뜻이다. 그녀는 결혼식과 첫날밤 사이의 기이한 연옥을 겪고 있는 중이었다. 그런 연옥에 있는 여자들이 흔히 그렇듯, 낸시는 자기 목소리가 비현실적으로 느껴졌다. 마치 목소리가 커다란 양철통 안에서 울리는 것 같았다. 그 목소리가 지나칠 정도로 강렬하게 이야기하면서, 과장된 의견을 마치 그녀 영혼의 기반이라도 되는 것처럼 말하는 게 그녀 자신의 귀에 들렸다.

그런 주장들은 그녀 영혼의 기반이 아니었다. 낸시는 흰소리를 하며—이것은 사랑하고 저것은 싫어하는 척하면서—이 연옥이라는 혼란스러운 사실, 기혼자로서의 새 삶이 진정으로 시작되기 전까지 자신이 아무것도 아니고, 그 누구도 아니며, 그 어디에도 존재하지 않는다는 사실에 최선을 다해 적응하고 있었다.

조금 전 낸시는 벽토를 바른 집들과 거기 사는 사람들에게 놀라울 정도로 가혹한 공격을 펼치며, 남편에게 두 사람은 절대 벽토를 바른 집에 살지 않을 것이라고 약속하게 했다. 그건 진심이 아니었다.

이제 통제 불능이 된 낸시는 자기 남편이 가난했다면 좋았을 거라고 말했지만, 정말 진심은 아니었다. 남편은 가난과는 거리가 멀었다. 그에게는 대략 20만 달러 정도가 있었다.

낸시의 남편은 MIT의 공학도였다. 이름은 로버트 라이언 주니어였다. 로버트는 키가 크고 말수가 적었다. 상냥하고 예의

발랐지만 내향적일 때가 많았다. 그는 아홉 살에 고아가 되었고, 그때부터 케이프코드의 삼촌과 숙모 밑에서 자랐다. 유산을 많이 물려받은 어린 고아들이 거의 그렇듯, 로버트에겐 후견인이 두 명 있었다. 재산을 관리하는 후견인과 그를 양육하는 후견인이었다. 그의 재산을 관리한 후견인은 케이프코드의 머천츠 신탁 회사였다. 그를 양육한 후견인은 그의 삼촌 찰리 브루어였다. 지금 로버트가 케이프코드로 가는 건 신혼여행 때문만은 아니었다. 그는 자신의 유산을 전부 스스로 관리하게 될 예정이었다. 결혼식 날은 그의 스물한번째 생일이기도 했고, 신탁 회사의 재정적 후견인 기한이 법적으로 끝나는 날이기도 했다.

로버트는 자기 나름의 연옥에 있었다. 그는 말을 많이 하지 않았다. 거의 완전히 기계적으로 움직였고, 자동차와 하나가 되어 다른 것에는 관심을 두지 않았다. 수다스러운 핑크빛 신부에 대한 그의 반응은 도로에 대한 반응처럼 자동적이었다.

낸시는 쉴새없이 떠들었다.

"빈손으로 시작하는 게 더 좋아" 그녀가 말했다. "네가 그 돈을 나한테 비밀로 했으면 좋았을 텐데, 그냥 만약을 대비해 은행에 넣어두는 거지."

"그럼 잊어버려." 로버트가 말했다. 그는 담배 라이터를 밀어넣었다. 잠시 후 라이터가 튀어나오자 로버트는 길에서 눈을 떼지 않은 채 담배에 불을 붙였다.

"직장은 계속 다닐 거야." 낸시가 말했다. "우리 힘으로 살아가자." 그녀는 MIT 입학처의 비서였다. 그녀와 로버트는 서로 알게 된 지 두 달 만에 결혼했다. "우리 힘으로 버는 돈만 쓰면서 사는 거야." 그녀가 말했다.

"좋아." 로버트가 말했다.

"너랑 결혼한다고 할 때만 해도 너한테 한푼이라도 있는지 몰랐어." 낸시가 말했다.

"나도 알아." 로버트가 말했다.

"네 삼촌도 아시면 좋겠어." 낸시가 말했다.

"내가 말씀드릴게." 로버트가 말했다. 로버트는 찰리 삼촌에게 결혼할 거라는 이야기도 하지 않았다. 삼촌은 깜짝 놀랄 것이다.

혼자 결정을 내리고 주위를 크게 놀라게 하는 건 로버트의 전형적인 행동이었다. 겨우 아홉 살 때도, 그는 왠지 삼촌과 숙모에게 정서적인 의존을 거의 드러내지 않는 것이 중요하다고 생각했다. 그들과 같이 살던 여러 해 동안, 로버트가 거리를 두던 것에 대해 언급된 적이 딱 한 번 있었다. 메리 숙모가 한 번 로버트를 하숙생이라고 한 적이 있었다.

메리 숙모는 이미 세상을 떠났다. 아직 살아 있는 찰리 삼촌은 신탁 회사 건너편에 있는 식당 애틀랜틱 하우스에서 로버트와 함께 점심을 먹기로 되어 있었다. 찰리는 크고 낡고 오래된 크라이슬러를 타고 케이프코드 전역을 돌아다니며 낯선 이들의 현관문을 두드렸다. 그는 알루미늄 합금으로 만든 폭풍 대비용 덧창과 블라인드를 팔고 수수료를 받는 세일즈맨이었다.

"삼촌이 날 마음에 들어하셨으면 좋겠다." 낸시가 말했다.

"좋아하실 거야." 로버트가 말했다. "걱정하지 마."

"난 모든 게 다 걱정돼." 낸시가 말했다.

케이프코드에 있는 머천츠 신탁 회사는, 로버트의 재정적 후견인으로서 그의 스물한번째 생일에 해야 할 임무가 몇 가지 있었다. 온갖 서류에 그의 서명을 받아야 했고, 십이 년간 재정관리인으로서 어떻게 일해왔는지 그에게 알려주어야 했다.

로버트가 찾아가기로 한 시각은 한시 반이었다.

로버트의 또다른 후견인 찰리 삼촌이 이날 해야 할 일은 아무것도 없었다. 법률상으로 로버트의 후견인으로서 찰리의 책임은 이날 그냥 증발하게 되어 있었다.

그랬다, 자동적으로 그렇게 되는 것이었다.

하지만 찰리는 그냥 그렇게 넘어갈 수 없었다. 여하튼 찰리에게는 다른 자식이 없었고, 로버트를 사랑했으며, 자신과 아내가 태어나서 한 일 중 가장 잘 한 일이 로버트를 키운 일이라고 생각했다. 그래서 찰리는 로버트가 은행에 가기 전, 로버트에 대한 자신의 후견인 자격이 끝나는 것을 기념하는 조그맣고 감상적인 자리를 계획했다.

찰리는 로버트가 결혼한 걸 모르고 있었기 때문에 그 계획은 두 사람만을 위한 것이었다.

찰리는 로버트가 오기로 한 시간보다 삼십 분 일찍 애틀랜틱 하우스에 들어갔다. 그는 레스토랑 안의 바 근처로 가서 작은 2인용 테이블에 앉았다.

그리고 앉아서 기다렸다.

바에 있는 사람들 중 몇몇은 찰리를 알았기 때문에 그를 향해 고개를 끄덕여 보였다. 찰리를 잘 아는 사람들은 그가 바 근처에 앉은 것을 보고 놀랐다. 찰리는 지난 팔 년간 감히 술을 마실 엄두를 내지 못했기 때문이다. 알코올의존증이었기 때문에 술 근처에도 가지 않았다. 작은 맥주 한 병만 마셔도 몇 주 동안이나 술독에 빠져 지낼 게 뻔했다.

찰리를 모르는 새로 온 여자 종업원이 주문을 받고 바에 가서 크고 또렷한 목소리로 주문을 전달했다. "버번 온더록스." 하지만 왠지 공허했다. 그녀는 자신이 팔 년 동안이나 술을 끊고 지냈던 찰리 브루어가 술을 마실 거라는 엄청난 소식을 전하고 있다는 사실을 몰랐다.

찰리는 술을 받았다.

애틀랜틱 하우스의 사장인 네드 크로즈비가 곧바로 따라나왔다. 종업원이 찰리 앞에 술잔을 놓자 네드가 찰리의 맞은편 의자에 앉았다.

"안녕, 찰리." 네드가 부드럽고 조심스럽게 말했다.

찰리는 종업원에게 술을 가져다주어 고맙다고 인사를 하고서 느긋하게 시간을 끌다가 네드에게 인사를 건넸다. "안녕, 네드." 그가 말했다. "자네 곧 그 의자를 양보해야 될 것 같은데 어쩌지. 우리 조카가 금방 들어올 거거든."

"조카가 마실 술인가?" 네드가 말했다.

"내가 마실 거야." 찰리는 이렇게 대답하고 차분한 미소를 지었다.

두 사람 모두 사십대 후반이었고, 머리가 벗어지고 있었으며, 알코올의존증이었다. 여러 해 전 그들은 술친구였다. 그들은 동시에 술을 끊기로 맹세했고, 알코올의존자 익명 모임에 처음 참석할 때 함께 가기도 했다.

"오늘이 그 녀석의 스물한번째 생일이야, 네드." 찰리가 말했다. "오늘 그 아이가 어른이 되었어."

"잘됐네." 네드가 말했다. 그는 술을 가리켰다. "축하의 의미로군."

"그렇지." 찰리가 간단하게 대답했다. 그는 술잔에 손을 대지 않았다. 로버트가 들어올 때까지 마시지 않을 생각이었다.

모르는 사람들이 찰리와 네드를 봤다면, 네드는 무일푼이고 찰리는 부자라고 짐작했을 것이다. 사실은 정반대였다. 땅딸막하고 초라한 네드는 싸고 평범한 옷가게에서 산 구겨진 운동복을 입고 있었지만 애틀랜틱 하우스에서 매년 3만 달러를 벌었다. 키가 크고 우아한, 영국식 수염을 기른 찰리는 폭풍 대비용 덧창과 블라인드를 팔아서 네드가 버는 돈의 약 10분의 1을 벌었다.

"그건 새 양복인가, 찰리?" 네드가 말했다.

"산 지 좀 된 거야." 사실 그 비싸고 신사다운 어두운색 양복은 십육 년 된 것으로, 찰리가 자기 외모처럼 정말로 부자였던 시절에 산 것이었다. 찰리는 자신이 후견인이 되어주었던 로버트처럼 많은 돈을 상속받았다. 하지만 환상적인 사업을 연달아 벌이며 그 모든 돈을 날렸다. 블라인드 공장도 해봤고, 냉동 커스터드 판매대 체인도 해봤고, 일본산 진공청소기 유통도 해봤고, 하이애니스와 낸터킷을 오가는 페리도 운영해봤다. 심지어 이탈리아의 화산에서 나오는 증기를 동력원으로 활용하는 사업을 계획하기도 했다.

"이 술은 걱정 마, 네드." 찰리가 말했다.

"내가 걱정한다고 했나?" 네드가 말했다.

"자네가 무슨 생각을 하고 있는지 맞히는 데는 상상력이 풍부하지 않아도 돼." 알코올의존자가 빠질 수 있는 가장 확실한

함정은 축하주였고, 찰리는 그 사실을 아주 잘 알고 있었다.

"일주일 동안 들은 말 중 가장 큰 칭찬인걸." 네드가 말했다.

"이건 그냥 평범한 축하가 아니야." 찰리가 말했다.

"그냥 평범한 축하란 없어, 찰리."

"오늘 내가 축하하려는 건," 찰리가 말했다. "정말로 잘된, 단 한 가지 일이라고."

"으흠." 네드는 변함없이 쾌활하고 짓궂은 표정을 짓고 있었다. "축하하고 싶으면 좋을 대로 해, 찰리. 하지만 여기선 안 돼."

찰리가 한 손으로 잔을 감쌌다. "아니. 여기서 할 거야. 곧. 빌어먹을." 찰리는 극적인 순간에 술 한 잔을 마시려고 아주 오랫동안 벼르고 있었고, 이제 아무리 설득해도 듣지 않았다. 그는 이 술 한 잔이 나타내는 위험성을 아주 잘 알았다. 두려워 죽을 지경이었다. 나이아가라 폭포 위에서 외줄타기를 하는 것만큼이나 무서운 시험이었다.

하지만 위험하다는 게 중요한 점이었다.

"네드……" 찰리가 말했다. "조카 녀석은 내가 이 술을 삼키는 걸 보면 겁에 질릴 거야. 그리고 나한테 무슨 일이 생길지 알고 싶어?" 찰리가 몸을 앞으로 기울였다. "아무 일도." 그는 다시 뒤로 기대앉았다. "자네도 보면서 겁먹어도 좋아." 그가 말했다. "보고 싶은 사람은 누구든 보면서 겁먹으라고 해. 꽤 비싼 값에 입장권을 팔아도 되겠지. 찰리 브루어가 팔 년 만에 처음으로 술을 마시는 거니까. 단번에 마실 거야. 그리고 이 술은 나에게 아무 영향도 주지 않을 거야!"

"왜냐?" 찰리가 그렇게 묻는 소리가 너무 커서 식당 반대편까지 들릴 정도였다.

"왜 오늘은 이게 나한테 독이 되지 않느냐고?" 그가 잔을 가리키며 말했다. 그리고 부드럽게 소곤거리는 목소리로 자기 질문에 답했다. "왜냐하면 오늘 내가 생각할 거라고는 완벽한 성공뿐이거든, 네드. 오늘은 내 실패들이 시끄럽게 횡설수설하며 나한테 몰려들지 않는 날이야."

찰리는 믿을 수 없을 만큼 고마움을 느끼며 고개를 가로저었다. "그 녀석, 사랑스러운 내 아이. 오늘 난 한 잔 마셔도 돼, 네드. 왜냐하면 오늘 나는 낙담한 사람이 아니니까."

로버트 라이언 주니어가 애틀랜틱 하우스 뒤 포장 노면 주차장에 차를 댔다. 결혼 후 처음 온 곳이었고, 그의 신부는 처음 하는 모든 것들을 다 기억하려 했다.

"우리가 처음으로 온 곳이야." 낸시 홈스 라이언이 말했다. 그녀는 그곳을 기억에 담아두는 척했고, 싸구려 잡화점과 신발 가게, 라디오 가게, 애틀랜틱 하우스의 뒤에서 연애시를 발견하는 척했다. "언제나 여길 우리가 제일 처음 온 곳으로 기억할 거야." 그녀가 말했다.

로버트는 곧바로 차에서 내려 낸시 쪽으로 가서 문을 열어주었다.

"잠깐," 낸시가 말했다. "이제 결혼했으니까, 당신은 조금 기다리는 법을 배워야 해." 그녀는 백미러를 돌려 자기 모습을 비춰보았다. "배워야 해……" 그녀가 말했다. "여자는 남자처럼 곧바로 무슨 일을 할 수 없어. 여자들은 준비를 좀 해야 돼."

"미안해." 로버트가 말했다.

"새 친척을 만날 때라면 특히 그렇지." 낸시가 말했다. 그녀는 거울을 보며 얼굴을 찡그렸다가 자신이 평가받게 될 여러 가지 표정을 연달아서 빠르게 지어보았다. "난…… 난 그분에 대해 아는 게 거의 없는데." 그녀가 말했다.

"찰리 삼촌?" 로버트가 물었다.

"당신이 이야기를 많이 안 해줬잖아." 낸시가 말했다. "이야기해줘…… 몇 가지만 이야기해줘."

로버트는 어깨를 으쓱했다. "몽상가셔." 그가 말했다.

낸시는 그 말의 의미를 파악해보려 했지만 거의 이해할 수 없었다. "몽상가?" 그녀가 되뇌었다.

"온갖 미친 사업들로 가진 돈을 다 날리셨어." 로버트가 말했다.

낸시는 고개를 끄덕였다. "그렇구나." 아직도 이해되는 게 거의 없었다. "밥?"

"응?" 로버트가 말했다.

"그게 몽상이랑 무슨 상관이야?" 그녀가 말했다.

"현실을 있는 그대로 보는 법이 절대 없어." 로버트의 목소리는 아주 조금 날이 서 있었다.

"진짜 현실은……" 그가 말했다. "언제나 찰리 삼촌의 마음에 차지 않았지."

더 날이 섰다. "어떤 일에 발을 들이더라도…… 몽상 속에서 그걸 계속 부풀려서 자기가 들어본 것 중 제일 근사한 일로 만들어버리지."

"괜찮은 성격처럼 들리는데." 로버트에게 대꾸하느라 본의 아니게 그녀의 목소리도 조금은 시비조였다.

"형편없는 성격이지." 로버트가 거칠게 말했다.

"난 이해가 안 돼." 낸시가 말했다.

"그 불쌍한 아저씨는 아무것도 아닌 일에다 자기 인생을 걸고, 걸고, 또 걸어! 그리고 그건 정말……" 그가 거칠게 고개를 저었다. "정말 아무것도 아니야! 아무것도 아니라고!"

로버트의 신랄함에 낸시는 깜짝 놀랐다. "그분을 좋아하지 않는구나, 로버트?"

"물론 좋아해!" 로버트가 크게 말했다.

로버트의 목소리는 너무 거칠고 세속적이며 외로웠다. 로맨틱하지도 않고 결혼식 날에 전혀 어울리지 않는 목소리였기 때문에 낸시는 뺨을 맞은 듯한 기분이 들었다. 충격의 순간이 지나자 그녀는 눈물을 참을 수 없었다. 눈물을 많이 흘린 것도 아니었고 소리도 나지 않았지만, 그녀의 눈가에서 눈물이 반짝이는 게 훤히 보였다. 그녀는 로버트에게서 등을 돌렸다.

로버트의 얼굴이 빨개졌다. 그가 양손을 허공에서 이리저리 휘저었다. "미안해."

"너무 화가 난 목소리야." 낸시가 말했다.

"나 화 안 났어." 로버트가 말했다.

"화난 목소리야." 낸시가 말했다. "내가 뭐 잘못 말한 거 있어?"

"없어…… 너랑은 아무 상관 없어." 로버트는 한숨을 쉬었다. "이제 준비됐어?"

"아니." 낸시가 말했다. "지금은 안 돼…… 방금 울었잖아."

"천천히 준비해." 로버트가 말했다.

가게 주인 네드 크로즈비는 늙어 보였다. 그는 아직도 찰리와 함께 2인용 테이블에 앉아 있었다. 그는 술을 마시지 않게 옛친구를 구슬리는 데 실패했다. 네드가 새로운 주장을 펼칠수록, 찰리는 자기 계획의 매력으로 더욱 강하게 빛났다.

네드가 일어서자 찰리는 즐겁다는 표정으로 애정을 담아 그를 올려다보았다.

"가려고?" 찰리가 말했다.

"갈 거야." 네드가 말했다.

"내가 자네 마음을 편하게 해줬다면 좋겠군." 찰리가 가볍게 말했다.

"물론이지." 네드는 겨우 미소를 지었다. "프로싯, 스콜, 머드 인 유어 아이."*

"조카랑 나랑 같이 한잔할 텐가?" 찰리가 장난스럽게 물었다.

"당기는군." 네드가 말했다. "하지만 이 세상이 협조해주지 않을까봐 죽을 만큼 겁이 나."

"잘못될 일이 뭐가 있는데?" 찰리가 말했다.

"몰라, 자네도 모르고." 네드가 말했다. "하지만 저 바깥세상은 엄청나게 바쁘고, 자기 나름의 거창하고 대단한 생각을 가지고 빠르게 돌아다니는 사람들로 가득해. 완벽한 날이 되리라 예상하고 우리가 그 첫 잔을 마시기 무섭게 누군가 이 안으로 뛰어들어와서 완전히 잘못된 말이나 행동을 할지도 모르는 거야."

네드는 그 말을 끝내며 찰리의 술잔을 빼앗을 계획이었다. 하지만 충분히 빠르지 않았다. 그가 술잔을 빼앗기 전에 찰리가 자리에서 일어나 잔을 높이 들고 문간에 선 로버트에게 인

* 모두 건배라는 뜻.

사를 건넸다.

찰리는 용감하게, 몹시 격식을 갖추어, 꿀꺽꿀꺽 세 모금으로 잔을 비워버렸다.

냰시 홈스 라이언은 남편의 어깨와 문설주 사이의 작은 틈을 통해 술을 마시는 찰리를 보았다. 이제 그 틈이 점점 넓어져 낸시 혼자만 문간에 서 있게 되었다. 로버트는 삼촌 곁으로 가 있었다.

다른 추레한 남자 하나가 곁에서 걱정스러운 표정을 짓고 있었다. 물론 그 세번째 인물은 가게 주인 네드였다. 세 남자 중 찰리만 행복해 보였다.

"걱정 마라……" 찰리가 로버트에게 말했다.

"전…… 전 걱정 안 해요."

"술판을 벌이려는 게 아니야." 찰리가 말했다. "네가 떠난 이후로 술을 전혀 마시지 않았어. 이건 특별한 술이야." 그는 멜로드라마 같은 과장된 몸짓으로 이제 끝났다는 듯 잔을 내려놓았다. "한 잔…… 딱 한 잔만. 딱 한 잔 마시고, 그걸로 끝이다." 그는 네드를 돌아보았다. "내가 애틀랜틱 하우스에 먹칠을 했나?" 그가 말했다.

"아니." 네드가 조용히 말했다.

"앞으로도 안 그럴 거야." 찰리가 자기 앞의 의자를 가리켰다. "앉거라, 피후견인아."

"네?" 로버트가 말했다.

"내가 꼬박 십이 년 동안 네 후견인이었잖니." 찰리가 말했다. "넌 뭘 먹을래?"

"찰리 삼촌……" 로버트가 낸시를 소개하려고 했다.

"앉아, 앉아!" 찰리가 맹렬히 말했다. "서로 무슨 이야기를 하든, 편하게 하자꾸나."

"찰리 삼촌……" 로버트가 말했다. "저…… 제 아내를 소개할게요."

"너의 뭐?" 찰리가 말했다. 이제까지 그는 낸시가 있는 줄도 모르고 있었다. 로버트가 낸시 쪽으로 고개를 끄덕여 보이자 찰리는 앉은 채로 멍하게 낸시를 쳐다보았다.

"제 아내예요." 로버트가 다시 한번 말했다. 자신 없는 목소리였다.

이제 찰리는 낸시를 계속 바라보며 자리에서 일어났다. 이상하게도 공허한 눈빛이었다. "안녕하세요?" 그가 말했다.

낸시도 살짝 고개를 숙여 인사했다. "안녕하세요?"

"이름을 아직 못 들었군요." 찰리가 말했다.

"낸시예요." 낸시가 말했다.

"낸시." 찰리가 말했다.

"오늘 아침에 결혼했어요." 로버트가 말했다.

“그렇구나.” 그는 눈을 더 잘 보이게 하려는 듯이 몇 번 세게 끔뻑이고서 얼굴을 일그러트렸다. 그러고는 그 표정이 취한 것처럼 보일 수 있다는 걸 깨닫고는 큰 소리로 설명했다. “눈에 뭐가 들어갔네.” 그가 네드를 돌아보았다. “나 안 취했어, 네드.”

“아무도 취했다고 하지 않았네, 찰리.” 네드가 말했다.

“이제 이 테이블로는 안 될 것 같군.” 찰리가 말했다.

스로틀*에
손을 얹고

* 자동차 등 교통수단의 연료 조절판.

얼 해리슨은 자신의 세력을 넓히고 싶어하는 천성을 타고났다. 대부분의 남자들보다 키가 작다는 사실이 늘 마음에 안 들었고, 우람한 근육질에, 자수성가한 사람이었다. 어떤 모임에서든 끈질기게 자신이 중심이 되려 했으며 잠시도 느긋하게 쉬지 못했다. 양 손바닥엔 악어 등만큼 단단한 굳은살이 박여 있었다. 그는 도로 건설 일을 했고, 삼십대 중반이 되자 돈이 벌리기 시작했다. 그의 이름이 새겨진 수많은 트럭, 불도저, 땅 고르는 기계, 흙 옮기는 기계, 아스팔트 뿌리는 기계, 동력삽들이 주 구석구석을 돌아다녔다.

하지만 얼은 그 일을 통해 번 돈으로 누리는 사치보다 장비를 소유하고 그것들이 해내는 엄청난 일을 지켜보는 것이 더 좋았다. 버는 돈의 대부분을 곧바로 다시 사업에 투자했고, 사업은 점점 더 커지고 커지고 또 커져서 그 끝이 보이지 않을 정도였다.

좋은 위스키와 시가와 열차 모형을 제외하면, 얼의 생활은 스파르타식으로 검소했다. 자신이 부리는 기계공들과 함께 일했으며, 거의 언제나 그들과 같은 묵직한 신발과 빛바랜 카키색 작업복 차림이었다. 그의 집은 작았고, 예쁘고 어린 아내 엘라에게는 하인이 없었다. 열차 모형을 만드는 취미—놀라운 기계로 가득한 작고 분주한 세계를 만들고 통제하는 일은 얼에게 딱 맞았다. 그리고 그의 사업과 마찬가지로, 합판 위의 제국은 나폴레옹의 통치를 받기라도 하는 듯 점점 커져갔다. 상상 속에서 그는 자신의 모형을 실제 세상의 철도만큼이나 중요하고 실재하는 것으로 만들 수 있었다.

야수 같은 검은색 4-8-2*가 쇠끼리 부딪혀 철그렁 소리를 내며 떨리는 다리를 넘어 터널 입속으로 돌진했다. 뒤로는 비명을 지르듯 요란한 소리를 내는 짐차를 힘차게 이끌고 있었다. 올드 스핏파이어**라고 불리는 이 기관차는 오 초 후, 상처 입은 악마처럼 울부짖으며 다시 터널 밖으로 나왔다.

---

* 바퀴가 맨 앞에는 네 개, 가운데에는 여덟 개, 끝에는 두 개 달린 증기기관차.
** '불을 뿜는 것'이라는 의미.

토요일 아침이었고, 얼 '핫박스'* 해리슨은 스로틀을 잡고 있었다. 줄무늬 모자 밑으로 그가 탁하고 푸른빛이 도는 회색 눈을 가늘게 뜨고 있는 것이 보였다. 하나뿐인 철로 위에서 동쪽으로 달리고 있는 그의 화물열차는 도착 시간에 늦었고, 서쪽으로 가는 고속 여객열차가 곧 출발해야 했다. 안전한 대피선과 올드 스핏파이어 사이에는 해리슨버그와 얼 시티 구간에서 가장 위험한 위도우스 헤어핀**이 기다리고 있었다.

멀리서 고속 여객열차가 구슬프게 경적을 울렸다. 핫박스는 이를 악물었다. 한 가지 선택지밖에 없었다. 그는 올드 스핏파이어가 급수탑 옆을 지나 커브로 진입할 때 스로틀을 활짝 열었다.

격하게 달리는 기차 아래로 선로가 삐걱거렸다. 갑자기, 커브가 가장 심한 곳에서, 기차가 비틀거리며 흔들렸다. 핫박스는 비명을 질렀다. 기관차가 선로에서 튕겨나갔고, 뒤에 달려 있던 짐차들도 함께 굉음을 내며 선로 옆 경사면으로 굴러떨어졌다.

그러고는 아무 움직임도 없었다.

"젠장!" 얼은 전원을 끄고 스툴에서 내려와 올드 스핏파이어

---

* 열차의 과열된 차축을 이르는 말.

** 과부의 커브, 즉 사고로 이어져 남편을 잃는 사람이 생길 정도로 위험한 커브라는 뜻.

가 쓰러져 있는 곳으로 갔다.

"중앙 차축과 측면 차축이 휘었어." 해리 젤러백이 안됐다는 듯 말했다. 그와 얼은 지하실에서 두 시간째 지칠 줄 모르고 석유난로와 연수장치 사이에서 가상의 승객과 화물을 나르고 있었다.

얼은 올드 스핏파이어를 선로에 놓고 시험 삼아 앞뒤로 굴려보았다. "응…… 그리고 재받이에 흠집이 났어." 그가 진지하게 말하며 한숨을 쉬었다. "올드 스핏파이어는 내가 철도 모형을 시작하고 처음으로 산 기관차였는데. 기억해, 해리?"

"물론이지, 핫박스."

"그리고 올드 스핏파이어는 내가 철도 모형을 더는 만들지 않을 때까지 계속 달릴 거야."

"영원히 달려야지." 해리가 만족스럽게 말했다. 그는 그런 생각을 하며 만족스러워할 이유가 있었다. 키가 크고 마르고 창백한 해리는 인생의 대부분을 지하실에서 보낸 동네 모형 가게 주인이었다. 재산에 대한 그의 소박한 관점에서 볼 때, 얼 해리슨은 그에게 노다지였다. HO 규격*으로 나온 모형이라면 얼은 무조건 샀다.

"영원히." 얼은 회반죽으로 만든 산맥 뒤에서 캔맥주를 꺼내

* 철도 모형 규격 중 하나로, 가장 대중적인 규격이다.

고는 온전히 자기 것이면서 지금도 자라나고 있는 세상을 위해 건배했다.

"얼……" 지하실 계단 맨 위에서 아내 엘라가 그를 불렀다. "점심이 식고 있어, 여보." 이번이 세번째로 부르는 것이었지만, 그녀의 목소리는 정중하고 미안해하는 듯했다.

"곧 가." 얼이 말했다. "지금 가. 금방 갈게."

"얼른 와라, 얼." 그의 어머니가 외쳤다. "엘라가 근사한 점심을 차려놨는데, 네가 바로 올라오지 않으면 맛이 없어질 거야."

"가요." 얼은 드라이버로 올드 스핏파이어의 중앙 차축을 펴보려 하면서 성의 없이 대답했다. "제발, 엄마, 둘 다 잠시만 좀 화내지 말고 있으면 안 돼요?"

계단 위의 문이 철컥 닫혔고, 얼은 안도의 한숨을 내쉬었다. "정말로, 해리," 그가 말했다. "나 요즘 여학생 클럽 회관에서 사는 기분이야. 여자들이란, 여자들이란."

"응…… 그래 보이네. 물론 더 나쁜 경우도 있어. 자네처럼 어머니만 오시는 게 아니라, 나처럼 장모님이 집에 오시는 경우가 있다고. 자네 어머니는 상냥하신 분 같은데."

"그야 물론이지." 얼이 말했다. "어머니는 상냥하셔. 하지만 아직도 날 어렸을 때와 똑같이 대하셔서 그것 때문에 돌아버리겠어. 난 이제 어린애가 아니라고."

"그건 나도 분명히 말할 수 있어, 핫박스." 해리가 충성스럽게 말했다.

"난 우리 아버지가 버시던 것보다 열 배 더 벌고, 책임은 백 배 더 많다고."

"그래, 맞아, 핫박스."

"얼……" 엘라가 다시 불렀다. "핫박스, 여보……"

"얼!" 그의 어머니가 말했다. "무례하구나."

"무슨 말인지 알겠지?" 얼이 해리에게 말했다. "내가 어렸을 때랑 똑같다니까." 얼은 계단 쪽으로 고개를 돌렸다. "금방 올라간다고 했잖아요?" 그는 다시 하던 일로 돌아왔다. "올드 스핏파이어가 박살났는데 신경도 안 쓴다니까? 여자들은 늘 남자들이 자신들의 심리를 더 잘 이해하려고 노력해야 한다면서, 남자의 관점에서 바라보는 데는 일 년에 십 초도 안 쓰는 것 같아."

"그러게 말이야, 핫박스."

"얼…… 제발. 아이 참." 엘라가 말했다.

"눈 깜짝할 사이에 올라갈게." 얼이 말했다.

그리고 이십 분 뒤, 핫박스가 드디어 점심을 먹으러 올라갔고, 점심은 과연 식어 있었다. 엘라가 해리 젤러백에게 함께 식사를 하자고 빈말로 권했지만, 그는 자기 지하실에서 컨스티튜션* 모형을 만들고 있는 남자에게 삼공 도르래와 밧줄 스파이크를 배달해야 한다며 사양했다.

얼은 붉은색 네커치프와 기관사 모자를 벗고서 아내와 어머니에게 입을 맞췄다.

"전철원이 파업해서 늦었어?" 엘라가 말했다.

"급히 수송해야 할 방어시설이 많았겠구나." 그의 어머니가 말했다. "점심이 식고 있다는 이유만으로 최전방에서 싸우는 우리 군인들을 실망시킬 수는 없지요." 그녀는 새처럼 작고 가냘픈데다가 대단히 여성적이고 보호해줘야 할 것 같은 사람이었다. 하지만 그녀는 요란스러운 아들을 여섯이나 두는 행운을 누렸고 얼이 그중 장남이었다. 아들들이 조금이라도 말을 듣게 하려면 그녀는 몽구스처럼 빠르고 영리해져야 했다. 상냥하고 섬세한 딸을 갈망하며 그녀는 유도와 유격수 수비를 배웠다. "철도로 수송하는 군수물자를 끊었다가는, 온수기를 포기하고 두꺼비집까지 후퇴해야 할 수도 있으니까."

"아아아아아아아." 얼은 부끄러움과 짜증을 동시에 느끼며 씩 웃었다. "나도 가끔 느긋이 쉴 자격은 있다고 생각해요. 사과할 필요는 없겠죠." 이틀 전 그의 어머니가 오기 전까지, 그가 사과해야 한다고 생각하는 사람이 있으리라고는 전혀 생각지 못했다. 이제까지 엘라는 한 번도 철도 모형 때문에 그를 나무란 적이 없었다. 그런데 갑자기 철도 모형을 마음대로 비난

* 18세기 말에 만들어진 미 해군의 군함.

해도 되는 때가 온 것 같았다.

"여자들도 몇 가지는 누릴 자격이 있지." 어머니가 말했다.

"투표권도 있고 술집도 마음대로 드나들잖아요." 얼이 말했다. "이젠 또 뭘 원하나요, 남자 투포환 대회 참가 자격?"

"당연히 지켜야 할 예의." 어머니가 말했다.

그는 대답하지 않았다. 대신 자신이 쌓아둔 잡지더미로 가서 하나를 집어들고 식탁으로 돌아왔다. 마침 탱크와 대포 모형 광고가 실린 페이지였다. 모든 세부적인 것들이 진짜처럼 구현되어 있고, HO 규격에 맞는 제품이었다. 그는 눈을 가늘게 뜨고 광고사진을 보면서 주위의 글자들을 지워내고 실제로는 어떻게 보일까 생각했다.

"얼……" 엘라가 말했다.

"핫박스," 그의 어머니가 말했다. "네 아내가 너한테 말하고 있잖니, 네 인생의 동반자가."

"에잇." 얼이 마지못해 잡지를 내려놓으며 말했다.

"오늘 저녁에 다 같이 외식을 하면 어떨까 했어…… 오랜만에." 엘라가 말했다. "루스 스테이크 하우스에 가서……"

"오늘밤은 안 돼, 여보." 얼이 말했다. "폐색장치에 손볼 데가 있어서."

"인심 좀 써." 그의 어머니가 말했다. "같이 외출해라, 얼. 둘이서만 나가, 난 집에서 알아서 챙겨 먹을 테니."

"저희 외출해요." 얼이 말했다. "같이 자주 외출한다고요. 지난 화요일에도 같이 외출하지 않았어, 엘라?"

엘라는 애매하게 고개를 끄덕였다. "새 가스터빈 기관차를 보러 역에 갔었어요. 전시중이었거든요."

"아, 정말 좋았겠구나." 얼의 어머니가 말했다. "날 데리고 기관차 구경을 시켜준 사람은 아무도 없었는데."

얼은 짜증이 나서 목덜미가 점점 붉어지는 것을 느꼈다. "요즘 둘이서 쉴새없이 내 신경을 건드리는 이유가 대체 뭐예요? 난 열심히 일하고, 그러니까 열심히 놀 자격도 있어요. 난 기차를 좋아해요. 기차가 뭐 어때서요?"

"기차가 나쁠 건 아무것도 없단다, 얘야." 어머니가 말했다. "기차가 없으면 이 세상이 어떻게 될지 상상도 할 수 없으니까. 하지만 기차 말고 다른 것들도 있잖니. 주중에는 내내 일하느라 나가 있고, 집에 오면 너무 피곤해서 인사조차 하기 힘든데, 주말에 넌 지하실에만 내려가 있으면, 엘라가 사는 게 어떻겠니?"

"저, 어머님……" 엘라가 그녀의 말을 막으려는 아주 미약한 시도를 했다.

"제가 하루에 열 시간, 열두 시간을 일하는 게 누구를 위해서라고 생각하세요?" 얼이 말했다. "이 집, 이 음식, 저 자동차, 그리고 옷을 사는 돈이 어디서 나온다고 생각하세요? 전 제 아내를 사랑하고, 아내를 위해 죽어라 일해요."

"적당한 타협점을 찾을 수는 없니?" 어머니가 말했다. "가여운 엘라……"

"이것 보세요." 얼이 말했다. "도로 공사를 하면서 적당한 타협점을 찾으려는 남자는 산 채로 잡아먹혀요."

"끔찍한 광경이겠구나!" 어머니가 말했다.

"음, 그게 사실이에요." 얼이 말했다. "엘라에게 같이 기차를 가지고 놀자고 여러 번 얘기했어요. 원한다면 언제든 지하실에 와서 같이 놀 수 있다고요. 내가 늘 그러지 않았어, 엘라? 자기 남편의 철도 선로에 진지하게 관심을 갖는 아내들도 많아."

"그건 그래." 엘라가 말했다. "해리 젤러백의 아내는 선로를 깔고, 변압기를 감고, 4-6-6-4 연결식 기관차와 0-4-0 독사이드에 대해 몇 시간 동안 이야기할 수 있어요."

"음, 여자가 그렇게까지 빠져들 수도 있긴 하지." 얼이 말했다. "내 생각에 모드 젤러백은 좀 지나친 것 같아. 하지만 엘라도 해보려고만 했다면 얼마든지 재미있게 놀 수 있었어요. 생일 선물로 바우저 M-1 4-8-2를 줬는데, 엘라는 육 개월 동안 원형 기관고에서 한 번도 꺼내지 않았어요."

"엘라…… 어떻게 그럴 수가 있니?" 얼의 어머니가 말했다. "만약 나한테 바우저가 있었다면, 집안일을 끝내고 내가 뭘 하는지 아무도 모를 거다."

"그래요, 재미 많이 보셨죠." 얼이 말했다. "이제 평화롭게 식사 좀 하게 해주세요. 생각할 게 많아요."

"오후에 드라이브를 가도 될 텐데." 엘라가 말했다. "어머님께 시골 풍경을 보여드리고, 당신은 맑은 공기 마시면서 생각을 하고."

모의를 하는 듯한 분위기 때문에 얼은 더 완강해졌다. 그는 어떤 구슬림에도 넘어가지 않을 생각이었다. "문제는," 그가 말했다. "오늘 오후에 해리가 새 물건을 받기로 되어 있다는 거야. 나한테 제일 먼저 보여주기로 했거든. 금속이 부족하고 공급량도 적기 때문에, 모든 게 먼저 오는 사람이 먼저 사가는 식이야. 당신은 가. 난 집에 있는 게 낫겠어."

"내가 마약중독자의 엄마가 된 것 같구나." 어머니가 말했다. "난 이렇게 키우지 않았는데."

"아아아아아아아." 얼이 다시 말했다. 그러고는 시선을 다시 잡지로 떨어뜨리고 훑어보는데, 아이러니하게도, 기사 속 남자는 아내가 철도 선로의 배경을 그려주었다고 한다. 멋진 작은 농장들, 건초더미, 눈 덮인 산봉우리, 구름, 새, 모든 게 다 있었다.

"얼," 어머니가 말했다. "엘라는 넉 달 동안 너와 영화를 본 적도 외식을 한 적도 없어. 오늘밤엔 꼭 같이 외출하렴."

"괜찮아요, 어머님." 엘라가 말했다.

얼은 잡지를 내려놓았다. "엄마," 그가 차분하게 말했다. "전 엄마를 아주 사랑해요. 착한 아들이라면 당연히 그래야죠. 하지만 전 더이상 꼬마가 아니에요. 성인이고, 알아서 할 자격이 있어요. 엄마가 제 인생을 좌지우지할 수는 없다고요. 저랑 엘라 사이엔 아무 문제도 없고, 제가 시간을 낼 수 있을 때면 저희는 언제든 외출해요. 안 그래, 엘라?"

"응." 엘라가 대답했다. 그러더니 이내 망쳐버렸다. "그런 것 같아."

"이것 봐, 오늘 오후에 물건이 들어오고, 폐색장치가 엉망이 되어버려서, 미안하지만 나는……"

"엘라가 폐색장치를 도와주면 되겠구나." 얼의 어머니가 말했다. "엘라가 오후에 도와주면 밤에는 시간이 날 거 아니니."

"도와줄게, 얼." 엘라가 말했다.

"음, 그게……" 얼이 말했다. "그러니까, 내 말은……" 그가 어깨를 으쓱했다. "알았어."

엘라는 지하실에서 열정적으로 열심히 일했다. 그녀의 늘씬한 손가락은 솜씨가 좋았고, 얼이 한번 시범을 보여주자 납땜하는 법과 전선 잇는 요령을 익혔다.

"우와, 엘라." 얼이 말했다. "진작 해봤어야 했어. 서커스 같지 않아?"

"응." 엘라가 땜납 한 방울을 연결 부위에 떨어뜨리며 말했다.

얼은 선로 주위를 부산스럽게 돌아다니며 엘라 옆을 지나칠 때마다 열렬히 그녀를 포옹했다. "어때? 해보기 전엔 모르는 거야, 그렇지?"

"응."

"그리고, 당신이 그 마지막 회로를 완성하면 그때부터가 진짜 재미있는 거야. 기차를 움직이고, 시스템이 어떻게 돌아가는지 보는 거지."

"뭐든 당신 원하는 대로 해." 엘라가 말했다. "자, 회로 다 됐어."

"훌륭해." 얼이 말했다. 두 사람은 폐색장치의 전선을 선로 받침 아래로 숨겼다.

얼은 한 팔로 엘라를 안고서, 선로가 어떻게 작동하는지 길게 설교를 늘어놓았다. 그 설교는 때로는 시적이고 때로는 철학적이었으며 때로는 기술적이었다. 그는 장중한 동작으로 그녀를 스툴에 앉힌 다음 그녀의 손을 이끌어 스로틀에 얹게 했다. 그러고는 자신의 엔지니어용 모자를 그녀의 머리에 얹었다. 모자는 그녀의 귀까지 내려왔다. 그녀의 크고 검은 눈이 모자에 가려져, 궁지에 몰려 얕은 구멍에 숨은 동물의 눈처럼 빛났다.

"좋아." 얼이 신중하게 말했다. "어디 보자, 어떤 상황으로 할까?"

"이것보다 더 진짜 같은 걸 찾기란 정말 힘들 거야." 엘라는 암울한 표정으로 미니어처 풍경을 둘러보며 얼의 지시를 기다렸다.

얼은 깊은 생각에 빠져 있었다. "그게 어린애 장난감 기차하고 실제와 똑같은 철도 모형의 차이지." 그가 말했다. "애는 그저 기차를 뱅글뱅글 돌게만 할 뿐이야. 이건 실제 기차처럼 운반 작업을 할 수 있고."

"차이가 있다니 기쁘네." 엘라가 말했다.

"좋아, 상황이 떠올랐어." 얼이 말했다. "얼 시티역 차고에 해리슨버그로 운송해야 할 냉동 쇠고기가 잔뜩 들어왔다고 하자."

"맙소사!" 엘라는 어쩔 줄 몰라했다.

"그렇게 겁먹지 마. 중요한 건 이거야…… 침착하게 잘 생각해보는 것." 얼이 다정하게 말했다. "저 볼드윈 디젤 스위처*로 차고에서 냉동 차량들을 꺼내서 선적 플랫폼으로 옮기고, 다시 얼음 공장으로 갔다가, 험프 트랙**을 통해 남행 철도 조차장으로 가면 돼. 그리고 원형 기관고에서 바우저 기차에 냉동 차량을 연결하고, 발송 차고에 있는 걸 죄다 연결한 다음 가면 되겠다."

"그래?"

---

* 기차의 차량들을 연결해 단거리를 이동할 때 사용하는 동력차.

** 중력으로 기차를 내려보내기 위해 일부러 언덕을 만들고 그 위에 얹은 선로.

"자," 얼이 말했다. "내가 도와줄게." 그는 엘라 뒤에 서서 그녀의 몸을 두 팔로 감싸고 버튼과 스위치들을 눌러댔다.

몇 시간 뒤에도 두 사람은 여전히 지하실에 있었다. 이제는 제어반 앞에 스툴을 두 개 놓고 나란히 앉아 있었다.

기운이 넘치는 얼은 황홀감에 젖어 회로를 폐쇄했다. 앞부분이 뭉툭한 디젤 전기기차가 측선에서 덜컹거리며 나와 쭉 이어진 개저식 화물열차에 연결되었다. 그리고 회반죽으로 만든 긴 경사로를 힘겹게 올라가 석탄 공급기까지 갔다. 뎅뎅뎅뎅뎅! 교차로에서 경보종이 울리자 판잣집에 있던 작은 로봇이 튀어나와 손전등을 흔들었다.

녹초가 되었지만 꿋꿋이 자기 자리를 지키던 엘라가 디젤 전기기차 밑의 지하차도로 고속 여객열차를 몰았다.

얼이 버튼을 누르고 엘라가 다른 버튼을 누르자, 두 기관차가 서로를 향해 명랑하게 기적을 울렸다.

"엘라……" 얼의 어머니가 계단 위에서 말했다. "얼과 나가서 저녁 먹으려면 이제 옷 입어야겠다."

"몇 분밖에 안 지난 것 같지 않아?" 얼이 웃었다. "오후가 통째로 이렇게 지나갔어!" 그가 손가락을 튕겼다.

엘라가 그의 손을 잡았다. 마치 낚싯바늘에서 풀려나 도로 깊고 차가운 물속으로 던져진 물고기처럼 다시 살아나는 것 같았다. "가자." 그녀가 말했다. "나 뭐 입을까? 어디 가지? 뭐 할까?"

"먼저 올라가." 얼이 말했다. "금방 올라갈게. 역 안에 장비를 다시 넣기만 하면 돼."

지하실에서 보낸 다정한 오후의 웅장한 피날레를 위해 얼과 엘라가 거의 모든 기차를 작은 시골 선로 위에 내놓았기 때문에, 엘라가 샤워하고 옷을 입는 동안 얼은 기차를 정리하느라 아주 바빴다. 자질구레한 기차들을 집어서 그냥 두고 싶은 곳에 놓았다면 일이 분이면 끝났을 일이었다. 하지만 얼은 그런 짓을 하느니 교회의 자선 헌금함에서 돈을 훔칠 사람이었다. 기차들이 각자 자기 동력으로, 그 크기에 어울리는 속도로 기어서 원래 있어야 할 곳으로 돌아가고 나면, 얼이 스위처를 사용해 기차들을 분리했다.

신호가 깜박이고, 차단기가 오르락내리락하고, 종이 딸랑거렸다. 희열과 자부심이 핫박스 해리슨의 존재를 가득 메웠다. 그는 이만큼의 우주를 정확히 자기가 원하는 대로 만들어 마음대로 통제하고 있었다.

작은 소음을 뚫고 지하실 바깥문이 열렸다 닫히는 소리가 들렸다. 돌아보니 해리 젤러백이 크고 묵직한 꾸러미를 가슴에 안은 채 씩 웃고 있었다.

"해리!" 얼이 말했다. "이런, 자네가 날 잊은 줄 알았어. 오후 내내 자네 전화를 기다렸는데."

"내가 내 이름을 까먹을 때가 되면 자네를 잊어버리겠지, 핫박스." 해리가 말했다. 그는 의미심장한 눈으로 자신이 든 상자를 보더니 윙크를 했다. "이번에 온 물건들은 거의 다 쓰레기거나 자네가 이미 가지고 있는 거라 굳이 전화하지 않았어. 하지만 하나가 있었어, 핫박스……" 그는 부끄러운 듯이 다시 상자를 보았다. "내 아내를 빼면 자네가 처음으로 보는 거야. 다른 사람들은 나한테 이게 있다는 것도 몰라."

얼이 그의 팔을 툭 쳤다. "친구란 게 이런 거지!"

"내가 늘 노력하지, 핫박스." 해리는 상자를 선로 끝에 놓고 천천히 열었다. "우리 주에는 처음 들어온 거야, 핫박스." 상자 안에는 티아라처럼 반짝이는 길고 날렵한 기차가 누워 있었다. 은색, 오렌지색, 검은색, 크롬이었다.

"웨스팅하우스 가스터빈이잖아." 경외심이 가득 담긴 쉰 목소리로 얼이 말했다.

"그리고 68달러 49센트밖에 안 해." 해리가 말했다. "내가 가져온 가격이 그 정돈데 거저나 다름없지. 끽끽거리는 소리도 나고 우렁찬 소리도 나."

얼은 경건하게 기차를 선로에 얹고 부드럽게 전원을 연결했다. 해리가 말없이 제어반으로 갔다. 얼은 넋을 잃은 채 선로를 따라 돌며 모든 각도에서 그 꿈의 기차를 살폈고, 유난히 진짜 같아 보일 때면 해리를 불렀다.

"얼……" 엘라가 불렀다.

얼은 대답하지 않았다.

"핫박스!"

"으응?" 그가 꿈꾸듯 말했다.

"지금 가야 저녁 먹을 수 있어."

"있잖아, 접시 하나만 더 놔줄래? 해리가 저녁 먹고 갈 거야." 얼이 해리를 돌아보았다. "먹고 갈 거지? 이 녀석이 할 수 있는 일이 뭐가 있는지 알아보는 동안 자네도 여기 있고 싶잖아."

"기꺼이, 핫박스."

"우리 나가서 저녁 먹을 거잖아." 엘라가 말했다.

얼은 몸을 일으켰다. "아…… 이런, 이런. 맞아, 그랬지."

"이것 좀 들어봐." 해리가 말했다. 기차가 불쾌하고 커다란 경적 소리를 냈다.

얼은 감탄하며 고개를 절레절레 흔들었다. "월요일에," 얼이 소리쳤다. "월요일에 나가자. 방금 엄청난 게 들어왔어, 여보. 당신도 한번 봐."

"얼, 집에 저녁으로 먹을 게 없어." 엘라가 쓸쓸한 목소리로 말했다.

"샌드위치, 수프, 치즈…… 아무거나." 얼이 말했다. "우리 때문에 무리할 필요 없어."

"이제 예비전력을 잘 봐봐, 핫박스." 해리가 말했다. "스로틀을 반만 열어도 저 경사로를 거뜬히 올라간다고. 자, 잘 봐."

"우와아아아아!" 얼은 누가 어깨에 손을 얹는 것을 느꼈다. "어, 안녕, 엄마." 그는 새 기관차를 가리켰다. "저거 어떤 것 같아요? 새로운 시대의 철도를 보고 계신 거예요, 엄마. 터빈 기차예요."

"얼, 엘라한테 이러면 안 된다." 그녀가 말했다. "옷도 다 차려입고 들떠 있는데, 이렇게 실망시키다니."

"나중에 가기로 한 거 못 들으셨어요?" 얼이 말했다. "오늘 대신 월요일에 나가기로 했어요. 게다가 엘라는 이제 기차에 푹 빠졌어요. 엘라도 이해해요. 오늘 오후에 여기서 얼마나 재미있게 놀았다고요."

"내 평생 사람에게 이렇게 실망해본 적은 처음이구나." 어머니가 차분히 말했다.

"이건 그냥 엄마가 이해할 수 없는 일일뿐이에요."

그녀는 더이상 아무 말도 하지 않고 등을 돌려 나가버렸다.

엘라는 얼과 해리에게 샌드위치, 수프, 맥주를 가져다주었다. 두 사람은 정중히 고맙다고 했다.

"월요일까지만 기다려." 얼이 말했다. "그러면 나가서 신나게 놀자, 여보."

"좋아." 엘라가 힘없이 말했다. "그래. 잘됐네."

"당신이랑 엄마는 위에서 먹을 거야?"

"어머님은 가셨어."

"가셨다고? 어딜?"

"몰라. 택시를 불러서 가셨어."

"엄마는 늘 그러셔." 얼이 말했다. "뭔가 생각이 떠오르면, 그다음엔 알잖아, 뿅, 저질러버리신다고. 그 어떤 미친 짓이라도 말이야. 엄마를 막을 수 있는 건 없어. 누구 도움도 없이 혼자서 다 하시지."

전화벨이 울리자 엘라는 잠시 실례하겠다며 전화를 받으러 갔다.

"당신한테 온 전화예요, 해리." 엘라가 지하실에 대고 소리쳤다. "부인이에요."

해리 젤러백이 활짝 미소를 지으며 돌아왔다. 그가 어깨에 한쪽 팔을 두르더니 〈생일 축하합니다〉를 불러서 얼은 깜짝 놀라고 말았다.

"생일 축하합니다, 친애하는 핫박스, 생일 축하합니다아아아아."

"고맙군." 얼이 말했다. "하지만 내 생일은 아홉 달이나 남았는데."

"응? 흠. 이상하네."

"무슨 일이야?"

"음, 자네 어머니가 방금 가게에 오셔서 선물을 사셨다는데. 아내에게 자네 생일 선물이라고 했대. 내가 제일 먼저 축하해 줄 수 있게 모드가 여기로 전화한 거야."

"뭘 사셨대?" 얼이 말했다.

"말 안 해주는 게 나을 것 같은데, 핫박스. 깜짝 선물이어야지. 난 벌써 말을 너무 많이 했어."

"HO 규격에 맞을까?" 얼이 해리를 구슬렀다.

"응…… 그건 확인하셨대. 하지만 더이상은 말하지 않을 거야."

"오신다." 얼이 말했다. 차량 진입로의 자갈 위로 바퀴 구르는 소리가 들렸다. "참 다정하신 분이야, 그렇지 해리?"

"자네 어머니시잖아, 핫박스." 해리가 차분히 말했다.

"예전에는 성격이 불같으셨어. 바람처럼 달리실 수 있었고. 가끔 날 붙잡아다가 철썩철썩 때리기도 하셨지. 그래도, 알잖아, 내가 맞을 짓을 해서 그러신 거야. 자업자득이었지."

"엄마들이 누구보다 제일 잘 알지, 핫박스."

"어머님," 엘라가 계단 위에서 말했다. "대체 뭘 가져오신 거예요? 맙소사, 뭐하시려고요? 어머님……"

"어서," 얼이 해리에게 속삭였다. "선로를 만지고 있자. 특별한 일이 생길 거라는 사실을 알고 있다는 걸 들키지 않게. 우릴 놀래게 해드리자."

둘은 계단을 내려오는 발소리를 듣지 못하는 척하며 열심히 기차들을 만졌다. "좋아." 얼이 말했다. "이런 상황을 가정해보자, 해리. 해리슨버그에서 대규모 슈라이너스* 총회가 열리는 거야. 그리고 우리는 특별 기차를 몇 개 얹어서……" 그는 말을 끝내지 못했다. 해리가 실망한 표정으로 지하실 계단 아래를 바라보고 있었다.

오싹한 비명이 지하실 안의 공기를 찢었다.

얼은 목덜미의 털이 곤두선 채 어머니를 마주했다.

그녀가 다시 비명을 질렀다. "이이이이이이오오오오오오우우우우우!"

얼은 숨을 헉 내쉬며 움찔했다. 그의 어머니가 비행사 헬멧의 고글을 쓴 채 그를 노려보고 있었다. H-36 비행기 모형을 들고 팔을 쭉 뻗고서 무서운 소리를 내며 비행기를 올렸다 내렸다 했다.

"엄마! 뭐하시는 거예요?"

"취미? 부우우우우웅. 여기는 조종사, 폭격수 응답하라. 여기는 폭격수, 조종사 응답하라. 로저. 윌코.** 부릉부릉부릉."

---

* 프리메이슨 외부 단체로, 친목, 보건, 자선 사업 등을 함.

** '로저' '윌코' 모두 무선 교신에서 '알았다'는 뜻으로 하는 말.

"정신 나가신 거예요?"

그녀는 석유난로 주위를 요란하게 돌며 비행기를 빙글빙글 돌리면서 곡예비행을 했다. "로저. 윌코. 우우웅. 다다다다다다! 잡았다!"

얼은 선로의 전원을 끄고 축 늘어진 채, 어머니가 보일러 뒤에서 나오기를 기다렸다.

소리를 지르며 나온 어머니는 얼이 말리기도 전에 선로 위로 뛰어올라갔다. 놀랄 만큼 민첩했다. 한쪽 발은 거울 같은 호수에, 다른 발은 협곡에 얹었다. 그녀 발밑의 합판이 마구 흔들렸다.

"엄마! 내려오세요!"

"폭탄 투하!" 그녀가 외쳤다. 그리고 날카롭게 휘파람을 불며 경사로를 받친 기둥을 걷어찼다. "펑!"

비행기는 다시 올라갔다. "부우우우우웅. 여기는 조종사, 폭격수 응답하라. 원자폭탄 준비됐나?"

"아니, 아니, 안 돼요!" 얼이 애원했다. "엄마, 제발…… 제가 졌어요, 항복할게요!"

"원자폭탄은 안 되는데." 해리가 겁에 질려 말했다.

"원자폭탄 준비 완료." 그녀가 무시무시한 목소리로 말했다. 폭격기는 쭉 하강하며 주둥이를 원형 기관고로 향했다. "으으으으으으으으아아아! 간다!"

얼의 어머니는 온 힘을 다해 원형 기관고 위에 앉았다. "쾅!"

어머니가 테이블에서 내려왔다. 그리고 얼이 제정신을 차리기도 전에 다시 위층으로 올라가 있었다.

충격을 받고 지친 얼이 마침내 위층으로 올라왔을 때는, 아내 엘라만이 소파에 앉아 두 다리를 앞으로 뻗고 있었다. 멍해 보였다.

"엄마는 어디 계셔?" 얼의 목소리에 분노는 없었다. 경외심뿐이었다.

"영화 보러 가셨어." 엘라는 얼을 보지 않고 벽의 텅 빈 곳만 바라보고 있었다.

"택시를 밖에 대기시켜두셨거든."

"기습 공격이야." 얼이 고개를 저으며 말했다. "엄마는 한 번 화가 나면 아주 단단히 나시거든."

"이젠 화 안 나셨어." 엘라가 말했다. "계단 올라오시면서 종달새처럼 노래를 부르시던걸."

얼은 뭐라 중얼거리며 발을 이리저리 움직였다.

"응?" 엘라가 되물었다.

그가 얼굴을 붉히며 어깨를 으쓱했다. "자업자득인 것 같다고." 그가 다시 중얼거렸다.

"응?"

그는 헛기침을 했다. "그러니까, 오늘밤에 당신한테 했던 약속을 어겨서 미안해. 가끔 내 머리가 제대로 안 돌아가는 것 같아. 아직 쇼를 보러 갈 시간은 되는데. 같이 나갈까?"

"어이, 핫박스!" 해리 젤러백이 방으로 달려들어오며 외쳤다. "엄청나. 끝내줘!"

"뭐가?"

"정말 폭격당한 듯한 모습이야. 농담 아니야. 지금 저 모습 그대로 사진을 찍어서 사람들한테 보여주면 다들 '와, 이거 끝내주는 전쟁터구만!' 할걸. 가게에 가서 비행기 모형 세트에 딸린 포탑을 몇 개 가져올게. 그러면 오늘밤에 자네 기차 몇 대를 무장열차로 바꾸고 카무플라주*할 수 있어. 자네가 가져갈 수 있는 HO 퍼싱 탱크도 대여섯 대 있고."

얼의 두 눈이 맹렬히 타오르는 램프처럼 흥분으로 밝아졌다가 다시 어두워졌다. "백기를 들자, 해리. 오늘밤은 여기까지 하자고. 서먼이 전쟁에 대해 했던 말 알잖아. 영광스러운 평화를 이루기 위해 내가 할 수 있는 일이 뭔지 알아보는 게 좋겠어."

* 감추거나 꾸미고 위장하는 일.

여성인력팀

나의 착하고 사랑스러운 아내의 결혼 전 이름은 에이미 루 리틀이었다. 그녀는 여성인력팀에 있다가 내게로 왔다. 그리고 외로운 남자들에게 여성인력팀은 황홀한 생각을 불러일으킨다. 소녀들이 바글거리는 따뜻하고 깊은 연못*.

에이미 루 리틀은 앨라배마주 버밍햄 출신의 예쁘고 자신감 넘치는 스무 살 소녀였다. 후에 내 아내가 될 그녀가 버밍햄에서 비서전문학교를 졸업할 때, 학교측은 그녀가 빠르고 정확하다고 했다. 북쪽에 있는 몬티주마 금속가공 회사의 채용담당자는 그녀에게 피츠버그로 온다면 아주 후한 월급을 주겠다고 제

* '여성인력팀'을 영어에서 'girl pool'이라 부른다. 회사 전반의 타이핑 업무를 맡는 부서로, 주로 여자들이 많았다.

안했다.

후에 내 아내가 될 그녀가 피츠버그로 오자, 몬티주마 금속가공 회사는 그녀를 여성인력팀에 배치하고 이어폰, 딕터폰*, 전자타자기를 지급했다. 그녀는 낸시 호스테터의 옆자리를 배정받았다. 호스테터는 여성인력팀 C부의 부서장이었는데, 그 팀에서 이십이 년 동안 일한 사람이었다. 커다란 사슴 같은 여성으로, 도덕적이고 건강하고 강인했으며 상상할 수 없을 만큼 빠르고 정확했다. 그녀는 에이미에게 자기를 큰언니로 생각하라고 했다.

나 역시 몬티주마 금속가공 회사에 있었다. 보이지 않는 고객들을 만족시키는 외로운 일을 하면서. 고객들이 회사로 편지를 보내오면 우리 스물다섯 명은 친절하고 적절한 답장을 썼다. 나는 한 번도 고객들을 본 적이 없고, 고객들도 나를 본 적이 없다. 서로 사진을 교환하자고 제안한 사람은 아무도 없었다.

나는 하루종일 딕터폰에 대고 말을 했고, 배달원이 녹음 내용을 여성인력팀으로 가져갔다. 나는 여성인력팀 사람들을 한 번도 본 적이 없었다.

여성인력팀에는 부서당 열 명씩 총 육십 명의 여자 직원이 있었다. 부서 사무실마다 달린 게시판에는 여성인력팀 직원은

---

* 구술을 녹음하고 재생하는 기계. 당시의 딕터폰은 본체에 원통형 실린더를 끼워 말을 녹음하고 재생했다.

딕터폰을 지닌 모든 사람들의 것이라고 쓰여 있었다. 대부분의 남자들이 여성인력팀 육십 명 중에서 자기 취향에 맞는 여자를 찾을 수 있었을 것이다. 내 아내가 될 사람과 같은 아가씨들, 쇼걸처럼 꾸민 세속적인 여자들, 얼굴이 달덩이 같은 부인들, 호스테터처럼 자급자족하는 꼿꼿한 노처녀들이 있었다.

여성인력팀의 벽은 눈을 편안하게 해주는 녹색이었고, 평화로운 농장 그림들이 걸려 있었다. 공기 중에 여자들의 향수 냄새가 마구 섞여 감돌았고, 안드레 코스텔라네츠*와 만토바니**의 음악이 흘렀다. 아침부터 밤까지 딕터폰에 녹음된 몬티주마 남자 직원들의 목소리가 여자들의 귓속에서 울렸다.

하지만 남자들은 목소리만 보낼 뿐 결코 얼굴은 보내지 않았고, 오직 일 이야기만 했다. 그리고 남자들이 그들을 부르는 호칭은 단 하나, '오퍼레이터'였다.

"몰리브데넘***, 오퍼레이터." 한 목소리가 에이미의 귀에 말했다. "철자는 m-o-l-y-b-d-e-n-u-m이에요."

콧소리가 섞인 북부 억양 목소리였다. 에이미는 귀가 아팠다. 그녀는 금이 간 종을 쇠사슬로 때리는 소리 같았다고 했다. 그건 내 목소리였다.

---

* 러시아계 미국 지휘자(1901~80).

** 아눈치오 파올로 만토바니(1905~80). 이탈리아계 영국 지휘자이자 작곡가.

*** 은백색 고체 금속.

"쨍그랑, 쾅." 에이미는 내 목소리를 향해 말했다.

"그 모델에는 실리콘 개스킷이 장착되어 있습니다." 내 목소리가 말했다. "철자는 s-i-l-i-c-o-n-e예요, 오퍼레이터."

"아, 실리콘 스펠링은 말해주지 않아도 돼요." 에이미가 말했다. "이 정신병원에 육 개월 있었더니 실리콘에 대해서 모르는 게 하나도 없어요."

"이만 줄이겠습니다." 내 목소리가 말했다. "피츠버그 공장, 77동 412호, 중기계 본부, 보일러 판매부, 고객 상담실, 아서 C. 휘트니 주니어."

'아서 휘트니 주니어 외 고객 상담실 전원 수신.' 에이미는 편지 맨 밑에 이렇게 타이핑했다. 먹지에서 편지와 사본을 분리해 발송 바구니에 넣고, 내 목소리가 녹음된 실린더를 딕터폰의 축에서 빼냈다.

"언제 한번 여성인력팀에 얼굴 좀 비치지 그래요, 아서?" 후에 내 아내가 될 사람이 내 목소리 실린더에 말했다. "어떤 남자든 여기에 오면 우리가 클라크 게이블*처럼 대해줄 텐데." 그녀는 수신 바구니에서 다른 실린더를 꺼내 딕터폰에 끼웠다. "말해봐요, 당신, 이 나쁜 사람." 그녀는 새 실린더를 향해 말했다. "반쯤 얼어버린 이 앨라배마 아가씨를 녹여줘요. 날 까무

---

* 미국 영화배우(1901~60).

러치게 해봐요."

"먹지 다섯 장이요, 오퍼레이터." 귀에 거슬리는 또다른 목소리가 에이미의 귀에 대고 말했다. "미시간주 랜싱 5, 조겐슨 정밀기계 회사, 스러스트베어링 본부, 해럴드 N. 브루스터 씨 앞으로요."

"당신 정말 피가 끓는 사람이죠?" 에이미가 말했다. "여기 남자들은 왜 이렇게 정열적인 거예요, 증기 때문인가?"

"지금 나한테 뭐라고 했니, 에이미?" 호스테터가 이어폰을 빼며 말했다. 키가 큰 그녀는 이십 년 근속 기념 금배지 말고는 다른 장신구를 하지 않았다. 그녀가 무섭게 질책하는 표정을 지으며 에이미를 바라보았다. "뭐가 문제야?"

에이미가 딕터폰을 멈추었다. "실린더에 녹음한 신사 분들께 이야기하고 있었어요." 그녀가 말했다. "누구에게든 말을 하지 않으면 미쳐버릴 것 같아요."

"이야기 나눌 좋은 사람들은 많이 있어." 호스테터가 말했다. "아직 뭐가 어떻게 돌아가는지 알 만큼 오래 있지도 않았으면서 뭐든 너무 부정적으로 보는구나."

"그럼 이게 어떻게 돌아가는 건지 말씀 좀 해보세요." 후에 내 아내가 될 그녀가 한 손을 빙 둘러 여성인력팀을 가리키며 말했다.

"〈몬티주마 미뉴츠〉에 그것에 대한 훌륭한 만화가 있었는데.” 호스테터가 말했다. 〈몬티주마 미뉴츠〉는 일주일에 한 번 나오는 사보였다.

“플로렌스 나이팅게일의 유령이 속기사 위에서 맴돌던 만화요?”

“그것도 좋았지.” 호스테터가 말했다. “하지만 내가 생각했던 건 새로 나온 서모룩스 보일러 옆에 어떤 남자가 서 있던 만화야. 여자 수천 명이 유령처럼 그 남자와 보일러를 에워싸고 있었지. 캡션은 이랬어. ‘그는 난초를 보내지 않지만, 사실은 보내야 한다. 신뢰할 수 있는 몬티주마의 모든 제품 뒤에 있는 만 명의 여자들에게.’”

“유령, 유령, 유령.” 후에 내 아내가 될 그녀가 말했다. “여기 있는 모두가 유령이에요. 아침이면 연기와 추위를 뚫고 나타나서, 하루종일 보일러와 실리콘 개스킷과 몰리브데넘 걱정을 하며 바쁘게 돌아다니다가, 다섯시가 되면 사라져요. 말 한마디 없이 서서히 사라져버린다고요. 여기 있는 사람들이 어떻게 결혼을 하거나, 사랑에 빠지거나, 웃을 만한 좋은 일들을 찾아낼 수 있는지, 전 알 수 없어요. 고향에서 고등학교를 다닐 때는……”

“고등학교는 인생이 아니야.” 호스테터가 말했다.

“만약 이게…… 다 같이 갇혀서, 여자들끼리만 한 층에 갇혀 있는 게 인생이라면 이 여자들에게 신의 가호가 있기를 빌어요." 후에 내 아내가 될 그녀가 말했다.

두 여자는 지난 여섯 달 동안 면도날처럼 날카롭게 갈아왔던 반감을 품은 채 서로를 바라보았다. 둘 다 예의바르게 미소를 짓고 있었지만 눈에서는 작은 칼날이 번득였다.

"인생은 자기가 만들어가기 나름이야." 호스테터가 말했다. "그리고 고마운 줄 모르는 건 가장 나쁜 죄 중 하나고. 네 주위를 둘러봐! 벽에는 그림이 걸려 있고, 바닥에는 카펫이 깔려 있고, 아름다운 음악이 흐르고, 의료보험과 퇴직연금이 있고, 크리스마스 파티가 있어. 책상 위엔 싱싱한 꽃이 있고, 커피 마실 휴식시간, 전용 카페테리아, 텔레비전과 탁구대가 있는 전용 오락실도 있잖아."

"다 있지만 생기가 없잖아요." 내 아내가 될 여자가 말했다. "여기서 제가 들은 얘기 중 생기의 유일한 증거는 그 불쌍한 래리 배로뿐이에요."

"불쌍한 래리 배로라니!" 호스테터가 충격을 받은 채 말했다. "에이미, 그는 경찰을 죽였어!"

에이미는 책상 맨 위 서랍을 열고 〈몬티주마 미뉴츠〉 표지에 실린 래리 배로의 사진을 보았다. 젊고 잘생긴 범죄자 배로는 이틀 전 피츠버그 은행 강도 사건에서 경찰을 쏘았다. 마지막으로 목격되었을 때는 드넓은 몬티주마 공장 어딘가에 숨으려고 담장을 기어오르고 있었다. 공장 안에는 숨을 곳이 많았다.

"영화에 나와도 될 사람이에요." 에이미가 말했다.

"살인자 역으로." 호스테터가 말했다.

"꼭 그럴 필요는 없어요." 에이미가 말했다. "제가 고등학교 때 알았던 괜찮은 남자애들 중에도 그 사람처럼 생긴 애들이 많았어요."

"유치하게 굴지 마." 호스테터가 커다란 손을 탁탁 털며 말했다. "음, 우리 지금 일을 안 하고 있네? 오전 커피타임까지 십 분 남았어. 그 시간까지 최대한 해보자."

에이미는 딕터폰을 켰다. "친애하는 브루스터 씨께." 목소리가 말했다. "거주하고 계신 지역의 당사 서모룩스 전문가로부터 사내 텔레타이프를 통해, 현재 사용하고 계시는 DM-114 서모룩스 컨버전 콘덴서가 들어간 난방시설의 현대화 비용 견적을 요청하셨다는 이야기를 전해 들었습니다. 그리고……"

에이미는 전문가답게 자판 위에서 손가락을 놀리면서도 마음대로 무슨 생각이든 할 수 있었다. 맨 위 서랍은 여전히 열어둔 채였고, 래리 배로의 사진이 아직도 보였다. 그녀는 다치고, 추위에 떨고, 굶주리고, 미움을 받고, 사냥감이 된 채 공장 어딘가에 혼자 있을 남자를 생각했다.

"난방해야 할 건물 벽돌 벽의 열전도율을," 목소리가 에이미의 귀에 대고 말했다. "0.09제곱미터당 한 시간에 2.5센티미터에, 화씨 1도—화씨Fahrenheit의 F는 대문자예요, 오퍼레이터—당 5Btu로—이건 영국 열량 단위British thermal unit의 약자예요, B는 대문자로요, 오퍼레이터—잡았을 때……"

그리고 후에 내 아내가 될 그녀는 6월에 고등학교 졸업 댄스파티 때 입었던 핑크색 튤* 천으로 된 구름 속에 서 있는 자신의 모습을 보았다. 그녀의 팔에 매달린 채 다리를 절고 있는, 자유로워져서 상처를 회복중인 남자는 래리 배로였다. 배경은 남부였다.

"그리고 열확산율—d-i-f-f-u-s-i-v-i-t-y예요, 오퍼레이터—은 킬로와트이니" 목소리가 에이미의 귀에 대고 말했다. "추정하기로는……"

후에 내 아내가 될 그녀는 속수무책으로 래리 배로와 사랑에 빠지고 말았다. 그 사랑은 그녀의 삶을 가득 채웠고, 그녀를 짜릿하게 했다. 다른 어떤 것도 중요하지 않았다.

"딸랑딸랑." 호스테터가 벽시계를 보고 이어폰을 벗으며 말했다. 오전과 오후에 한 번씩 커피타임이 있었는데, 호스테터는 그때마다 자기가 시계에 달린 명랑한 작은 종인 것처럼 굴었다. "딸랑딸랑, 여러분."

에이미는 호스테터의 애정도 유머도 없는 우락부락한 얼굴을 보았고, 그녀의 꿈은 산산조각이 났다.

---

* 실크, 나일론 등으로 망사처럼 짠 직물.

"무슨 생각을 그렇게 하고 있니, 에이미." 호스테터가 말했다.

"래리 배로를 생각하고 있었어요." 에이미가 말했다. "만약 그를 본다면 어떻게 하실 거예요?"

"그냥 계속 걸어갈 거야." 호스테터가 점잔을 빼며 말했다. "누구인지 못 알아본 척하고, 도움을 청할 수 있을 때까지 계속 걸어갈 거야."

"그가 갑자기 당신을 붙들고 인질로 삼으면요?" 에이미가 말했다.

호스테터의 높다란 광대뼈 위쪽이 붉어졌다. "그런 이야기는 이만하면 된 것 같아." 그녀가 말했다. "이러다 공포에 빠지게 되는 거야. 와이어·케이블 부서 여자 직원들 몇이 서로 이 남자 이야기를 하다가 겁에 질려서 조퇴했다고 들었어. 여기선 그런 일이 없을 거야. 여성인력팀 직원들은 그보다 수준이 높아."

"그렇다 해도……" 에이미가 말했다.

"그는 공장 이쪽 어디에도 없어." 호스테터가 말했다. "어차피 지금쯤이면 벌써 죽었을걸. 어젯밤에 그가 따고 들어갔던 사무실에 핏자국이 있다고 하더라. 그러니까 돌아다니며 사람들을 붙잡을 수 있는 상태는 아닐 거야."

"누가 알겠어요." 에이미가 말했다.

"너에게 필요한 건," 호스테터가 말했다. "뜨거운 커피 한 잔과 탁구 한 게임이야. 가자. 내가 널 이겨줄 테니."

"친애하는 선생님," 그날 오후, 후에 내 아내가 될 그녀의 예쁜 귓속으로 한 목소리가 말했다. "수요일 네시 사십분에 그레셤 호텔의 브론즈 룸에서 있을 서모룩스 난방기 라인 전체 시연회에 초청합니다……" 한 명이 아니라 서른 명에게 갈 편지였다. 그 서른 명 모두 한 장씩 따로따로 타자기로 작성한 초청장을 받을 예정이었다.

똑같은 편지를 열번째로 칠 때쯤 에이미는 물에 빠져 죽어가는 기분이었다. 그녀는 잠시 그 일을 미뤄두고 다른 것을 하고 싶어서 수신 바구니에 있는 다른 실린더 하나를 딕터폰에 끼워 넣었다.

그녀는 손가락을 자판 위에, a, s, d, f와 j, k, l, ; 위에 얹었다. 하지만 실린더에서는 조개껍데기를 귀에 댔을 때 나는 바닷소리처럼 쉭쉭거리는 소리만 들렸다.

몇 초가 지났을까. 부드럽고 깊으면서도 달콤하게 구슬리는 목소리가 에이미의 귓속에서 말했다.

"게시판에서 당신들 이야기를 읽었어요." 목소리가 말했다. "당신들이 딕터폰을 가진 모든 사람들의 것이라고 하던데요." 그 목소리는 조용히 웃었다. "내가 딕터폰을 가지고 있는데."

실린더는 계속 돌았고 한참 침묵이 흘렀다.

"난 춥고 아프고 외롭고 배고파요, 아가씨." 목소리가 마침내 말했다. 기침 소리가 났다. "열이 나고, 죽어가고 있어요, 아가씨. 아마 내가 죽으면 모두들 정말 기뻐하겠죠."

또다시 침묵이 이어지고, 또다시 기침 소리가 들렸다.

"내 잘못은 아무도 나한테 멋대로 이래라저래라 하지 못하게 한 것뿐이에요, 아가씨." 그 목소리가 말했다. "어딘가에는, 어딘가에는, 한 청년이 총에 맞거나, 굶주리거나, 짐승처럼 갇혀서는 안 된다고 생각하는 아가씨가 있을지도 몰라요. 어딘가에는, 아직 착한 마음이 남아 있는 아가씨가 있을지도 몰라요."

"어딘가에는," 목소리가 말했다. "아직 착한 마음이 남아 있는 아가씨가, 이 청년에게 먹을 것과 붕대를 가져다주고, 좀더 오래 살 수 있는 기회를 줄 아가씨가 있을지도 몰라요."

"어쩌면." 목소리가 말했다. "마음이 얼음 같은 아가씨라면 경찰에 신고할지도 모르죠. 그러면 경찰은 이 청년을 총으로 쏠 테고, 아가씨는 아주 자랑스러워하며 행복해하겠죠."

"아가씨." 그 목소리가 후에 내 아내가 될 그녀에게 말했다. "내가 어디 있었는지, 당신이 이걸 들을 때쯤 내가 어디 있을지 말해줄게요. 당신이 원하는 대로 하세요…… 날 구해주거나, 경찰이 날 죽이게 하거나, 아니면 그냥 죽게 내버려두거나. 227호에 있을 거예요." 목소리는 다시 조용히 웃었다. "통 뒤에 있을 거예요. 큰 건물이 아니에요, 아가씨. 안에 들어오면 쉽게 찾을 수 있을 거예요."

실린더가 끝났다.

에이미는 그녀의 둥글고 부드러운 두 팔로 래리 배로의 곱슬머리를 안아주는 걸 상상했다.

"그래, 그래." 그녀가 웅얼거렸다. "그래, 그래." 두 눈에 눈물이 차올랐다.

누군가 에이미의 어깨에 손을 얹었다. 호스테터였다. "내가 커피타임이라고 딸랑딸랑 하는 거 못 들었니?" 그녀가 말했다.

"못 들었어요." 에이미가 말했다.

"널 지켜보고 있었어, 에이미." 호스테터가 말했다. "그저 듣고만 있더라. 타자는 안 치고. 그 실린더에 뭔가 이상한 점이라도 있니?"

"아주 평범한 실린더였어요." 에이미가 말했다.

"굉장히 속상해하는 것 같던데."

"전 괜찮아요, 아무렇지도 않아요." 에이미는 긴장했다.

"난 네 큰언니야." 호스테터가 말했다. "만약 무슨 일이라도 있으면……"

"전 큰언니 필요 없어요!" 에이미가 격하게 말했다.

호스테터는 입술을 깨문 채 하얘진 얼굴로 성큼성큼 오락실로 걸어갔다.

에이미는 슬그머니 래리 배로의 실린더를 화장지로 싸서 맨 아래 책상 서랍에, 핸드크림, 얼굴크림, 립스틱, 파우더, 블러셔, 향수, 네일 폴리시, 손톱가위, 손톱 다듬는 줄, 손톱광택기, 눈썹연필, 족집게, 머리핀, 비타민 알약, 바늘과 실, 안약, 브러시, 빗이 있는 서랍에 넣었다.

에이미가 서랍을 닫고 고개를 들자 오락실 문간에서 서성거리는 여자들 틈으로 그녀를 지켜보던 호스테터의 악의에 찬 눈이 보였다. 김이 피어오르는 커피잔과 작은 쿠키 두 개가 담긴 접시를 들고 있었다.

에이미는 멍한 미소를 지어 보이며 오락실로 들어갔다. "탁구 칠 사람?" 에이미가 차분한 목소리를 내려고 애쓰며 말했다.

여남은 명이 즐거이 도전했고, 쉬는 시간 동안 그녀는 타자기의 탁탁 소리 대신 탁구공의 톡톡 소리에 맞춰 몽상에 잠겼다.

다섯시가 되자 공장의 의기양양한 경적 소리가 피츠버그 전역에 울려퍼졌다.

후에 내 아내가 될 그녀는 오후 내내 공포와 흥분과 사랑이 뒤섞인 광란의 상태를 억누르고 있었다. 쓰레기통에는 오타를 낸 종이가 가득했다. 그녀는 감히 배로의 실린더를 다시 틀어보지 못했고, 심지어 호스테터와 눈을 마주칠 엄두도 내지 못했다. 끔찍한 비밀을 들킬까봐 두려워서였다.

이제, 다섯시였기 때문에, 안드레 코스텔라네츠와 만토바니, 그리고 온풍기가 꺼졌다. 우편 담당 여자 직원들이 다음날 아침에 제일 먼저 타자를 쳐 옮겨 적어야 할 실린더들이 든 쟁반을 들고 여성인력팀으로 들어왔다. 그들은 책상 위 꽃병에 꽂힌 시든 꽃들을 버렸다. 아침이면 그들이 사내 온실에서 싱싱한 꽃을 가져올 것이다. 여성인력팀의 옷걸이 여남은 개 주변으로 소용돌이가 생겼다. 서로 다른 소용돌이 속에서, 에이미와 호스테터는 자기 코트를 찾아 입었다.

여성인력팀은, 불연성 철로 만든 계단을 내려가 사내 도로로 흐르는 강으로 변했다. 그 강의 제일 끝에 내 아내가 될 사람이 있었다.

에이미는 걸음을 멈추었고, 강은 그녀를 소규모 석탄재 폭풍 속, 번호가 붙은 건물 정면으로 둘러싸인 협곡 속에 남겨두고 떠나버렸다.

에이미는 여성인력팀으로 돌아갔다. 지금 보이는 유일한 빛은 저멀리 용광로에서 나오는 오렌지색 불빛뿐이었다.

그녀는 떨면서 책상 맨 아래 서랍을 열었고, 실린더가 사라지고 없는 걸 발견했다.

놀라고 화가 난 그녀는 호스테터의 책상 맨 아래 서랍을 열어보았다. 거기 실린더가 있었다. 녹색 철제 서랍 안에 넣어둔 다른 물건이라고는 머큐로크롬* 한 병과 〈몬티주마 미뉴츠〉에

---

* 살균 소독제.

서 잘라낸 '몬티주마 여성의 신조'뿐이었다. "나는 몬티주마의 여성이다." 그 신조는 이렇게 시작한다. "남성들과 손을 잡고, 신과 국가와 회사라는 세 가지 기치 아래, 봉사라는 자랑스러운 방패를 들고 더 나은 내일을 향해 행진한다."

에이미는 괴로움에 울부짖었다. 그녀는 여성인력팀에서 뛰쳐나가 철제 계단을 내려가고 사내 도로를 달려서 정문으로 향했다. 그쪽에 사내 경찰 본부가 있었다. 호스테터가 실린더에서 들은 내용을 경찰들에게 자랑스럽게 이야기하고 있을 거라고, 그녀는 확신했다.

사내 경찰 본부는 정문 옆 커다란 접견실 한쪽 구석에 있었다. 접견실 벽에는 회사의 제품과 기술이 전시되어 있었다. 뚱뚱한 임차인이 접견실 한가운데에 가판대를 설치하고 사탕, 담배, 잡지를 팔았다.

코트 차림의 키 큰 여자가 근무중인 경찰에게 열심히 이야기를 하고 있었다.

"호스테터!" 에이미는 그녀의 뒤로 다가가 숨을 헐떡이며 말했다.

여자는 이상하다는 듯 에이미를 돌아보고는 다시 경찰에게 주의를 돌렸다. 호스테터가 아니었다. 공장 견학을 왔다가 핸드백을 잃어버린 방문객이었다.

"분실인지 도난인지 모르지만," 여자가 말했다. "엄청 시끄러웠던 곳이든, 뜨거운 쇠가 있고 불꽃이 튀던 곳이든, 커다란 망치가 쾅 내리치던 곳이든, 그 과학자가 그 거시긴가 하는 걸 보여주던 연구소든, 어디든 다 가능해요…… 어디든! 어쩌면 이 안에서 막 돌아다니는 그 살인자가 내가 안 보는 동안 낚아챈 건지도 몰라요."

"부인," 경찰이 참을성 있게 말했다. "그는 죽은 게 거의 확실합니다. 그리고 살아 있다면 핸드백을 찾아다니진 않았을 겁니다. 먹을 것을 찾겠죠. 자기 목숨을 구하려 할 겁니다." 그가 으스스한 미소를 지었다. "하지만 그러지 못할 거예요…… 오래 버티지 못할 겁니다."

내 아내가 될 사람의 다정한 빨간 입꼬리가 자기도 모르게 처졌다.

공장 안 어딘가에서 개들이 짖는 소리가 들려왔다.

"들으셨어요?" 경찰이 만족스럽다는 듯 말했다. "그를 잡으려고 개들을 풀었어요. 그가 부인 핸드백을 가져간 건 아니지만, 만약 그가 가지고 있다면 금방 찾을 수 있을 겁니다."

에이미는 호스테터를 찾아 커다란 접견실 안을 둘러보았다. 호스테터는 없었다. 무력감에 에이미는 힘이 쭉 빠졌다. 그녀는 '실리콘이 당신의 문제를 해결해줄 수 있을까요?'라는 제목의 전시물 앞 딱딱한 벤치에 앉았다.

우울함이 에이미 위에 내려앉았다. 그녀는 그게 어떤 느낌인지 알아차렸다. 좋은 영화가 끝날 때 늘 느끼는 우울함이었다. 극장의 조명이 켜지면 그 느낌은 그녀가 자기 것이라고 주장할 권리가 없는 기쁨과 중요함과 사랑을 그녀에게서 앗아갔다. 그녀는 그저 관객, 여러 관객 중 하나에 불과했다.

"저 개소리 들리죠?" 가판대 주인이 에이미 뒤의 손님에게 말했다. "특별한 종이라고 들었어요. 블러드하운드는 세상에서 가장 순한 종이지만, 배로를 잡으려고 풀어놓은 저 녀석들은 쿤하운드 핏줄이 반 섞여 있대요. 그런 녀석들은 훈련시켜서 거칠게 만들 수 있죠…… 거친 손님들을 상대할 때를 대비해서요."

에이미는 갑자기 일어서서 가판대로 갔다. "초콜릿 바 주세요." 그녀가 말했다. "큰 걸로요, 25센트짜리. 그리고 버터핑거랑 코코넛 마운즈 바, 저기 저 캐러멜이랑…… 땅콩도 좀 주세요."

"네, 손님!" 가판대 주인이 말했다. "혼자 잔치를 벌이시려는 모양이죠? 단걸 너무 많이 드셔서 얼굴색이 안 좋아지게 하지만 마세요."

에이미는 급히 공장으로 돌아가 붐비는 사내 버스에 겨우 탔다. 버스에 여자는 그녀뿐이었다. 나머지는 저녁 근무를 하러 가는 남자들이었다. 후에 내 아내가 될 그녀를 보고 그들은 광장히 정중하게 행동하며 그녀에게 신경을 썼다.

"227호 건물에서 내려주실 수 있나요?" 에이미가 기사에게 말했다. "어디인지 모르겠어요."

"저도 어딘지 모르겠네요." 기사가 말했다. "거기 가자는 사람은 잘 없어서요." 기사는 햇빛가리개에서 모서리가 접힌 지도를 꺼냈다.

"거기로 가자는 사람은 아예 없을 겁니다." 어느 승객이 말했다. "227호에는 손전등 한 뭉텅이하고 모래통이 몇 개 있을뿐이에요. 배불뚝이 난로가 하나 있었던가. 227호에 가는 건 아닐 테지요, 아가씨."

"누군가 여성인력팀에 전화해서 늦게까지 일할 속기사를 보내달라고 했어요." 에이미가 말했다. "227호라고 했던 것 같아요." 그녀는 기사의 지도를 보았다. 기사의 손가락이 기차역 마당 한가운데에 우두커니 서 있는 227호 건물을 가리켰다. 거기서 꽤 가까운 곳에, 기차역 끝 쪽에 커다란 건물이 하나 더 있었다. 224호였다. "224호라고 했던 것 같기도 해요." 에이미가 말했다.

"아, 그렇겠죠!" 기사가 기뻐하며 말했다. "발송부서예요. 거기 가시려던 거군요."

차에 탄 사람들 모두가 안도의 한숨을 내쉬었다. 그리고 애정과 자부심이 담긴 눈빛으로, 자신들이 이렇게 잘 신경써주고 있는 예쁘고 어린 남부 소녀를 바라보았다.

이제 에이미는 버스에 남은 마지막 승객이 되었다. 버스는 공장 중심부와 기차역 사이의 황무지를 가로지르고 있었다. 광석을 정련하고 남은 자갈더미와 녹슨 파편들이 쌓여 있어 툰드라 같은 곳이었다. 길에서 벗어난 황무지에는 손전등 빛줄기가 춤을 추며 별자리를 이루고 있었다.

"경찰이랑 개들이에요." 기사가 에이미에게 말했다.

"네?" 에이미가 무심코 물었다.

"그자가 어젯밤에 침입한 사무실에서부터 시작했죠." 개들이 짖는 소리를 들으니 꽤 가까이 간 것 같은데요."

에이미가 고개를 끄덕였다. 내 아내가 될 그녀는 상상 속에서 호스테터에게 이렇게 말하고 있었다. '만약 당신이 경찰에 말했다면, 당신이 그를 죽인 거예요. 직접 총을 겨누고 방아쇠를 당긴 거나 마찬가지예요. 이해 못하시겠어요? 당신은 그래도 괜찮아요? 당신에겐 여성성이 눈곱만큼도 없나요?'

이 분 후, 기사가 에이미를 발송부서에 내려주었다.

버스가 떠나자 에이미는 어둠 속으로 걸어가 기차역 끝에 섰다. 바다를 이룬 재가 날려 반짝이는 신호등의 빨간불, 파란불, 노란불 위로 흩뿌려졌고 번득이는 철로에 줄무늬를 남겼다.

눈이 어둠에 적응하자 에이미의 심장 박동이 거세졌고, 그녀는 거대한 여러 건물 중에서 작고 낮은 건물 하나를 골랐다. 분명 227호 같았다, 죽어가는 남자가 착한 마음을 지닌 여자를 기다리고 있겠다고 말했던 그곳.

온 세상이 쪼그라들고 밤이 에이미를 낚아채 팽이처럼 돌리는 듯했다. 그녀는 재 위를 달려 건물로 갔다. 건물에 가까워지자 후에 내 아내가 될 그녀는 비바람에 시달린 외벽 판자 앞에서서 숨을 헐떡이며, 자신의 관자놀이에서 거칠게 뛰는 맥박 소리 말고 다른 소리를 들어보려 애썼다.

누군가 안에서 움직이더니, 한숨을 쉬었다.

에이미는 외벽을 따라 문까지 걸어갔다. 낡은 나무에 달려 있던 자물쇠와 걸쇠가 뜯겨 있었다.

에이미가 문을 두드렸다. "안녕하세요." 에이미가 속삭였다. "먹을 걸 가져왔어요."

숨을 들이쉬는 소리가 한 번 들리더니 다시 잠잠해졌다.

에이미가 문을 밀어서 열었다.

열린 문 사이로 비친 희미한 회색 빛줄기 속에 호스테터가 서 있었다.

두 여자는 상대방이 없기를 바라면서 서로를 꿰뚫어 그 너머를 바라보는 것 같았다. 그들은 무표정했다.

"그 사람 어디 있어요?" 마침내 에이미가 말했다.

"죽었어." 호스테터가 말했다. "죽었어…… 통 뒤에서."

에이미는 정처 없이 터덜거리며 방안을 돌아다니다, 호스테터와 가장 멀리 떨어진 곳에 섰다. 에이미가 그녀에게 등을 돌리고 중얼거렸다. “죽었다고요?”

“완전히 골로 갔어.” 호스테터가 말했다.

“그런 식으로 말하지 말아요!” 내 아내가 될 그녀가 말했다.

“정말 그렇게 죽었다고.” 호스테터가 말했다.

에이미는 화가 나서 몸을 돌리고 호스테터를 바라보았다. “내 실린더를 마음대로 가져가면 어떡해요.”

“그건 누구나 들을 수 있는 실린더였어.” 호스테터가 말했다. “게다가, 너한테 뭔가 행동할 용기가 있을 거라곤 생각하지 않았고.”

“그럴 용기 있어요.” 에이미가 말했다. “그리고 나만 여기 올 거라고 기대하지도 않았어요. 당신이 경찰에게 갔을 거라고 생각했으니까.”

“난 안 갔어.” 호스테터가 말했다. “다른 사람도 아니고 너는…… 내가 여기 있을 거라고 예상했어야지.”

“지금보다 더 놀랐던 적은 없어요.” 에이미가 말했다.

“네가 날 여기로 보낸 거야, 얘야.” 호스테터가 말했다. 순간 그녀의 얼굴이 부드러워지는 듯 보였다. 하지만 근육이 다시 팽팽해졌고 그녀의 근엄한 얼굴선이 굳게 자리를 지켰다. “넌 내 인생에 대해 많은 이야기를 했지, 에이미. 그리고 난 그 말들을 전부 들었고. 죄다 가슴 아픈 말들이었어. 그리고 난 여기에 와 있지." 그녀는 자기 양손을 내려다보며 빠르고 정확한 손가락들을 천천히 움직여보았다. "지금도 내가 유령이니? 죽은 사람을 보러 여기까지 오는 미친 짓을 하면 난 유령이 아닌 게 되는 거니?"

내 아내가 될 그녀의 눈에 눈물이 차올랐다. "오, 호스테터." 그녀가 말했다. "제가 마음을 아프게 했다면 죄송해요. 당신은 유령이 아니에요, 정말 아니에요. 유령이었던 적도 없어요." 그녀는 삭막하고 외로운 이 여자에 대한 연민에 압도되고 말았다. "당신은 사랑과 자비가 넘치는 사람이에요, 호스테터. 그렇지 않다면 여기 오지 않았겠죠."

호스테터는 그 말에도 전혀 미동이 없었다. "그리고 너는 여기 왜 왔니, 에이미?"

"전 그를 사랑했어요." 에이미가 말했다. 사랑에 빠진 여자의 자부심이 그녀의 등을 꼿꼿이 세우고, 두 뺨에 색을 입히고, 그녀가 아름답고 중요하다는 기분을 다시 느끼게 했다. "전 그를 사랑했어요."

호스테터가 못생긴 머리를 슬피 흔들었다. "그를 사랑했다면," 그녀가 말했다. "한번 봐. 사랑스러운 무릎 위에 사랑스러운 칼을 올려놓고, 네 머리칼을 하얗게 세게 만들 사랑스러운 웃음을 짓고 있어."

에이미는 한 손으로 자기 목을 잡았다. "아."

"적어도 우린 이제 친구네, 그렇지 않니, 에이미?" 호스테터가 말했다. "의미가 있는 거야. 안 그래?"

"아, 네. 네." 에이미가 축 처진 목소리로 대답했다. 그녀는 간신히 희미한 미소를 지어 보였다. "무척 의미 있는 일이죠."

"이제 가야겠다." 호스테터가 말했다. "남자들이랑 개들이 오네."

남자들과 개들이 400미터쯤 떨어진 곳에서 황무지를 이리저리 가로지르며 다가오는 동안, 두 사람은 227호 건물에서 나왔다.

둘은 발송부서 앞에서 사내 버스를 탔고, 정문까지 돌아오는 길고 괴괴한 여정 내내 서로 한 마디도 하지 않았다.

그들은 정문에 도착했고, 이제 헤어질 시간이었다. 두 사람은 서로 다른 버스 정류장으로 가야 했다. 노력 끝에, 두 사람은 간신히 이야기를 나눌 수 있었다.

"안녕히 가세요." 에이미가 말했다.

"아침에 봐." 호스테터가 말했다.

"여자가 뭘 해야 하는지 안다는 건 참 어려운 일이에요." 후에 내 아내가 될 사람이 갈망과 무력감에 휩싸인 채 말했다.

"그건 원래 쉬운 일이 아닌 것 같아." 호스테터가 말했다. "쉬웠던 적도 없는 것 같고."

에이미가 진지하게 고개를 끄덕였다.

"그리고 에이미," 호스테터가 에이미의 팔에 손을 얹으며 말했다. "회사에 화를 내지는 마. 그들도 깔끔하게 타이핑한 편지를 보내려면 어쩔 수 없잖아."

"노력할게요." 에이미가 말했다.

"어디선가," 호스테터가 말했다. "괜찮은 젊은 남자가 너 같은 괜찮은 젊은 여자를 찾고 있고, 내일은 또 새로운 날이니까."

"너나 나나 지금 필요한 건," 호스테터가 피츠버그의 연기와 추위 속으로 유령처럼 사라지며 말했다. "뜨거운 물로 목욕하는 거야."

에이미는 안개를 헤치며 유령처럼 버스 정류장으로 갔고, 거기 유령처럼 내가 서 있었다.

품위 있게, 우리는 서로 상대방이 없는 것처럼 굴었다.

후에 내 아내가 될 사람은 불현듯 너무나 오랫동안 억눌러왔던 공포에 사로잡혔다. 그녀가 눈물을 터뜨리며 내게 기대어왔다. 나는 그녀의 등을 토닥거려주었다.

"맙소사." 내가 말했다. "다른 인간이 있었네요."

"얼마나 인간적인지 당신은 절대 모를걸요."

"알 수 있을지도 모르죠." 내가 말했다. "노력해볼게요."

나는 노력을 했고, 지금도 노력한다. 행복한 남자로서 당신에게 건배를 청한다. 여성인력팀의 따스한 샘이 결코 마르지 않기를.

루스

두 여인은 아파트 문턱을 사이에 두고 예의를 갖춰 고개를 숙였다. 그들은 남편과 사별한 외로운 여인들이었다. 한 명은 중년이고 한 명은 젊었다. 그들의 만남은—표면상으로는 외로움을 물리치기 위해서 만난 것이었지만—두 사람이 각각 얼마나 고독한지 깨닫게 해줄 뿐이었다. 젊은 여인 루스는 한 번도 본 적 없는 이 여자와 만나기 위해 1600킬로미터를 왔다. 덜컹거리고 검댕투성이에다 몸을 가렵게 하는 열차 2등석을 견디며, 봄을 맞은 조지아주의 군부대가 있는 마을에서 아직도 얼어붙어 있는 뉴욕의 공장촌까지 왔다. 이제 그녀는 자신이 왜 반드시 와야 한다고 생각했는지, 왜 그게 당연한 거라고 생각했는지 궁금해졌다. 문을 막고 서서 간신히 미소를 짓는 육중

하고 나이가 지긋한 이 여인도 편지에서는 그녀가 와주기를 바라는 것 같았었다.

"네가 우리 테드와 결혼했던 여자구나." 중년 여인이 쌀쌀맞게 말했다.

루스는 자기에게 결혼한 아들이 있다고 상상해보려 했고, 어쩌면 자기도 그 질문을 그런 식으로 할지 모르겠다고 생각했다. 그녀는 복도에 가방들을 내려놓았다. 다정한 인사를 받으며 아파트 안으로 쏙 들어가게 될 거라고 예상하고 있었다. 라디에이터 옆에서 몸을 녹이고 기운을 차린 다음 테드 이야기를 시작할 거라고 생각했다. 하지만 시어머니는 그녀를 안으로 들이기 전에 먼저 살펴볼 계획인 것 같았다. "네, 포크너 부인." 루스가 말했다. "테드가 해외로 파병되기 전에 다섯 달 동안 같이 지냈어요." 자신을 비난하는 듯한 눈길 때문에 루스는 방어하듯 이렇게 덧붙였다. "행복한 다섯 달이었어요."

"테드는 나의 전부였어." 포크너 부인이 말했다. 마치 나무라는 듯한 말투였다.

"좋은 남자였지요." 루스는 불편해하며 말했다.

"내 아이지." 포크너 부인이 말했다. 그녀에게 공감하는, 보이지 않는 관객들을 향한 방백이었다. 그녀는 어깨를 으쓱했다. "춥겠네. 들어와요, 헐리." 헐리는 루스가 결혼하기 전의 이름이었다.

"전 그냥 호텔에 묵어도 돼요." 루스가 말했다. 부인의 시선 때문에 루스는 이방인 같은 기분이 들었고, 자신의 느릿느릿한 말투와 더 따스한 기후에나 맞을 부실한 옷이 신경쓰였다.

"여기 말고 다른 곳에 묵는다는 말은 하지도 마. 우리가 같이 이야기할 게 얼마나 많은데. 테드의 아이는 언제 태어나지?"

"넉 달 후요." 루스는 문 바로 안쪽에 여행가방을 밀어넣고서 잠깐만 있다 갈 것처럼 매끄러운 친츠*를 씌운 소파 끄트머리에 앉았다. 난방을 과하게 한 실내에서 유일한 조명은 벽난로 선반 위의 램프였는데, 안 그래도 약한 빛이 거북딱지 무늬의 갓 때문에 더 어두웠다. "테드가 어머님 이야기를 많이 해서, 꼭 뵙고 싶었어요." 루스가 말했다.

기차를 오래 타고 오면서 몇 시간 동안이나 루스는 포크너 부인과 이야기를 나누고 첫 만남부터 사랑받는 모습을 상상했다. 포크너 부인이 "네 이야기를 해보렴" 하고 말해줄 거라고 생각하며, 자신이 살아온 이야기를 여남은 번 연습했다. 그녀는 첫마디를 준비해두었다. "음, 저는 친척이 없어요. 가까운 친척은요. 아버지는 기병대 대령이셨고……" 하지만 테드의 어머니는 말문을 틀 그 질문을 하지 않았다.

조용히 생각에 잠긴 채, 포크너 부인이 비싸 보이는 디캔터

---

* 작은 무늬를 화려하게 날염하고 방수 가공을 한 면직물.

에 든 셰리를 작은 잔 두 개에 따랐다. "개인 소지품을……" 그녀가 마침내 입을 열었다. "너에게 보냈다고 하던데."

루스가 잠시 어리둥절해 있다가 말했다. "아, 테드가 외국에서 가지고 있던 물건들이요? 네, 제가 가지고 있어요. 관례인 모양이에요, 그러니까…… 절차상 아내에게 소지품을 보내게 되어 있나봐요."

"워싱턴의 기계들이 자동으로 하는 일 같은 거겠지." 포크너 부인이 비꼬며 말했다. "장군이 버튼 하나를 누르고, 그러면……" 그녀는 문장을 끝마치지 않았다. "그것들을 내게 주겠니?"

"그건 제 거예요." 그렇게 말하고 루스는 그 말이 얼마나 유치하게 들릴까 생각했다. "제 생각에 테드는 제가 갖길 원할 것 같아요." 루스는 터무니없이 작은 셰리 잔을 내려다보며, 이 힘든 일을 좀 수월하게 하려면 스무 잔은 더 마셔야겠다고 생각했다.

"그렇게 생각하는 게 편하다면, 계속 네 거라고 생각하렴." 포크너 부인이 참을성 있게 말했다. "난 그저 모든 걸 한 자리에 모아놓고 싶을 뿐이야…… 남은 게 얼마 없지만."

"죄송하지만 무슨 말씀인지 모르겠어요."

포크너 부인이 등을 돌리고서 부드럽고 경건한 목소리로 말했다. "전부 모아놓으면 그 아이가 좀더 가까워져." 그녀는 전기스탠드의 스위치를 켰다. 갑자기 실내가 하얀 빛으로 밝아졌다. “이것들은 너에게 아무 의미도 없을 거야.” 그녀가 말했다. “만약 네가 엄마였다면 이것들이 내게 얼마나 귀중한지 이해할지도 모르겠구나.” 그녀는 벽 앞의 사자 발 모양 다리가 달린 장식장에 묻은 먼지 하나를 닦았다. 앞면이 유리로 된 화려한 장식장이었다. “보이니? 네가 가지고 있는 물건들이 있을 줄 알고 장식장에 자리를 비워뒀어.”

“참 다정하시네요.” 루스가 말했다. 그녀는 테드가 이 장식장을 보면 무슨 생각을 할지 궁금했다. 아기 신발, 동요책, 주머니칼, 보이스카우트 배지…… 싸구려 감상주의가 아니더라도, 테드 역시 이건 건강하지 못하다고, 어딘가 병적인 데가 있다고 생각했을 것이다. 포크너 부인은 눈을 크게 뜬 채 깜박이지도 않고서 마법에 걸린 듯 그 자질구레한 물건들을 바라보았다.

루스가 마법을 깨기 위해 입을 열었다. “테드가 어머님 가게가 아주 잘된다고 이야기한 적이 있어요. 사업은 지금도 괜찮은가요?”

“그만뒀어.” 포크너 부인이 건성으로 대답했다.

“네? 그럼 사교 모임에 전념하고 계신가요?”

“그만뒀어.”

“그렇군요.” 루스는 가만히 있기가 힘들어서 장갑을 벗었다가 다시 끼었다. “테드가 어머님의 실내 장식 솜씨가 대단하다고 했는데, 그 사람 말이 맞네요. 일이 년마다 한 번씩 집 단장을 새로 하신다고 들었어요. 다음번엔 어디를 다르게 꾸미실 건가요?"

포크너 부인은 마지못해 장식장에 등을 돌렸다. "앞으로 아무것도 달라지지 않을 거야." 그녀가 손을 내밀었다. "그 물건들이 여행가방에 있니?"

"별거 없어요." 루스가 말했다. "테드 지갑이랑……"

"코도반 가죽이지? 내가 고등학교 2학년 때 준 거야."

루스는 고개를 끄덕였다. 그녀는 여행가방을 열고 밑바닥에 손을 넣었다. "저한테 보낸 편지 하나, 훈장 두 개, 손목시계."

"그 시계를 내게 주렴. 뒤에 새긴 걸 보면, 내가 스물한번째 생일 선물로 준 거라고 되어 있을 거야. 그걸 놓을 자리를 마련해놨단다."

루스는 단념하고 물건들을 양손에 담아 내밀었다. "편지는 제가 갖고 싶어요."

"편지와 훈장은 얼마든지 가지렴. 내가 기억하고 싶은 아이와는 아무 상관 없는 물건들이니까."

"테드는 아이가 아니라 성인이었어요." 루스가 부드럽게 말했다. "그는 어른으로 기억되고 싶어할 거예요."

"그건 네가 테드를 기억하는 방식이고." 포크너 부인이 말했다. "내 방식을 존중해주렴."

"죄송해요." 루스가 말했다. "물론 존중해요. 하지만 자랑스러워하셔야 해요, 테드는 용감했고……"

"테드는 순하고 섬세하고 똘똘했어." 포크너 부인이 격하게 말을 끊었다. "절대 해외로 보내지 말았어야 했어. 군대에선 그 앨 거칠고 천한 사람으로 만들려고 했을지 모르지만, 그애 마음속으로는 언제나 내 아이였어."

루스는 일어서서 일종의 성지 역할을 하는 장식장에 기댔다. 이제 무슨 상황인지, 포크너 부인이 적대적으로 나오는 이유가 무엇인지 이해할 수 있었다. 더 나이가 많은 그 여인에게 루스는 테드를 빼앗아간, 멀리 있어 잘 보이지도 않는 공모자 중 하나였다.

"맙소사, 애야, 조심해!"

루스는 깜짝 놀라 장식장에서 어깨를 확 뗐다. 열린 선반에서 작은 물건 하나가 바닥으로 떨어져 하얀 조각들로 부서졌다. "아! 정말 죄송해요."

포크너 부인이 무릎을 꿇고서 손가락으로 깨진 조각들을 쓸어모으고 있었다. "어떻게 이럴 수가 있니? 어떻게 이럴 수가 있어?"

"정말 죄송해요. 새로 하나 사드리면 안 될까요?"

"새로 사주면 안 되느냐고 묻다니." 포크너 부인이 떨리는 목소리로 말했다. 이번에도 보이지 않는 관객을 향한 말이었다.

"테드가 일곱 살 때 작은 손으로 만든 과자 접시를 대체 어디서 살 수 있지?"

"다시 붙일 수 있을 거예요." 루스는 어쩔 줄 몰랐다.

"그럴까?" 포크너 부인의 목소리는 비통했다. 그녀는 깨진 조각들을 루스의 얼굴 앞에 들어 보였다. "그 누가 무슨 수를 쓴다 해도……"

"다행히 두 개였어요." 루스가 선반 위의 다른 찰흙 접시를 가리키며 말했다.

"만지지 마!" 포크너 부인이 소리쳤다. "아무것도 만지지 마!"

루스는 몸을 떨며 장식장에서 물러섰다. "저는 가는 게 좋겠어요." 그녀는 얇은 천 코트의 깃을 올렸다. "택시를 부르게 전화를 써도 될까요? 부탁드려요."

포크너 부인의 공격성이 순식간에 사라졌다. 그녀가 가련한 표정을 지으며 말했다. "안 돼. 내 아들의 아이를 데려가지 말아줘. 제발, 얘야, 날 이해하고 용서해주렴. 그 작은 접시는 신성한 물건이었어. 내 아이가 남기고 간 모든 것이 신성하고, 그래서 내가 그랬던 거야." 그녀는 루스의 옷소매를 잡아 꼭 쥐었다. "이해하지, 응? 조금이라도 자비심이 있다면 날 용서하고 여기 있어주렴."

루스는 분노를 억누르며 힘겹게 숨을 내쉬었다. "괜찮으시면 전 지금 바로 자고 싶어요." 루스는 피곤하지 않았고, 실은 워낙 흥분한 상태라 밤새 천장만 쳐다보고 누워 있을 것 같았다. 하지만 이 여자와는 한 마디도 더 주고받고 싶지 않았으며, 침대의 하얀 망각 속에 굴욕감과 실망감을 숨기고 싶었다.

포크너 부인은 완벽한 집주인이 되어 정중하고 세심하게 행동했다. 작은 손님방은 우아하고 깨끗하고 황량했다. 모든 손님방이 그렇듯, 자기집처럼 생각하라는 인상을 주는 동시에, 그것이 불가능하다는 사실을 인정하는 듯한 방이었다. 라디에이터를 겨우 한 시간쯤 전에 켰는지 방안은 싸늘했고, 가구 광택제의 달콤한 냄새가 감돌았다.

"이 방을 아기와 제가 쓰는 건가요?" 루스가 말했다. 그녀는 다음날 아침 이후로 여기 있을 생각이 없었지만, 포크너 부인이 문간에 서성거리고 있어서 대화를 해야 할 것 같은 압박을 느꼈다.

"너 혼자 쓸 방이란다, 얘야. 아기는 내 방에 있는 게 더 편할 것 같아. 그 방이 더 크거든. 여기는 아기 침대를 놓을 자리도 마땅치 않고." 그녀가 새침한 미소를 지었다. "이제 날 용서해 줄 거지, 응, 얘야?" 그녀는 루스의 대답을 기다리지 않고 부드럽게 콧노래를 부르며 자기 방으로 갔다.

루스는 빳빳한 시트에 누워 한 시간 동안 눈을 크게 뜨고 있었다. 이 순간 저 순간의 빛나는 짧은 영상들이 서로 연결되지 않은 채 맥박이 뛰듯 떠올랐다. 생각에 잠긴 테드의 길쭉한 얼굴이 계속해서 떠올랐다. 그녀에게 처음 왔을 때의 외로운 어린아이 같은 모습이 보였다. 그다음엔 연인의 모습, 그리고 성인 남성의 모습. 그 성지—아이를 기리고 어른을 무시하는—를 보자니 참으로 딱한 기분이었다. 다른 여자를 사랑하게 된 순간, 테드는 포크너 부인에게 이미 죽은 존재였다.

루스는 바깥 풍경을 보며 기운을 차리고 싶어서 이불을 걷고 창가로 갔다. 몇 미터 앞으로 틈새에 눈이 끼어 있는 벽돌 벽밖에 보이지 않았다. 그녀는 까치발을 하고 복도로 나가 애디론댁산맥의 작고 푸른 언덕이 보이는 거실의 큰 창문을 향해 갔다. 그녀는 걸음을 멈추었다.

얇은 잠옷 사이로 포크너 부인의 뚱뚱한 몸의 실루엣이 비쳐 보였다. 그녀는 기념품을 진열해둔 선반 앞에 서서 이야기를 하고 있었다. "어디에 있든 잘 자렴, 아가. 네가 내 목소리를 듣고서 엄마가 널 사랑한다는 걸 알 수 있다면 좋겠구나." 그녀는 잠시 말을 멈추고 귀를 기울이는 것 같더니 잘난 체하는 표정을 지었다. "그리고 네 아이는 걱정하지 않아도 된단다, 아가. 너를 안아주던 바로 그 손으로 안아줄 테니." 그녀는 선반을 향해 자기 양손을 들어 보였다. "잘 자, 테드. 푹 자렴."

루스는 침대로 살금살금 돌아갔다. 몇 분 뒤 복도에서 맨발로 걷는 소리와 문 닫히는 소리가 들렸고, 집 전체가 쥐죽은 듯 조용해졌다.

"잘 잤니, 헐리." 루스는 눈을 깜박이며 테드의 어머니를 올려다보았다. 손님방 창밖의 벽돌 벽이 빛나고 있었다. 눈은 이미 녹은 뒤였다. 해가 높이 떠 있었다. "잘 잤니, 아가?" 명랑하고 다정한 목소리였다. "벌써 정오가 다 되어가. 아침식사를 준비해뒀어. 달걀, 커피, 베이컨, 비스킷. 마음에 드니?"

루스는 고개를 끄덕이고 기지개를 폈다. 어젯밤에 포크너 부인을 만났던 건 악몽이 아니었을까 하고 잠결에 생각했다. 햇빛이 사방을 비추며 장례식 같았던 첫 만남의 우울함을 쫓아버렸다.

부엌 식탁에는 넉넉하고 여유로운 아침식사와 평화의 향기가 감돌았다.

루스는 커피를 세 잔째 마시며 포크너 부인의 미소에 미소로 답했다. 느긋한 기분이었고, 이런 따스한 환경에서 새 삶을 시작한다는 게 만족스러웠다. 전날 밤의 일은 지치고 신경이 날카로워진 두 여자 사이의 오해에 불과했다.

테드 이야기는 나오지 않았다, 처음에는. 포크너 부인은 남자들의 세상에서 여성 사업가의 삶을 시작했던 무렵의 이야기를 재치 있게 들려주었다. 남편이 죽고 나서 아주 힘들었을 몇 해의 이야기도 가볍게 들리도록 했다. 그리고 그녀는 루스 자신에 대해 이야기해보라고 권했고, 루스가 열심히 이야기할 수 있게 흥미를 가지고 귀를 기울였다. “언젠가는 남부에 돌아가서 살고 싶다는 생각을 하겠구나.”

루스는 어깨를 으쓱했다. “그곳에 이렇다 할 애착은 없어요…… 그 어디에도요. 아버지가 직업 군인이셔서 기지란 기지에서는 거의 다 살아봤는걸요.”

“가정을 꾸린다면 어디가 제일 마음에 드니?” 포크너 부인이 루스를 구슬렸다.

“아, 여기도 제법 좋은 곳 같은데요.”

“여긴 아주 추워.” 포크너 부인이 웃으며 말했다. “비염과 천식의 전 세계 본부지.”

“음, 플로리다가 좀더 느긋해 보여요. 만약 제가 선택할 수 있다면, 플로리다가 제일 좋을 것 같아요.”

“넌 선택할 수 있어, 알잖니.”

루스는 컵을 내려놓았다. “전 여기서 가정을 꾸릴 계획이에요…… 테드가 원했던 대로요.”

“난 아기가 태어난 뒤의 일을 말한 거란다.” 포크너 부인이 말했다. “그 이후엔 어디든 원하는 곳으로 갈 수 있잖아. 너에겐 보험금이 있고, 내가 보태줄 걸 생각하면 세인트피터즈버그*

---

* 플로리다주에 있는 도시.

같은 곳에 작지만 괜찮은 집을 구할 수 있을 거야."

"어머님은요? 전 어머님이 아이와 가까운 곳에 살고 싶어하실 거라고 생각했는데요."

포크너 부인이 냉장고 안으로 손을 뻗었다. "자, 불쌍한 것, 크림 필요하지 않니?" 그녀가 루스 앞에 크림통을 놓았다. "그게 우리 둘 다에게 정말 훌륭한 해결책이라는 걸 모르겠어? 넌 아이를 내게 맡기고, 젊은 여자가 살아야 할 인생을 자유롭게 살 수 있어." 서로 다 아는 이야기 아니냐는 듯한 목소리였다. "테드가 우리에게 원하는 게 그거야."

"절대 그럴 리 없어요!"

포크너 부인이 일어섰다. "내 생각에 그건 내가 더 잘 알 것 같구나. 내가 이 집에 있을 때 테드는 한순간도 빼놓지 않고 늘 나와 함께 있었으니까."

"테드는 죽었어요." 루스는 믿을 수 없다는 듯 말했다.

"바로 그거야." 포크너 부인이 짜증을 내며 말했다. "너에게 테드는 죽었지. 넌 테드의 존재를 느끼지도, 지금 테드가 원하는 게 뭔지 알지도 못해. 왜냐하면 넌 그애에 대해 아는 게 거의 없으니까. 다섯 달 만에 사람을 알 수는 없지."

"저흰 부부였어요!" 루스가 말했다.

"남편과 아내들 대부분은 사별하는 날까지도 여전히 타인이란다, 얘야. 여러 해를 함께 살았는데도 나는 내 남편을 잘 몰랐어."

"어떤 어머니들은 자기 아들을, 자신을 제외한 모든 여자들에게 타인으로 만들려고 하죠." 루스가 비통하게 말했다. "하느님 감사합니다, 어머님이 아슬아슬하게 실패하셨네요!"

포크너 부인은 남자 같은 걸음걸이로 성큼성큼 거실로 갔다. 루스는 신성한 장식장 앞 의자의 스프링이 삐걱거리는 소리를 들었다. 이번에도 침묵에 대고 속삭이는 대화가 복도를 따라 들려왔다.

십 분 후, 루스는 짐을 챙겨 거실에 섰다.

"얘야, 어디 가니?" 포크너 부인은 루스를 보지도 않고 물었다.

"멀리요…… 아마도, 남부로." 루스는 두 발을 붙이고 서서 조급하게 이 발에서 저 발로 체중을 옮겼고, 그때마다 하이힐이 카펫 속에 묻혔다. 루스는 그 나이든 부인에게 할말이 아주 많았고, 그녀가 자신을 마주보기를 기다렸다. 짐을 싸는 동안 복수할 말이 백 가지 정도는 생각났다. 전부 반박이 불가능한 말들이었다.

포크너 부인은 고개를 돌리지 않고서 기념품들만 바라보고 있었다. 넓은 어깨를 구부리고 고개를 숙인 채. 커다란 덩치로 고집을 부리며 지혜로운 척하는 자세였다. "네가 대체 뭐라고, 헐리, 한 사람의 삶에서 가장 소중한 것을 주거나 빼앗을 수 있는 여신이라도 돼?"

"어머님은 제게 요구할 수 있는 권리를 넘어 엄청난 걸 달라고 하셨어요." 루스는 저 열망에 찬 덩치 큰 여자가 다음에 정확히 뭘 해야 할지 결정해줄 동안 이 자리에 서 있던 어린 남자아이의 기분은 어땠을까 상상해보았다.

"난 내 아들이 요구하는 것을 요구했을 뿐이야."

"그렇지 않아요."

"저애 말이 틀렸어, 안 그러니, 얘야?" 포크너 부인이 장식장에게 말했다. "저 여자는 네 목소리를 들을 만큼 널 사랑하지 않아. 하지만 엄마는 듣는단다."

루스는 문을 쾅 닫고 축축한 거리로 달려나왔다. 그리고 손을 흔들어 어리둥절해하는 운전자의 차를 세웠다.

"이거 택시 아닌데요, 아가씨."

"제발 절 역으로 데려다주세요."

"이봐요 아가씨, 전 도심이 아니라 외곽으로 가는 길이에요." 그러자 루스가 와락 울음을 터뜨렸다. "알았어요, 아가씨. 맙소사. 알았으니 타세요."

"세네카행 427번 열차가 4번 플랫폼에 도착합니다." 스피커에서 목소리가 울려퍼졌다. 그 목소리는 자신들의 목적지가 원래 있던 곳보다 나을 거라는 승객들의 환상을 전부 박살내려고 하는 것 같았다. 트로이를 부르듯 칙칙하고 웅웅거리는 소리로 샌프

란시스코를 불렀고, 마이애미를 부르는 소리는 녹스빌을 부르는 소리보다도 더 유혹적이지 않았다.

천둥 같은 소리가 대합실 천장 위를 가로질렀다. 루스 옆의 기둥이 떨렸다. 그녀는 잡지를 읽고 있다가 고개를 들어 역의 시계를 보았다. 다음 열차가 그녀가 탈 남행 열차였다.

표를 사고 수하물 검사를 한 뒤, 잡지를 읽으며 시간을 때우려고 딱딱한 의자에 자리를 잡는 그녀의 동작은 단호하고 빨랐다. 걸을 때도 거의 활보하듯 당당하게 걸었다. 그녀의 머릿속에서 울려대는 거친 대화에 맞춘 행동이었다. 상상 속에서 루스는 포크너 부인에게 사실을 있는 그대로 무자비하게 쏟아부었고, 그 까마귀 같은 여자에게서 의기양양하게 사과와 눈물을 이끌어냈다.

복수하는 상상에 루스는 잠시 만족스러웠고, 방금 전까지 자신을 고문하던 포크너 부인을 잊게 되었다. 지루함과 막 시작된 외로움만이 느껴졌다. 이런 기분을 쫓아버리기 위해 루스는 대합실의 이 무리, 저 무리를 구경하기 시작했다. 그들의 얼굴과 옷과 짐을 살피며 각각 무슨 일로 역에 오게 되었을지 읽어보려 했다.

옷을 잘 차려입은 부모와 딱딱하게 이야기를 나누고 있는, 큰 키에 앳된 얼굴의 이등병. 회색 플란넬 옷을 입고 대학을 다니다 징병에 끌려왔겠지…… 명사수 훈장의 희생양에 불과한 군인…… 똑똑하고 돈이 많고…… 아버지는 아들의 계급과 역 앞에 차를 너무 오래 세워놓은 것이 불편하고……

심한 기침 소리가 루스의 생각을 끊어놓았다. 텅 빈 벤치 끝 팔걸이에 웅크린 노인이 기침을 하며 몸을 뒤틀고 있었다. 그는 더러운 손가락 사이에 끼운 짧은 담배를 한 모금 더 빨기 위해 기침이 가라앉기를 기다렸다.

쇠약하고 눈빛이 밝은 한 노부인은 짐꾼에게 1달러를 건네며 자기 짐을 어떻게 다뤄야 하는지 자세히 알려줄 테니 귀기울여 들으라고 했다. 그녀는 자기 자식들을 비난하고 손주들의 응석을 받아주기 위해 매년 떠나는 원정길에 오른 참이었다……

다시 고통스러운 기침 소리. 갑자기 문에서 바람이 불어들어와 루스의 코를 향해 그 더러운 노인의 구취가 날아들었다. 기침이 더 심해지더니 그는 숨을 쉬지 못했다. 담배가 바닥에 떨어졌다.

루스는 저절로 시선이 그에게 향하지 않도록 몸을 돌려 앉았다. 뚱뚱한 남자가 숨을 헐떡이며 표 창구 줄 맨 앞에 끼워달라고 사정하고 있었다. 홈부르크 모자 아래로 보이는 그의 붉은 얼굴은 일부러 명랑한 표정을 짓고 있었다. 세일즈맨이겠지…… 볼 베어링이나 보일러 같은 걸 파는……

다시 한번 고통스러운 기침 소리. 그렇게 불쾌한 광경이 자기 주의를 끈다는 데 짜증이 난 루스는 노인을 한번 더 흘끗 보았다. 그는 벤치 팔걸이 위로 축 처진 채 몸을 뒤틀며 경련하고 있었다.

뚱뚱한 세일즈맨은 노인을 내려다보았다가 다시 정면을 보며 줄의 자기 자리를 지켰다.

계속 짐꾼에게 지시를 내리던 할머니는 기침 소리가 말을 방해하자 목소리를 높였다.

젊은 군인과 점잖은 부모는 눈앞에 그런 추한 모습이 펼쳐지고 있다는 걸 알은체할 만큼 저속한 사람들이 아니었다.

신문 파는 아이가 역으로 뛰어들어왔다. 아이는 루스와 노인 사이를 성큼성큼 걷다가 몇 걸음 앞에서 멈춘 다음 대합실 반대편으로 가 머나먼 곳에서 일어난 비극적인 뉴스에 대해 외쳤다. "지금 읽어보세요!"

머리 위로 열차가 또 한 대 우르릉 지나갔다. 이제 모두 계단을 향해 움직이고 있었다. 다들 노인이 쓰러져 있는 통로는 피하면서, 열차로 가는 다른 통로를 선택한 건 그저 우연의 일치일 뿐이라는 표정이었다.

"버펄로, 해리스버그, 볼티모어, 워싱턴." 스피커에서 목소리가 울렸다.

루스는 자기도 이 열차를 타야 한다는 걸 알아차렸다. 그녀는 다시 노인을 보지 않고 벤치에서 일어섰다. 역겨운 취객일 뿐이야, 그녀는 스스로에게 말했다. 술이 깰 때까지 저기 쓰러져 있어도 싸지. 그녀는 팔 밑에 잡지와 핸드백을 끼웠다. 누군가—경찰이든 자원봉사자든, 암튼 누가 할 일이든 간에—저 사람을 데리러 오겠지.

"탑승하세요!"

루스는 노인을 피해 계단 쪽으로 갔다. 플랫폼 층에서 내려오는 쉭쉭거리는 소리와 서늘한 습기가 그녀를 감쌌다. 증기에 에워싸인 희미한 불빛들이 무한히 뻗어 있는 것 같았다. 비현실적인 그 광경은 그녀의 생각을 조금도 억누르지 못했다.

그 생각이 계속 그녀를 괴롭히면서 짜증나고 반복되는 소리—노인의 기침 소리를 자꾸 떠올리게 했다. 그 소리는 그녀의 마음속에서 점점 커져갔고, 마치 커다란 석제 납골당 속에서 메아리치며 울리는 것 같았다.

"탑승하세요!"

루스는 몸을 돌려 계단을 뛰어내려갔다. 몇 초 후 그녀는 노인 위로 몸을 숙인 채, 그의 옷깃을 느슨하게 풀고서 손목을 문질러주고 있었다. 그의 작은 몸을 쭉 펴주고, 자기 코트를 그 머리 밑에 받쳐주었다.

"짐꾼!" 그녀가 외쳤다.

"네, 부인?"

"이 사람 죽어가고 있어요. 구급차 불러요!"

"네, 부인!"

루스가 불빛 앞으로 걸어가자 차들이 경적을 울려댔다. 머릿속으로 기차역의 무감각한 남자들과 여자들을 야단치느라 정신이 없었던 루스는 그것을 알아차리지 못했다. 구급차가 노인을 데려갔고, 열차를 놓친 루스는 테드의 고향에서 네 시간을 더 보내야 했다.

"그가 못생기고 더럽다는 이유만으로 도우려 하지 않았어요." 루스가 상상 속 사람들에게 말했다. "아프고 도움이 필요한 사람이었는데, 그에게 손을 대기보다는 다들 이기적으로만 행동했죠. 부끄러운 줄 아세요." 그녀는 인도 반대편에서 걸어오는 사람들을 도발적으로 쳐다보았고, 행인들은 어리둥절한 눈빛으로 그녀를 보았다. "당신들은 그의 곤경이 전혀 보이지 않는 것처럼 행동했어요." 그녀가 속삭였다.

루스는 쇼핑 심부름을 온 척하며 여자들의 방식으로 시간을 보냈다. 엄격한 눈으로 진열창을 살폈고, 천을 만져보았고, 물건값을 흥정했고, 직원들에게 한두 곳을 더 둘러보고 다시 사러 오겠다고 약속했다. 그녀의 행동은 처음부터 끝까지 거의 자동적이었기 때문에, 도덕적으로 옳은 일을 했다는 사실에 자기만족하는 방향으로 생각이 마음대로 흘러갔다. 나는 비천하고 더럽고 병든 낯선 사람들에게서 도망가지 않는 몇 안 되는 사람들 중 한 명이야, 하고 그녀가 혼잣말을 했다.

기분을 들뜨게 하는 생각이었고, 루스는 테드 역시 자기와 같은 생각을 했을 거라고 멋대로 믿었다. 테드를 생각하자 무시무시한 시어머니가 떠올랐다. 자기에 비해 포크너 부인이 얼마나 이기적이었나 생각하니 기분이 더욱 들떴다. 포크너 부인이었다면 자신의 좁은 삶 속 비극 외에는 아무것도 알아차리지 못한 채 대합실에 그냥 앉아 있었을 것이다. 노인이 죽어가는 동안에도 유령을 향해 중얼거리고만 있었을 것이다.

루스는 그녀와 함께 보낸 몇 시간의 씁쓸하고 굴욕적인 기분을 다시 느꼈다. 그녀는 모성이라는 악몽 같은 개념과 기념품 한줌의 미명 아래 루스를 괴롭히고 구슬렸다. 혐오감과 벗어나야 한다는 생각이 다시금 최고조에 달했다. 루스는 보석상 진열대에 기대어 거울에 비친 자기 얼굴을 바라보았다.

"도와드릴까요, 부인?" 여자 직원이 물었다.

"네? 아, 아뇨, 괜찮습니다." 거울 속 얼굴에서 앙심과 우쭐함이 보였다. 거울 속의 눈은 역에서 노인을 보고도 아무것도 보지 못하는 눈들과 똑같이 차갑고 흐릿했다.

"몸이 안 좋아 보이시는데요. 잠시 앉아 계시겠어요?"

"아뇨, 정말…… 괜찮아요." 루스가 멍하게 말했다.

"매장 안에 근무중인 의사도 있어요."

루스는 거울에서 눈을 돌렸다. "제가 바보같이 굴었네요. 잠깐 몸이 떨리는 것 같았거든요. 이젠 괜찮아요." 루스는 자신

없는 미소를 지었다. "고맙습니다. 이제 가봐야 해요."

"기차 타시려요?"

"아뇨." 루스가 지친 목소리로 말했다. "제 도움이 필요한 아주 아픈 노부인이 계세요."

세상이
잠든 동안

피할 수 있었다면, 프레드 해클먼과 크리스마스는 서로를 피했을 것이다. 그는 독신이었고, 사회부 부장이었고, 언론계의 천재였다. 나는 그의 밑에서 기자로 일하며 견딜 수 없는 삼 년을 보냈다. 내가 알기로 그와 크리스마스 정신의 공통점은 농장 고양이와 오듀본 협회*의 공통점 정도에 불과할 정도로 적었다.

그리고 그는 여러 가지 면에서 농장 고양이와 비슷했다. 뭐든 혼자 하려 했고, 겉보기에는 현실에 안주하는 게으른 사람 같았으나 권위와 위트라는 날카로운 발톱을 사용하는 솜씨는

* 미국 야생동물 보호 협회.

재빨랐다.

내가 그의 밑에서 일할 때 그는 사십대 중반이었고, 크리스마스뿐 아니라 정부, 결혼, 비즈니스, 애국심 등 입에 담을 수 있는 모든 중요한 제도에 대한 존경심을 잃은 것 같았다. 그가 입에 담은 이상理想이라고는 간결한 제목, 철자법 실력, 정확성, 인류의 어리석음을 보도하는 속도 외에 달리 들어본 것이 없다.

희미하게나마 그가 기쁨과 선의 비슷한 것을 내뿜었던 크리스마스는 한 번밖에 기억나지 않는다. 하지만 그건 우연의 일치였다. 12월 25일에 탈옥 사건이 일어났던 것이다.

기사 정리를 담당하는 여자 직원이 울음을 터뜨릴 때까지 그가 계속해서 몰아붙였던 또다른 크리스마스도 기억난다. 그녀가 기사에다 화물열차에 치인 남자가 세상을 떠났다고passed on 표현한 것이 화근이었다.

"그 사람이 일어나서 먼지를 털고, 킬킬 웃고, 기관차와 사소한 오해가 생기기 전에 가고 있던 목적지로 계속 간다pass on는 말인가?" 해클먼은 대답을 요구했다.

"아뇨." 그녀는 입술을 깨물었다. "그 사람은 죽었어요. 그리고……"

"왜 처음부터 그렇게 쓰지 않았지? 그 사람은 죽었어. 기관차와 탄수차와 화물열차 58량과 승무원차가 그 남자 위로 굴러간 다음에, 그는 죽었다고. 그렇게 쓰면 우리 독자들이 착각할 위험이 없잖아. 1등급 기사지…… 그는 죽었다. 그가 천국에 갔나? 그가 계속해서 간passed on 곳이 천국이야?"

"모, 모르겠어요."

"음, 자네 기사에 따르면 우리가 알고 있어야 하는데. 죽은 사람이 이제 천국에 가 있다고…… 아니면 아직 가고 있는 중이라고 기자가 그러던가? 그의 유령이 천국에 들어갈 가능성이 있는지 그 사람이 다니던 교회 목사에게 확인은 해봤어?"

그녀는 눈물을 터뜨렸다. "그가 천국에 갔으면 좋겠어요!" 그녀는 잔뜩 화가 나서 말했다. "그가 천국에 갔기를 바란다고 말하고 싶었고, 후회하지 않아요!" 그녀는 코를 풀며 걸어갔고, 문 옆에 서서 해클먼을 노려보았다. "오늘은 크리스마스니까!" 하고 외친 뒤 그녀는 언론계를 영영 떠났다.

"크리스마스?" 해클먼이 말했다. 그는 영문을 모르는 것 같았다. 그는 누군가 그 이상한 단어를 번역해주기를 바라는 듯 방안을 둘러보았다. "크리스마스라." 그는 벽에 걸린 달력으로 다가가서 손가락으로 날짜를 25일까지 훑었다. "아…… 빨간 날이구나. 흠."

하지만 해클먼과 보낸 크리스마스 시즌 중 내 기억에 가장 또렷하게 남아 있는 건 마지막 크리스마스 시즌이었다—그 시즌에 큰 범죄 사건이 일어났다. 해클먼은 신이 나서, 그 사건이 이 도시 역사상 가장 악명 높은 범죄라고 선언했다.

내가 그 말을 들은 건 12월 1일 무렵이었을 것이다. 그는 아침에 우편물을 확인하며 "빌어먹을, 짧은 일생 동안 한 사람이 얼마나 많은 영예를 누릴 수 있는 거야?" 하고 말했다.

그는 나를 자기 책상으로 부르더니 이렇게 말했다. "매일 이 사무실로 쏟아져들어오는 영광을 관리직만 나눠 가지는 건 옳지 않아. 이런 영예의 진짜 주인은 자네 같은 일반 노동자들이지."

"고마운 말씀이네요." 내가 거북해하며 말했다.

"그러니까, 자네 월급을 올려줘야 마땅하지만, 그 대신 자네를 내 보조로 임명하겠네."

"사회부장의 보조가 된다는 말씀인가요?"

"그보다 더 대단한 거지. 이봐, 이제 자네는 매년 열리는 크리스마스 야외 조명 콘테스트 홍보 책임자의 보조가 된 거야. 자네가 신문을 위해 몸 바쳐 훌륭하게 일해왔다는 사실을 내가 알고 있다는 것조차 자넨 몰랐겠지?" 그는 나와 악수를 했다. "자, 이게 자네의 노력에 대한 답이네. 축하해."

"고맙습니다. 제가 뭘 하면 되죠?"

"임원들이 일찍 죽는 건 자기 권한을 넘길 줄 몰라서야." 해클먼이 말했다. "이걸로 내 수명이 이십 년은 길어질 걸세. 방금 상공회의소로부터 위임받은 홍보 책임자의 전권을 자네에게 넘겨주는 거니까. 기회의 문은 활짝 열려 있어. 만약 자네의 홍보 덕에 올해 크리스마스 야외 조명 콘테스트가 그 어느 때보다 크고 화려한 행사가 된다면, 자네는 언론계에서 하늘 높은 줄 모르고 계속 올라갈 수 있을 거야. 전국 건포도 주간 차기 홍보 책임자까지 되지 말라는 법이 어디 있나?"

"전 그쪽 분야에 익숙하지 않은데 어쩌죠." 내가 말했다.

"아무것도 아니야." 해클먼이 말했다. "참가자들이 자기들 집 앞에 색전등을 잔뜩 걸어놓는데, 전기계량기 눈금을 제일 빨리 올리는 사람이 이기는 거지. 그게 자네의 크리스마스일세."

홍보 책임자의 충실한 보조로서 나는 콘테스트의 역사를 벼락치기로 공부했고, 전쟁중일 때를 제외하고는 1938년 이래 매년 이 행사가 열렸다는 사실을 알게 되었다. 첫해 우승자는 집 정면에 이층 높이의 산타클로스를 세우고 테두리에 전구를 둘러서 1등을 차지했다. 두번째 우승자는 처마에 합판으로 만든 거대한 종 두 개를 달고 테두리에 전구를 둘렀는데, 관목 속에 숨겨둔 스피커에서 딸랑딸랑 소리가 나면 종이 앞뒤로 흔들렸다.

그런 식이었다. 매년 우승자는 전년 우승자보다 한 걸음 더 나갔고, 언제부턴가 전기 기술자의 도움 없이는 어떤 참가자도 우승을 꿈꾸지 못하게 되었다. 심사가 끝나는 크리스마스이브까지 전기 회사의 모든 장비에 과부하가 걸렸다.

내가 말했듯이, 해클먼은 조금도 관여하고 싶어하지 않아 했다. 하지만 해클먼에게는 불운하게도 신문사 발행인이 상공회의소장으로 선출된 직후였고, 그는 자기 직원 중에 시민의 의무를 다하지 않으려는 사람이 있다는 걸 알고 화가 났다.

발행인이 편집실에 나타나는 일은 거의 없었지만, 그의 방문은 언제나 기억에 남았다. 특히 크리스마스 이 주 전, 해클먼에게 지역사회에서 그가 해야 할 두 가지 역할을 가르치러 왔을 때는 더 그랬다.

"해클먼," 그가 말했다. "여기 일하는 모든 사람은 신문사 직원일 뿐 아니라 능동적인 시민이기도 하다네."

"저 투표해요." 해클먼이 말했다. "세금도 내고요."

"고작 그것뿐이잖나." 발행인이 나무라듯 말했다. "자네는 십 년 동안 사회부 부장이었는데, 그런 위치에 있는 사람에게 부여되는 시민의 의무를 내내 피해왔어…… 옆에 있는 다른 기자에게 떠넘겼지." 그가 나를 가리켰다. "대부분의 시민들이 대단한 영광으로 받아들일 만한 일을 하는 자리에 저런 어린애를 보내다니, 그건 이 지역사회에 대한 모욕일세."

"시간이 없었어요." 해클먼이 퉁명스럽게 말했다.

"시간을 내. 자네더러 매일 열여덟 시간씩 사무실에 있으라고 하는 사람은 아무도 없지 않나. 자네가 자청해서 그러는 거지. 그럴 필요 없어. 가끔은 동료들과 함께 외출도 하게, 해클먼. 특히 요즘 같은 때는 말이야. 크리스마스 시즌 아닌가, 이 사람아. 콘테스트도 보러 다니고……"

"저한테 크리스마스가 무슨 의미가 있습니까?" 해클먼이 말했다. "전 독실하지도 않고 가정적이지도 않고, 에그노그*를 마시면 위염이 도져요. 그러니 크리스마스는 지옥이나 가라죠."

발행인은 깜짝 놀랐다. "크리스마스는 지옥이나 가라고?" 그의 쉰 목소리가 공허했다.

"물론이죠." 해클먼이 말했다.

"해클먼," 발행인이 차분하게 말했다. "콘테스트 운영에 참가해. 명령이야. 크리스마스 분위기도 좀 느끼고 말이야. 자네에게 도움이 될 거야."

"사표 내겠습니다." 해클먼이 말했다. "그러면 대표님께는 별 도움이 안 될 거예요."

해클먼 말이 옳았다. 그가 그만두는 건 신문에 전혀 도움이 되지 않았다. 그건 재앙이었다. 여러모로 해클먼이 곧 신문이었기 때문이다. 하지만 신문사 중역 사무실에서 슬퍼하거나 이를 가는 소리가 들려오지는 않았다. 조용하고도 참을성 있게 아쉬워하며 기다릴 뿐이었다. 해클먼은 전에도 그만둔 적이 있었는데, 그는 신문과 스물네 시간 이상 떨어져 있지를 못했다. 그의 인생이 곧 신문이었고, 그가 그만둔다고 말하는 건 송어가 산

* 우유, 크림, 설탕, 거품 낸 달걀, 술 등을 섞어 만드는 음료. 크리스마스에 주로 마신다.

개울을 벗어나 싸구려 잡화점 직원으로 취직하겠다고 하는 것과 마찬가지였다.

해클먼은 사표를 낸 뒤 스물일곱 시간 후에 돌아왔다. 그가 신문에서 떨어져 지낸 시간의 신기록이었다. 그는 조금 취해 있었고 무례했다. 누구의 눈도 똑바로 보지 않았다.

내가 예의를 갖추며 조용히 그의 책상 앞을 지나가는데, 그가 내게 뭐라고 웅얼거렸다.

"뭐라고 하셨습니까?" 내가 말했다.

"메리 크리스마스라고 했어." 해클먼이 말했다.

"메리 크리스마스."

"음, 이봐," 그가 말했다. "조금 있다가 흰 수염을 길게 기른 멍청이가 우리 모두에게 줄 선물을 잔뜩 가지고 지붕 위로 종을 딸랑이며 날아올 거야."

"네, 그럴 겁니다."

"꼬마 사슴에게 채찍질을 하는 사람이라면 뭐든 할 수 있을 테지."

"네, 그럴 것 같네요."

"젊은이, 자네가 내게 좀 알려주겠나? 이 빌어먹을 콘테스트는 대체 뭐하는 행사지?"

콘테스트를 운영하기로 되어 있는 위원회에는 윗사람들만

잔뜩 있었다. 너무 바빠서 콘테스트 실무를 조금도 할 수 없는 지역 유명인들이었다. 시장, 대형 제조사 사장, 부동산위원회 위원장. 해클먼은 계속 나를 자기 보조로 썼고, 준비 작업은 우리와 상공회의소 말단 직원들의 몫이었다.

매일 밤 우리는 참가작들을 살펴보러 나갔다. 참가작이 수천 점에 달했다. 우리는 위원회가 크리스마스이브에 우승자를 선정할 수 있도록 제일 좋은 작품 스무 점을 추리려 하고 있었다. 상공회의소 말단 직원들은 도시 남부를, 해클먼과 나는 도시 북부를 훑었다.

기분좋아야 할 일이었다. 날씨는 그렇게 춥지 않고 상쾌했다. 매일 밤 밝게 빛나는 차가운 별들이 검은 벨벳 같은 하늘에 떠올랐다. 길에 내린 눈은 치웠지만 마당과 지붕에는 아직 눈이 쌓여 있어서 온 세상이 부드럽고 깨끗해 보였다. 우리가 탄 차의 라디오에서는 크리스마스캐럴이 나왔다.

하지만 즐겁지 않았다. 해클먼이 거의 온종일 크리스마스에 대해 격한 비난을 퍼부어댔기 때문이다.

한번은 내가 라디오에서 어린이 합창단이 부른 〈고요한 밤〉을 듣고 있을 때였다. 순수무결하게 죽지 않는 한 이보다 더 천국에 가까이 갈 수는 없을 것 같은 기분이었다. 그런데 갑자기 해클먼이 다이얼을 돌렸고, 쇳소리 나는 재즈밴드 소리가 차 안에 가득 울렸다.

"왜 그러세요?" 내가 물었다.

"닳도록 틀어대잖아." 해클먼이 짜증을 내며 말했다. "오늘 밤에만 벌써 여덟 번이나 들었어. 크리스마스를 무슨 담배 팔듯이 팔고 있어. 죽어라고 똑같은 문구만 반복해대고 있다고. 크리스마스가 귓속에 가득차다못해 흘러넘쳐."

"파는 거 아니에요." 내가 말했다. "그냥 행복해하는 거지."

"형식만 다를 뿐이지 그냥 백화점 광고야."

나는 어린이 합창단이 나오는 채널로 다시 돌렸다. "괜찮으시다면 저는 이걸 끝까지 듣고 싶어요." 내가 말했다. "그다음에 다시 돌리세요."

"아-아기 자-아알도 잔다." 작고 감미로운 목소리들이 울려퍼졌다. 그리고 아나운서의 목소리가 끼어들었다. "듣고 계시는 십오 분짜리 막간 음악은 크리스마스 인기곡으로, 불러드 브라더스 백화점 제공입니다. 일요일 제외 매일 밤 열시까지 영업합니다. 크리스마스 쇼핑을 마지막까지 미루지 마세요. 혼잡을 피하시기 바랍니다."

"이것 봐!" 해클먼이 의기양양하게 말했다.

"그건 지엽적인 문제예요." 내가 말했다. "중요한 건 크리스마스에 구세주가 나셨다는 거죠."

"그 말도 틀렸어." 해클먼이 말했다. "예수가 언제 태어났는지는 아무도 몰라. 성경에 그런 말은 안 나와. 단 한 글자도."

"성경에 대한 전문 지식을 겸비하셨으리라고는 전혀 생각도 못했는데요." 내가 열을 올리며 말했다.

"어렸을 때 외웠어." 해클먼이 말했다. "매일 밤 새로운 대목을 외워야 했지. 신께 맹세하는데, 한 단어라도 틀렸다가는 아버지한테 얻어맞았어."

"아?" 예상치 못한 전개였다. 해클먼이 인상적이었던 이유는 그가 절대 남들과 어울리지 않고, 자신의 과거라든지 혹은 일하지 않을 때 뭘 하며 지내고 무슨 생각을 하는지 절대 이야기하지 않는다는 데 있었다. 그런데 그가 자기 어릴 적 이야기를 하면서 내게 처음으로 성마름과 냉소보다 더 깊이 있는 감정을 보여주고 있었다.

"십 년 동안 주일학교를 한 번도 빼먹은 적이 없어." 해클먼이 말했다. "날씨가 어떻든, 몸 상태가 어떻든, 무조건 갔지."

"독실하셨네요?"

"우리 아버지 허리띠가 엄청 무서웠어."

"아직 살아 계신가요…… 아버님은?"

"몰라." 해클먼이 별 관심 없다는 듯 말했다. "열다섯 살 때 가출한 이후로 한 번도 돌아간 적 없으니까."

"어머니는요?"

"내가 한 살 때 돌아가셨어."

"유감이에요."

"대체 누가 자네보고 유감을 느끼라고 했지?"

우리는 그날 밤 마지막으로 살펴보기로 했던 집 앞에 차를 세웠다. 연어 속살 같은 연분홍색 저택에는 쇠창살 울타리와 철제 홍학들, 텔레비전 안테나가 다섯 개 있었다. 스페인 건축 양식과 전자제품과 갑작스러운 돈벼락이 합쳐진 괴물 같은 최악의 조합이었다. 하지만 크리스마스 조명 장식은 보이지 않았다. 그냥 집안에 켜둔 보통 불빛뿐이었다.

집을 제대로 찾아온 건지 확인하려고 문을 두드렸다. 그러자 집사가 나와 집 반대편에 조명 장식이 있는데 켜려면 주인에게 허락을 받아야 한다고 했다.

잠시 후 뚱뚱한 털북숭이 주인이 나타났다. 위쪽 앞니 두 개가 툭 튀어나와 있어서 진홍색 가운을 입은 마멋 같아 보였다.

"플리트우드 씨," 집사가 주인에게 말했다. "여기 계신 이 신사 분들은……"

주인이 조용히 하라는 뜻으로 손을 흔들었다. "어떻게 지냈나, 해클먼?" 그가 말했다. "찾아오기엔 좀 늦은 시간이지만, 우리집 문은 옛친구들에게 늘 열려 있다네."

"그리번." 해클먼이 믿을 수 없다는 듯 말했다. "리우 그리번. 자네 언제부터 여기 살았어?"

"내 이름은 이제 플리트우드라네, 해클먼…… J. 스프레이그 플리트우드, 철저하게 법을 지키는 사람이지. 지난번에 만났을 때는 이야깃거리가 있었지만 오늘밤엔 없어. 나온 지는 일 년 됐고, 조용하고 점잖게 지내고 있지."

"미친개 그리번이 일 년 전에 나왔는데, 내가 모르고 있었다고?" 해클먼이 말했다.

"왜 저를 보시는 거죠." 내가 말했다. "전 교육위원회랑 소방서 담당이라고요."

"사회에 진 빚은 갚았어." 그리번이 말했다.

해클먼은 남작의 저택에나 있을 법한 화려한 거실의 입구를 지키고 선 갑옷 기사의 투구 가리개를 만지작거렸다. "내가 보기엔 자네가 사회에 진 빚을 1달러당 2센트씩만 갚은 것 같은데." 그가 말했다.

"투자야." 그리번이 말했다. "주식시장에 합법적인 투자를 한 거라고."

"브로커가 자네 돈에서 핏자국을 어떻게 지운 거지? 얼마짜린지 확인하려면 꼭 지워야 했을 텐데." 해클먼이 말했다.

"내 호의를 악용해서 무례하게 굴 생각이라면, 해클먼, 자네를 내쫓을 거야." 그리번이 말했다. "자, 원하는 게 뭔가?"

"조명 장식을 보고 싶답니다." 집사가 말했다.

임무가 밝혀지자 해클먼은 굉장히 멋쩍은 표정을 지었다. "그래." 그러고는 중얼거렸다. "우리가 그 빌어먹을 멍청한 위원회 소속이거든."

"심사는 크리스마스이브에 하는 줄 알았는데." 그리번이 말했다. "그때까지는 켜지 않을 계획이었어…… 이 지역사회를 기분좋게 놀래줄 생각이었지."

"독가스 생성기야?" 해클먼이 말했다.

"알았어, 잘난 척하는 놈 같으니." 그리번이 거만하게 말했다. "오늘밤 너는 J. 스프레이그 플리트우드가 어떤 시민인지 알게 될 거야."

일명 미친개 그리번이라고 알려진 J. 스프레이그 플리트우드의 눈 덮인 마당에는 희미한 형태와 푸른 색조의 세상이 있었다. 어느새 자정이었고, 그리번과 하인 셋이 마당을 뛰어다니며 전기 연결부를 단단히 조이고 드라이버와 기름 깡통을 들고 동상 같은 것들을 만지는 동안, 해클먼과 나는 발을 구르고 손에 입김을 불며 몸을 덥혔다.

장식을 켤 준비가 언제 끝날지 알 수 없었지만, 그리번은 우리에게 장식 전체를 볼 수 있게 되도록 멀리 서 있으라고 우겼다. 우린 무엇을 보게 될지 알 수 없었고, 집사가 하는 일이 우리를 특히 감질나게 했다. 그는 가스탱크를 가져와 거대한 기상관측용 풍선을 부풀리고 있었다. 집사가 크랭크를 돌려 윈치를 작동시키자 케이블에 묶인 풍선이 당당하게 떠올랐다.

"저건 뭐하는 걸까요?" 내가 해클먼에게 속삭였다.

"신께 마지막 지시를 내려달라고 하는 거야." 해클먼이 말했다.

"저 사람은 왜 감옥에 갔죠?"

"이 동네에서 도박판을 운영하면서 자기 사업을 지키려고 스무 명 정도를 죽였어. 그리고 소득세 포탈 혐의로 오 년형을 받았지."

"조명 준비됐나?" 그리번이 포치에 서서 두 팔을 들고 고함을 쳤다. 기적을 지휘하고 있었다.

"조명 준비됐습니다." 관목 속에서 누군가 말했다.

"음향 준비됐나?"

"음향 준비됐습니다."

"풍선 준비됐나?"

"풍선 띄웠습니다."

"시작해!" 그리번이 외쳤다.

나무 꼭대기에서 악마들이 비명을 질렀다.

태양들이 폭발했다.

해클먼과 나는 본능적으로 두 팔을 들어 얼굴을 감싸며 몸을 웅크렸다.

우리는 겁에 질려 천천히 눈에서 손을 뗐다. 눈부시고 화려한 불빛으로 우리 앞에 펼쳐진 것은 실물 크기의 예수 탄생 장면이었다. 사방에 놓인 스피커에서 귀를 찢을 듯이 캐럴이 울려펴졌다. 석고로 만든 소와 양이 여기저기 잔뜩 늘어선 채로 고개를 흔들고 있었고, 양치기들은 오른팔을 철도 건널목 차단기처럼 들었다 내렸다 하며 경련하듯 하늘을 가리켰다.

성녀 마리아와 요셉이 구유통의 아이를 다정한 표정으로 내려다보았고, 그 위로 기계 천사들이 날개를 퍼덕이고 기계 현자들은 피스톤처럼 머리를 까닥거렸다.

"저것 봐!" 시끄러운 가운데 양치기들이 가리키는 곳으로 손가락을 뻗으며 해클먼이 말했다. 풍선이 하늘 위로 사라진 곳이었다.

미친개 그리번의 연어 속살 같은 궁전 위 크리스마스 하늘에 베들레헴의 별을 본떠 가스를 채운 풍선이 매달려 빛나고 있었다.

갑자기 모든 것이 다시 검고 조용해졌다. 나는 머리가 멍했다. 해클먼은 할말을 잃은 채 공허한 눈빛으로 별이 떠 있던 곳을 바라보았다.

그리번이 빠른 걸음으로 우리 쪽으로 왔다. "이 동네에 이것과 상대할 만한 게 있나?" 그가 숨을 헐떡이며 물었다.

"아니." 해클먼이 암울한 목소리로 말했다.

"우승할 것 같아?"

"응." 해클먼이 중얼거렸다. "누가 루돌프 사슴 코 모양의 핵폭탄을 만들지 않는 한은."

"멀리 사는 사람들도 보러 올 거야." 그리번이 말했다. "신문에는 별을 보고 찾아오라고 써줘."

"이봐, 그리번," 해클먼이 말했다. "우승해도 상금은 없다는 거 알고 있지? 1달러 정도 하는 작은 싸구려 두루마리나 줄 뿐이라고."

그리번은 불쾌한 표정이었다. "물론이지." 그가 말했다. "이건 공익을 위한 거야, 해클먼."

해클먼이 투덜거리며 말했다. "어이 꼬맹이, 오늘밤은 여기서 끝내지, 응?"

콘테스트 심사 일주일 전에 우승이 확실한 참가자를 찾아놓았다는 건 진짜 휴일을 의미했다. 즉 심사위원들과 나 같은 보조들이 크리스마스이브에 몇 시간씩 차를 타고 엇비슷하게 훌륭한 작품들을 스무 점씩이나 보러 돌아다니는 대신, 가족들과 많은 시간을 보낼 수 있다는 뜻이었다. 이제 우리는 그리번의 저택으로 차를 몰고 가서, 눈이 멀고 귀가 먹는 경험을 한 다음, 그와 악수를 하고 두루마리를 건네주고, 집으로 돌아가 트리를 다듬고 양말에 선물을 넣고 에그노그를 몇 잔씩 마시기만 하면 되었다.

해클먼 밑에서 전전긍긍하던 부하 직원들은 크리스마스 생각에 순하고 감상적으로 변했고, 해클먼이 따스한 마음을 가졌다는 말도 안 되는 루머가 널리 퍼졌다. 그리고 해클먼은 명절에 어울릴 법한 전형적인 행동을 보여주었다. 미친개 그리번이 출소해 돌아온 지 일 년이 지나도록 그걸 알아차린 기자가 한 명도 없다니 다들 가만두지 않겠다고 선언한 것이다.

"맹세코 장담하는데," 그가 말했다. "내가 다시 거리로 나가지 않으면 이 신문은 뉴스거리가 없어서 망해버릴 거야." 그리고 그후 이틀 동안 전화로 들어온 제보가 없었다면 신문은 정말로 망했을 것이다. 해클먼이 거의 모든 직원들을 보내 그리번이 뭘 하고 있는지 알아보라고 시켰기 때문이다.

해클먼이 우리를 아주 다급하게 밀어붙였지만, 그리번이 출소한 이후 수상쩍은 일을 벌이고 있다는 작은 단서 하나도 찾을 수 없었다. 끌어낼 수 있는 유일한 결론은 그리번이 범죄로 벌어들인 돈이 워낙 짭짤해서, 사십대 초반에 은퇴하고도 법을 어기지 않으면서 호화롭게 여생을 보낼 수 있다는 것이었다.

"정말로 주식과 채권으로 돈을 벌었어요." 둘째 날이 끝나갈 무렵 나는 녹초가 되어 해클먼에게 말했다. "그리고 말 잘 듣는 아이처럼 세금도 내고, 옛날 친구들은 절대 만나지도 않아요."

"알았어, 알았어, 알았다고." 해클먼이 짜증을 내며 말했다. "잊어버려, 신경쓰지 마." 그가 그렇게 불안해하는 모습은 본 적이 없었다. 그는 손가락으로 책상을 두드리고 있다가 갑자기 무슨 소리라도 들려오면 벌떡 일어났다.

"그에게 특별히 앙심이라도 있어요?" 내가 물었다. 그렇게 열성적으로 누군가를 파헤치는 건 해클먼답지 않았다. 대개 그는 정의가 이기든 범죄가 이기든 별로 신경쓰는 것 같지 않았다. 그가 관심을 갖는 건 정의와 범죄의 대결에서 나오는 좋은 뉴스거리였다. "어쨌든 그 사람은 정말로 법을 지키고 있어요."

"잊어버려." 해클먼이 말했다. 그러더니 갑자기 연필을 반으로 부러뜨리고 일어나 사무실을 성큼성큼 걸어나갔다. 평소 퇴근하던 것보다 몇 시간 이른 시각이었다.

다음날 나는 비번이었다. 별일이 없었다면 정오까지 잤겠지만, 신문 배달원이 침실 창문 아래에서 호외를 외치고 있었다. 크고 검은 헤드라인은 끔찍한 한 단어였다. **납치되다!** 기사를 읽어보니 J. 스프레이그 플리트우드 씨의 집에서 석고로 만든 예수, 마리아, 요셉이 사라졌고, 매년 크리스마스이브에 열리는 크리스마스 야외 조명 콘테스트 심사 전까지 그것들을 되찾을 수 있도록 정보를 제공하는 사람에게 플리트우드 씨가 1천 달러를 사례한다는 소식이었다.

몇 분 후 해클먼이 전화를 걸어왔다. 당장 사무실로 나와 쏟아지는 단서들을 추적하는 일을 도우라는 것이었다.

경찰은 증거가 있었다 해도 아마추어 탐정 무리들 때문에 다 훼손되었을 거라며 불평했다. 하지만 경찰은 이 도난 사건을 해결해야 한다는 압박을 조금도 받지 않았다. 저녁때쯤 수색 작전은 누구도 벗어날 수 없는—누구도 벗어나고 싶어하지 않는 흥겨운 대유행이 되어 있었다. 수색은 경찰이 아니라 대중의 몫이었다.

사람들 무리가 이 집 저 집 몰려다니며 아기 예수를 본 사람 없느냐고 물었다.

극장은 텅 비었고, 청취자 선물을 주는 지역 라디오 프로그램에서는 저녁에 집에 앉아 전화 연결에 응하는 사람이 아무도 없는 것 같다며 슬퍼했다.

수천 명의 사람들이 도시의 유일한 마구간을 뒤져보겠다고 우겼고, 주인은 그들에게 핫 초콜릿과 도넛을 팔아 상당한 수입을 올렸다. 어느 열성적인 호텔은 신문에 전면광고를 내서 예수와 마리아와 요셉을 찾는 사람들에게 묵을 방을 제공하겠다고 선언했다.

신문은 매번 수색 이야기를 머리기사로 다뤘고, 매호가 매진되었다.

해클먼은 언제나 그랬듯 빈정대고 냉소적이고 효율적으로 일했다.

"기적이에요." 내가 그에게 말했다. "이 작은 이야기를 이렇게 크게 불리시다니. 부장님이 크리스마스를 살리셨어요."

해클먼이 심드렁하게 어깨를 으쓱해 보였다. "마침 별 뉴스가 없을 때 일어나서 그렇지. 더 나은 뉴스가 터지면, 그러면 좋겠는데, 이건 당장 눈에 안 띄게 내려버릴 거야. 슬슬 누군가 자동 산탄총을 들고 유치원에 들어가 미쳐 날뛸 때도 되지 않았어?"

"제가 괜히 입을 열어서 죄송합니다."

"내가 즐거운 농신제 보내라고 인사했던가?"

"농신제요?"

"응…… 12월 말쯤에 있었던 옛날 이교도들의 형편없는 축일이야. 로마인들은 학교를 닫고, 바보같이 먹고 마시고, 모두에게 사랑한다고 말하면서 선물을 주고받았어." 그는 전화를 받았다. "아니요, 부인, 예수님은 아직 못 찾았습니다. 네, 부인, 예수님이 나타나면 호외를 발행할 겁니다. 네, 마구간은 이미 꼼꼼히 살펴보았습니다. 감사합니다. 안녕히 계세요."

수색은 사라진 석고상들을 진지하게 찾아다닌다기보다 자발적이고 장난스러운 야외극에 더 가까웠다. 현실적으로 수색에 나선 이들이 찾아낼 가능성은 높지 않았다. 그들은 아주 시끄러웠고, 즐겁거나 흥미로울 거라고 생각되는 곳만 찾아다녔다. 정신 나간 놈이 틀림없는 도둑은 별 어려움 없이 자신의 묘한 장물을 눈에 띄지 않게 숨길 수 있었을 것이다.

하지만 사람들은 자신들이 참여하고 있는 우화 같은 일에 깊이 빠져들었고, 신문의 도움 없이도 강력한 기대감이 저절로 커져갔다. 성가족이 크리스마스이브에는 발견될 거라고 모두들 확신했다.

하지만 이브가 되어도, 미친개 그리번으로 불리는 이 절도 사건 피해자 J. 스프레이그 플리트우드의 저택 위 풍선에 매달린 500와트짜리 전등 말고 마을 위에 새로 떠오른 별은 없었다.

시장, 대형 제조사 사장, 부동산위원회 위원장이 시장의 리무진 뒷좌석에 앉았고, 해클먼과 나는 그들 앞 보조석에 앉았다. 우리는 사라진 석고상을 새것으로 대체한 그리번에게 우승 두루마리를 주러 가는 길이었다.

"여기서 꺾나요?" 기사가 물었다.

"그냥 별을 따라가시면 돼요." 내가 말했다.

"저건 전등이야, 돈만 있으면 누구든 집 위에 띄울 수 있는 빌어먹을 전등이라고." 해클먼이 말했다.

"빌어먹을 전등을 따라가세요." 내가 말했다.

턱시도 차림으로 우리를 기다리고 있던 그리번이 직접 차문을 열어주었다. "신사 여러분, 메리 크리스마스." 그는 시선을 아래로 향하고 양손을 둥근 배 앞에 경건하게 모으고서 양쪽에 밧줄을 쳐둔 길로 우리를 데리고 갔다. 길은 장식 주변을 한 바퀴 돌아 다시 찻길로 이어졌다. 그가 저택의 모퉁이를 지나갔고, 그 바로 옆이 우리가 장식을 볼 수 있는 위치였다. "전 여기가 성지라고 생각하고 싶어요." 그가 말했다. "사람들이 멀리서도 별을 따라 찾아오는 곳." 그가 옆으로 물러서며 우리에게 앞으로 가라는 몸짓을 했다.

그리고 말문이 막히게 하는 눈부신 파노라마가 다시 펼쳐졌다. 표정 없는 인형들이 고개를 끄덕이고 팔을 흔들며 날개를 퍼덕이는 모습이 야외에서 하는 유연체조 수업 같았다.

"갱들의 천국이군." 해클먼이 속삭였다.

"오, 맙소사." 시장이 말했다.

부동산위원회 위원장은 끔찍해하는 것 같았지만 헛기침을 하며 꿋꿋이 극복해냈다. "대단한 장식이로군요." 그가 없는 진심을 겨우 쥐어짜내며 말했다.

"새 석고상은 어디서 구했지?" 해클먼이 물었다.

"백화점 재고 창고에서 도매로 샀지." 그리번이 말했다.

"대단히 솜씨 있는 기술이군요." 제조사 사장이 말했다.

"기술자 네 명을 투입했습니다." 그리번이 자랑스럽게 말했다. "석고상을 가져간 놈이 다행히도 네온 후광은 두고 갔어요. 전기가 연결되어 있으니, 만약 그게 더 나을 것 같으면, 네온 후광이 깜박이게도 할 수 있어요."

"아니, 아닙니다." 시장이 말했다. "이미 훌륭한데 사족을 달 필요는 없습니다."

"음…… 제가 우승인가요?" 그리번이 예의바르게 물었다.

"으음?" 시장이 말했다. "아, 우승이냐고요? 글쎄요, 심사숙고를 해야겠지요, 당연히. 오늘 저녁에 알려드리겠습니다."

더는 아무도 할말을 생각해낼 수 없는 것 같았고, 우리는 느릿느릿 리무진으로 돌아갔다.

"전기 모터 서른두 개, 전선 3.2킬로미터, 네온을 제외하고 전구 구백칠십여섯 개를 썼어요." 우리가 움직이기 시작하자 그리번이 말했다.

"그냥 거기서 바로 두루마리를 줄 거라고 생각했어요." 부동산위원회 위원장이 말했다. "원래 그럴 계획 아니었나요?"

"도저히 그럴 수 없더라고요." 시장이 한숨을 쉬며 말했다. "어디서 이별주라도 한 잔 마셔야 될 것 같아요."

"분명 그가 우승이에요." 제조사 사장이 말했다. "감히 다른 사람에게 상을 줄 수는 없어요. 그는 짐승 같은 힘으로 우승했어요…… 짐승 같은 돈, 짐승 같은 킬로와트. 취향이 아무리 끔찍하다 해도 말입니다."

"한 군데 더 들를 곳이 있어요." 해클먼이 말했다.

"한 곳만 들르는 건 줄 알았는데요." 제조사 사장이 말했다. "모두 동의했다고 생각했는데."

해클먼이 카드 한 장을 들어 보였다. "음, 세부조항이 있어서요. 참가 마감은 오늘 정오까지였어요. 이게 마감 이 초쯤 전에 특송 우편으로 왔는데, 아직 확인해볼 기회가 없었습니다."

"틀림없이 플리트우드의 장식에는 상대가 안 될 텐데." 시장이 말했다. "뭔들 상대가 되겠어요? 주소가 어떻게 됩니까?"

해클먼이 주소를 알려주었다.

"시 외곽의 허름한 동네로군요." 부동산위원회 위원장이 말했다. "우리 친구 플리트우드에겐 상대가 안 될 겁니다."

"그냥 넘어갑시다." 제조사 사장이 말했다. "저는 손님들도 초대해놓았고……"

"홍보에 좋지 않습니다." 해클먼이 진지하게 말했다. 그가 존경을 담아 또렷이 말하는 것을 듣고, 나는 깜짝 놀랐다. 그는 가장 혐오스러운 세 가지 생명체가 쥐, 거머리, 홍보 담당자라고 말한 적이 있었다…… 뒤로 갈수록 더 혐오스럽다고도 했다.

그러나 뒷좌석에 앉은 중요 인물 셋에게 그의 말은 인상적이면서도 마음에 걸리는 말이었다. 그들은 뭐라고 중얼거리며 안절부절못했지만, 맞서 싸울 용기를 내지는 못했다.

"얼른 다녀옵시다." 시장의 말에 해클먼은 기사에게 카드를 건넸다.

신호에 걸려 차가 멈추었을 때, 우리는 흥겹게 성가족을 찾으러 다니는 사람들과 나란히 서게 되었다. 그들은 우리에게 성가족이 어디 숨겨져 있는지 아느냐고 물었다.

시장이 충동적으로 차창 밖으로 몸을 내밀었다. "저기에선 못 찾으실 겁니다." 그가 그리번의 집 불빛을 향해 손가락을 까닥이며 말했다.

다른 한 무리가 노래를 부르며 우리 앞으로 길을 건넜다.

마리아에게서 그리스도가 나셨으매,
모든 천사들이 그 위에 모여
세상이 잠든 동안
그 놀라운 사랑을 밤새 지키네.*

신호가 바뀌고 우리는 계속 달렸다. 좋은 집들이 뒤로 사라지고 그리번의 저택 위에 뜬 전등이 공장의 검은 굴뚝에 가려 보이지 않게 되자 우리는 최대한 말을 아꼈다.

"이 주소가 확실한가요?" 기사가 머뭇거리며 물었다.

"자기집이 어딘지는 아는 사람이 보냈겠죠." 해클먼이 말했다.

"좋은 생각이 아니었습니다." 제조사 사장이 시계를 보며 말했다. "이름이 그리번인지 플리트우드인지 하는 그 사람한테 전화해서 그가 우승이라고 말해주죠. 이 집은 지옥에나 가라고 하고."

"저도 같은 생각입니다." 시장이 말했다. "하지만 여기까지 왔으니 한번 보고 가지요."

---

* 찬송가 〈오 베들레헴 작은 골(O Little Town of Bethlehem)〉의 가사. 이 소설의 제목 '세상이 잠든 동안(While Mortals Sleep)'이 이 곡의 가사에서 왔다.

리무진은 어두운 거리로 들어갔다가 도로에 난 구멍에 덜컹 흔들린 다음 멈췄다. "여깁니다, 신사 여러분." 기사가 말했다.

텅 비고 기울어진, 지붕이 없는 집 앞이었다. 건물 중 가장 멀쩡한 부분은 갈라진 외벽과 사람이 살기에 적합하지 않다는 표지판이었다.

"쥐와 해충도 콘테스트에 참가할 수 있습니까?" 시장이 말했다.

"주소는 여기가 맞습니다." 기사가 방어하듯 말했다.

"차 돌려서 집에 갑시다." 시장이 말했다.

"기다려요." 부동산위원회 위원장이 말했다. "뒤에 있는 헛간에서 불빛이 새어나오는데요. 맙소사, 심사를 하러 여기까지 왔으니 난 하고 가야겠어요."

"헛간에 누가 있나 가서 보고 와." 시장이 기사에게 말했다.

기사는 어깨를 으쓱하더니 차에서 내려 눈 덮인 쓰레기 사이를 지나 헛간으로 갔다. 그는 노크를 했다. 그의 주먹에 맞은 문이 휙 열렸다. 무릎을 꿇는 그의 모습이 안에서 희미하게 새어나오는 흔들리는 빛을 받아 실루엣으로 보였다.

"취했나?" 해클먼이 말했다.

"그건 아닌 것 같은데." 시장이 중얼거렸다. 그는 입술을 핥았다. "기도하는 것 같아요…… 생전 처음으로." 시장이 차에서 내렸고, 우리는 소리 없이 그를 따라 헛간으로 갔다. 기사가 있는 곳에 이르러 우리도 그의 옆에서 무릎을 꿇었다.

사라진 석고상 세 개가 우리 앞에 있었다. 요셉과 마리아가 짚으로 된 침대에서 잠든 아기 예수를 사방에서 불어드는 외풍으로부터 보호하고 있었다. 조명이라고는 기름등 하나가 유일했고, 흔들리는 빛 속에서 성가족은 살아 숨쉬는 것 같았다. 경외와 찬양으로 살아 숨쉬고 있었다.

크리스마스 아침, 신문에는 성가족이 발견된 곳에 대한 기사가 실렸다.

크리스마스 내내 사람들은 성가족에게 경배하기 위해 춥고 쓸쓸한 헛간으로 몰려들었다.

스프레이그 플리트우드 씨가 전기 모터 서른두 개와 전선 3.2 킬로미터, 네온을 제외한 전구 구백칠십여섯 개, 그리고 불용 군수품인 기상관측용 풍선을 동원해 크리스마스 야외 조명 콘테스트에서 우승했다는 소식은 작은 기사로 실렸다.

해클먼은 언제나 그랬듯 비판적이고 환멸스럽다는 태도로 자기 책상에 앉아 일하고 있었다.

"정말이지, 아주 대단한 이야기예요." 내가 말했다.

"난 넌더리가 나." 해클먼이 양손을 마주 비비며 말했다. "내가 기대하는 건 크리스마스에 쓴 돈들의 청구서가 날아드는 1월이야. 살인이 아주 흥하는 달이지."

"음, 그래도 크리스마스 이야기의 후속기사는 있어야죠. 누가 한 건지 아직 모르잖아요."

"누가 한 건지 어떻게 알아낼 건데? 참가신청서 이름은 가명이었고, 헛간 주인은 지난 십 년간 이 도시에 나타난 적도 없어."

"지문." 내가 말했다. "석고상에서 지문을 찾아볼 수 있을 거예요."

"그런 제안을 한 번만 더 하면 자네는 해고야."

"해고요?" 내가 말했다. "왜요?"

"신성모독죄!" 해클먼이 거창하게 말했고, 대화는 그걸로 끝이었다. 그의 마음은, 그의 말처럼, 미래의 뉴스거리에 있었다. 그는 뒤를 돌아보는 법이 없었다.

절도, 수색, 크리스마스에 대한 해클먼의 마지막 조치는 크리스마스 밤에 나와 사진사를 함께 헛간에 보내는 것이었다. 판에 박힌 시시한 일이었고, 해클먼은 재미없어했다.

"정면에 석고상을 두고 사람들 뒷모습을 찍어." 해클먼이 말했다. "온갖 죄인들이 다녀갔으니 지금쯤 먼지가 꽤나 쌓였을 거야. 사진 찍기 전에 젖은 천으로 닦는 게 좋겠군."

꺼져라,
짧은 촛불*

* Out, Brief Candle. 셰익스피어의 비극 『맥베스』에서 인용한 제목.

애니 쿠퍼는 스케넥터디에서 온 편지가 자기 인생의 황혼기에 불어온 달콤하고 따스한 바람 같다고 생각했다. 사실 처음 편지가 왔을 때 그녀는 겨우 사십대 중반이었고 그녀 인생의 황혼은 아직 저멀리 있었다. 치아도 빠짐없이 있었고 철테 안경은 책을 읽을 때만 썼다.

그녀가 늙었다는 기분을 느낀 건 정말로 나이가 많았던 남편 에드가 인디애나주 북부의 양돈장에 그녀만 남겨둔 채 저세상으로 떠나버렸기 때문이다. 에드가 죽고 나자 그녀는 가축을 팔고, 검은 흙으로 된 평평하고 비옥한 땅을 이웃들에게 세놓고, 성경을 읽고, 화분에 물을 주고, 닭들에게 모이를 주고, 작은 채소밭을 가꾸었다. 혹은 하릴없이 그저 시간을 보내면서 별다른 악의 없이 참을성 있게 죽음의 천사를 기다렸다. 에드가 재산을 충분히 남기고 갔기 때문에 굳이 다른 일을 더 하려고 안달할 필요는 없었다. 그리고 애니가 아는 유일한 지역인 그 동네의 사람들 덕분에 그녀는 자신이 옳고 관례적이며 할 수 있는 유일한 일을 하고 있다고 느꼈다.

그녀에게 친척은 없었지만 찾아오는 손님들은 있었다. 농부의 아내들이 찾아와 커피와 케이크를 곁들여 한두 시간 정도 답답한 연민을 늘어놓곤 했다.

"우리 윌이 떠나면 나는 어떻게 할지 모르겠어요." 한 여인이 말했다. "도시 사람들은 일심동체로 살아간다는 게 뭔지 모르는 것 같아요. 내키는 대로 남편을 갈아치우고, 이 남편이나 저 남편이나 다를 게 없다니까요."

"네." 애니가 말했다. "전 정말이지 그런 데는 관심 없어요. 피치 서프라이즈* 하나 더 드세요, 도리스 준."

"제 말은, 도시에서는 남자와 여자가 서로를 필요로 할 때 오직……" 고상하게도 도리스 준은 말을 끝마치지 않았다.

"네, 사실이죠." 애니가 말했다. 그녀가 지금껏 깨달은 바, 남편들이 가끔 형편없을 때는 있어도 남편 없는 인생은 더 나쁠 거라는 극적인 증거를 이웃 부인들에게 제공해주는 게 자신

* 복숭아로 만든 디저트.

이 과부로서 할 의무 중 하나였다.

애니는 그 편지 이야기를 해서 도리스 준의 환상을 깨지는 않았다. 이 나이가 되어서야 발견한 여성으로서의 행복에 대해, 머나먼 스케넥터디에서도 그녀를 행복하게 해줄 수 있는 남자가 최소한 한 명 있다는 사실은 말하지 않았다.

가끔 다른 여자들의 남편들도 농장에 찾아왔다. 이웃 여자들은 남자가 해야 할 일—지붕을 덧댄다든가, 펌프의 패킹을 간다든가, 헛간에서 놀고 있는 기계에 기름칠을 한다든가—이 있다는 걸 발견하면 걸걸하고 격식을 차리는 자기 남편들을 보냈다. 그들은 그녀가 정숙한 과부라는 것을 알고 있었고, 그래서 그녀를 굉장히 존중했다. 그들은 거의 말도 걸지 않았다.

가끔 애니는 그 남편들이 편지에 대해 알았다면 어떻게 행동했을까 궁금했다. 어쩌면 그들은 그녀를 헤픈 여자라고 생각했을 테고, 그러면, 그녀가 정중히 권하면 으레 거절하는 것으로 되어 있는 커피를 받아들였을지도 모른다. 심지어 모호한 말, 수줍은 추파를 잔뜩 섞은 말을 했을 수도 있다. 시내 식당의 커피 카운터 뒤에서 일하는 부끄러움을 모르는 여자아이에게 하는 것 같은 말들을.

그녀가 그 남자들에게 편지를 보여주면 그들은 편지 내용에서 뭔가 추잡한 의미를 찾아낼 것이다. 결코 그런 편지들이 아닌데도. 그 편지들은 숭고했고, 시였으며, 그녀는 편지를 쓴 남자가 어떻게 생겼는지 알지도 못했고 상관하지도 않았다.

가끔 목사도 찾아왔다. 우울하고, 비쩍 마르고, 피부가 다갈색인 나이 많은 남자였다. 목사는 그녀의 망자 같은 평화와 도덕적 안전함을 굉장히 기뻐했다.

"쿠퍼 부인 덕에 계속할 힘이 납니다." 그가 말했다. "부인께서 가끔 젊은이들에게 이야기를 들려주셨으면 좋겠어요. 젊은이들은 요즘과 같은 현대에 기독교인으로 살아가는 게 불가능하다고 생각해요."

"정말 친절하시네요." 애니가 말했다. "제 생각에 젊은이들은 다들 좀 자유분방하다가 나중에 자리를 잡는 것 같아요. 라즈베리 딜라이트* 하나 더 드시겠어요? 상하면 버려야 해요."

"쿠퍼 부인은 자유분방하셨던 적이 없으시지요?"

"음…… 열여섯 살이 되고 조금 지났을 때 에드와 결혼했으니까요. 거칠게 놀 기회가 거의 없었죠."

"기회가 있었다 해도 안 그러셨을 겁니다." 목사가 의기양양하게 말했다.

애니는 그의 말을 반박하며 자랑스럽게 편지 이야기를 하고 싶은 묘한 충동을 느꼈지만, 그 몹쓸 충동을 억누른 채 진지하게 고개를 끄덕였다.

---

* 라즈베리로 만든 디저트.

그녀와 결혼하고 싶어하는 남자들도 몇 명 찾아왔다. 그녀의 땅에 대해 강렬한 욕망을 품은 남자들이었다. 하지만 그들이 아무리 그녀의 땅에 대해 어설픈 시를 읊어도, 그녀를 거울 속 모습보다 더 나은 사람이라고 느끼게 해주는 사람은 한 명도 없었다. 거울 속 그녀는 키가 크고 말랐으며, 전신주만큼이나 꾸미지 않았고, 일을 많이 해서 손은 거칠고 부어 있었고, 긴 코의 끝은 서리 때문에 언제나 빨개져 있었다. 에드처럼, 그들은 시도조차 하지 않았다.

구혼자가 그녀의 냉랭한 대접 속에서 방문을 마치고 날씨며 작물에 대해 중얼거리면서 모자를 움켜쥐고 돌아가면, 애니는 스케넥터디에서 온 편지가 아주 간절해졌다. 그녀는 문을 잠그고 블라인드를 내린 다음, 침대에 누워서 읽고 또 읽었다. 배고픔과 졸림, 노크 소리 때문에 다음을 기약하며 다시 편지를 숨겨야 하는 순간까지.

에드는 10월에 죽었고, 애니는 이듬해 봄까지는—봄이어야 할 때까지는—에드도 편지도 없이 지냈다. 5월 초에 갑자기 매서운 서리가 내려 수선화 싹이 죽어버렸을 때 애니는 편지를 썼다.

5587님께. 전혀 모르는 사람에게 편지를 써보는 건 이번이 처음이에요. 비염 처방약을 받으러 약국에서 기다리다가 〈웨스턴

로맨스 매거진〉이 있어서 읽어봤어요. 평소에는 그런 잡지 안 읽어요. 어리석은 짓 같아서요. 하지만 우연히 펜팔 면을 펼쳤다가 당신 편지를 봤어요. 당신이 외롭고, 펜팔 친구가 있으면 좋겠다고 한 걸 읽었죠. 그녀는 자신의 어리석음을 떠올리며 미소를 지었다. 제 이야기를 좀 해드릴게요. 전 아직 꽤 젊고, 머리는 갈색이고, 눈은 녹색이고……

일주일 뒤 답장이 왔다. 잡지에 실려 있던 코드 번호가 이름으로 바뀌었다. 뉴욕주 스케넥터디에 사는 조지프 P. 호킨스였다.

친애하는 쿠퍼 부인, 펜팔 친구를 구한다는 제 요청에 많은 답장을 받았습니다만 부인의 편지만큼 저를 감동시킨 편지는 없었습니다. 이 눈물뿐인 삶에서 우리처럼 마음 맞는 두 사람이 만나는 건 정말 드문 일이고, 가장 완벽한 육체적 짝짓기보다 더 진정한 축복으로 가득한 일입니다. 제가 당신의 편지에서 들은 목소리는 천사의 목소리였고, 그래서 이제 당신이 천사로 보입니다. 그 천사가 나타난 순간 고독함은 달아나버렸고, 이 방대하고 북적이는 세상에서 제가 정말 혼자는 아니었다는 걸 알게 되었습니다……

애니는 첫 편지를 읽으면서 초조하게 킥킥 웃었다. 불쌍한 이 남자를 거짓말로 유혹한 데 죄책감을 느꼈고, 편지의 열정적인 어조에 조금 충격을 받기도 했다. 하지만 그 편지를 하루에도 몇 번씩 다시 읽었고, 읽을 때마다 더 큰 동정심을 느꼈다. 열병 같은 연민 속에서 마침내 그녀는 이 불쌍한 남자가 바라던 것을 이뤄주었고, 그를 위해 또다른 천사를 만들어주려고 무진 애를 썼다.

그후로는 물러설 수 없었고, 물러설 의지도 없었다.

호킨스는 유창하고 시적이었지만, 무엇보다 여자의 기분에 절묘할 정도로 민감했다. 우울하다고 말한 적이 없는데도 애니가 우울할 때면 알아차렸고, 그녀를 힘나게 할 적절한 말을 해주었다. 그녀가 행복할 때는 그 행복을 더 키워서, 스쳐지나가는 몇 분이 아니라 몇 주 동안 그 기분이 지속되게 해주었다.

그녀도 똑같이 해주려고 애썼고 그 어설픈 노력이 놀라울 정도로 잘 통하는 듯했다.

호킨스는 저속한 말을 단 한 번도 하지 않았고, 자기는 남자고 애니는 여자라는 사실을 계속 지껄이지도 않았다. 그는 격한 어조로, 그건 중요하지 않다고 했다. 그들의 영혼이 정말 놀라울 정도로 잘 맞기 때문에, 다시는 외로워지지 않을 거라는 사실이 중요하다고 했다. 그들 사이의 편지 교환은 수준이 굉장히 높았다. 어찌나 수준이 높았는지 애니와 호킨스는 일 년 내내 돈, 일, 나이, 외모, 기성 종교, 정치 같은 현실적인 주제는 언급조차 하지 않았다. 자연, 운명, 뭐라 정의할 수 없는 영혼의 달콤한 고통이 두 사람에게 계속해서 편지를 쓰고 쓰고 또 쓰게 할 주제가 되어주었다. 애니는 에드 없이 보낸 두번째 겨울이 쌀쌀한 5월보다 전혀 나쁘지 않다고 느꼈다. 진정한 우정이 무엇인지 난생처음 발견했기 때문이다.

편지의 내용을 마침내 현실적인 이야기로 끌어내린 것은 조지프 P. 호킨스가 아니라 애니였다. 다시 봄이 왔을 때 애니는 그가 그녀에게 쓴 편지처럼 고개를 드는 부드러운 새싹 수백만 개와, 짝짓기 노래를 부르는 새들, 움트는 나무들, 이 식물에서 저 식물로 꽃가루를 나르는 벌들에 대해 쓰다가, 갑자기 호킨스가 금지했던 일을 꼭 해야겠다고 생각했다.

그는 이렇게 쓴 적이 있었다. 제발 우리는 그런 천한 일은 하지 말도록 합시다. 사람들은 '사진 교환'이라고 부르는 것 같더군요. 당신의 편지에서 떠오르는, 내 눈을 흠모로 멀게 하는 천사를 포착할 수 있는 사진사는 천국이 아니면 있을 수 없습니다.

그러나 어느 흥분되는 따스한 봄밤, 애니는 자기 사진을 봉투에 넣어버렸다. 오 년 전 소풍을 갔을 때 에드가 찍어준 것이었는데, 그때는 아주 못 나온 사진이라고 생각했다. 하지만 지금 봉투를 봉하기 전에 다시 살펴보니 사진 속 여자에게서 예전에는 보이지 않던 새로운 모습이 아주 많이 보였다. 모든 거친 선을 부드럽게 만드는 영혼의 아름다움이 피어올랐던 것이다.

그뒤로 기다림의 이틀은 악몽이었다. 그녀는 사진을 보낸 자기 자신을 증오했고, 자신이 세상에서 제일 못생긴 여자이며, 호킨스와 자신 사이의 모든 것을 망가뜨렸다고 스스로에게 말했다. 그러고는 달라질 건 아무것도 없다며 마음을 가라앉히려고도 해보았다. 그들의 관계는 전적으로 영적이고, 아름답든 못생겼든 사진을 보낸 건 백지를 보낸 거나 마찬가지라고 생각하려 했다. 하지만 사진을 보낸 결과를 말해줄 수 있는 사람은 조지프 P. 호킨스뿐이었다.

그는 특송 항공우편으로 그 결과를 알렸다. 그는 "밝은 천사여, 아듀!"라고 적었고, 애니는 눈물을 터뜨렸다.

하지만 애니는 억지로 계속 읽어갔다. 내 마음의 눈이 만들어 낸 희미하고 허약한 허상이여, 물러서라. 내 마음의 따스하고 현존하는, 생기 넘치는 신부가 그 왕좌를 차지하리니…… 나의 애니의 실제 모습! 아듀, 유령이여! 삶에 길을 내주어라, 내가 살아 있고 애니도 살아 있으며, 때는 봄일지니!

애니는 의기양양해졌다. 사진 때문에 망친 것은 아무것도 없었다. 호킨스 역시 사진에서 피어오르는 영혼의 아름다움을 본 것이다.

답장을 쓰려고 앉아서야 애니는 이 일로 그들의 관계가 어떻게 바뀌었는지 이해했다. 자신들이 영혼뿐 아니라 육신도 지니고 있다는 사실을 인정한 것이다. 그렇게 생각하자 애니의 피부가 얼얼해졌다. 예전엔 날개가 달린 듯했던 펜이 조금도 움직이지 못했다. 애니의 마음속에 떠오르는 모든 문장들이 어리석고 과장된 것 같았다. 예전에는 전부 훌륭하게 느껴졌는데

말이다.

그러다가 펜이 자기 멋대로 움직이기 시작했다. 펜은 애니가 그동안 백 장에 걸쳐 적었던 것보다 더 많은 의미를 담은 두 단어를 썼다.

제가 갈게요.

그녀는 사랑에 눈이 멀었고, 황홀감에 젖어 통제 불능이었다.

호킨스가 전보로 보낸 답 역시 거의 애니의 편지만큼이나 짧았다. 제발 오지 마세요. 저는 죽을병에 걸렸습니다.

그게 그가 보낸 마지막 편지였다. 애니가 전보와 특송우편을 보냈지만 조지프 P. 호킨스는 답이 없었다. 장거리 전화를 걸어보니 호킨스에게는 전화기가 없는 것으로 밝혀졌다. 애니는 엄청난 충격을 받았다. 그의 마음속 생기 넘치는 신부로부터 1100킬로미터 떨어진 곳에서, 자신을 돌봐줄, 진정으로 돌봐줄 사람 한 명 없이 죽어가고 있는 점잖고 외로운 남자에 대한 생각 말고는 아무 생각도 할 수 없었다.

호킨스가 굳게 침묵을 지킨 괴로운 일주일이 지나고, 애니는 스케넥터디 기차역에서 성큼성큼 걸어나왔다. 얼굴은 사랑으로 상기되어 있었고, 새 거들 때문에 숨이 막힐 지경이었고, 스타킹 윗부분과 가슴 사이 남는 공간에 넣어둔 돈이 바스락거리며 피부를 긁어댔다. 그녀는 작은 여행가방과 뜨개가방을 가져왔고, 뜨개가방에는 약장에 든 것을 전부 쓸어담았다.

전에 기차를 타본 적도 없고, 스케넥터디의 연기 구름이나 쇳소리를 내며 정신없이 돌아가는 풍경도 본 적이 없었지만, 그녀는 두렵지도 당황스럽지도 않았다. 의무감과 사랑으로 마비된 그녀는 상당히 큰 키의 몸을 곧게 펴고, 성큼성큼 공격적으로 전진했다.

택시정류장이 비어 있었는데, 애니가 짐꾼에게 호킨스의 주소를 말해주자 짐꾼은 그쪽으로 가는 버스 타는 곳을 알려주었다.

"어디서 내리면 되는지는 기사님께 물어보시면 돼요." 짐꾼이 말했다.

그래서 애니는 물어보았다. 이 분마다 한 번씩 물었다. 간소한 짐을 무릎에 올린 채 운전석 바로 뒷자리에 앉아 있었다.

버스는 연기를 내뿜는 시끄러운 공장과 빈민가의 미로를 달리며 도로에 난 구멍과 기차 철로 위를 덜컹덜컹 지났다. 애니의 눈에는 흰 피부에 마르고 키가 크고 섬세하며 푸른 눈을 가진 호킨스가 다세대 주택 방의 딱딱하고 좁은 침대 위에서 죽어가는 모습이 보이는 듯했다.

"여기서 내리면 되나요?"

"아닙니다, 부인. 아직 아니에요. 제가 알려드릴게요."

공장과 빈민가가 뒤로 멀어지고, 우표만큼 좁고 깔끔한 녹색

땅에 지은 작고 쾌적한 집들이 나타났다. 애니는 달리는 버스 창밖을 내다보며, 한때 건장했으나 이제는 병으로 쇠약해진 호킨스가 파리한 얼굴로 작고 깔끔한 독신자용 방의 침대에 누워 있는 모습을 상상할 수 있었다.

"여기서 내리면 되나요?"

"아직 한참 남았습니다, 부인. 제가 알려드릴게요."

작은 집들이 사라지고 더 큰 집들이 나타났고, 더 큰 집들에 이어 저택들이 보이기 시작했다. 애니가 이제까지 본 것 중 가장 큰 집들이었다. 이제 버스의 승객은 애니뿐이었다. 애니는 그녀의 텃밭만큼 큰 침대에서 고통스러워하고 있는, 은빛 머리칼에 콧수염을 살짝 기른 품위 있는 노신사 호킨스의 새로운 이미지를 떠올리며 경탄했다.

"이 근처인가요?" 애니가 믿을 수 없다는 듯 물었다.

"이 근처 어딥니다." 기사는 속도를 늦추며 번지수를 내다보았다. 그러고는 다음 코너에서 버스를 세우고 문을 열었다. "이 블록 어디쯤입니다, 부인. 제가 계속 찾아봤는데 아마 놓친 것 같아요."

"다음 블록일지도 몰라요." 잘 아는 번지수에 가까워지자 떨리는 마음으로 함께 찾아보고 있던 애니가 말했다.

"아뇨, 분명 여깁니다. 저 앞에는 여섯 블록 내내 공동묘지밖에 없어요."

애니가 그늘지고 조용한 거리로 내려섰다. "정말 감사합니다."

"천만에요." 기사는 문을 닫으려다 잠시 망설였다.

"저 묘지에 죽은 사람이 얼마나 되는지 아세요?"

"전 이 동네가 처음이라서요." 애니가 말했다.

"전부 다 죽었지요." 기사가 의기양양하게 말했다. 문이 덜컹 닫혔고 버스는 털털거리며 멀어져갔다.

한 시간 동안 애니는 그 블록에 있는 모든 집의 초인종을 눌렀고, 그 블록의 모든 개들이 애니에게 짖어댔다.

조지프 P. 호킨스라는 이름을 들어봤다는 사람은 아무도 없었다. 만약 그런 주소가 있다면 다들 옆 블록의 무덤일 거라고 했다.

쓸쓸해진 애니의 커다란 발이 아파왔다. 애니는 잔디가 깔린 공동묘지의 철제 울타리를 따라 터덜터덜 걸었다. 어쩔 줄 몰라하며 주위를 둘러보는 애니의 시선을 받아주는 건 돌로 만든 천사들뿐이었다. 결국 그녀는 묘지 정문의 석조 아치에 이르렀다. 좌절한 그녀는 여행가방에 앉아 다음 버스를 기다렸다.

"찾는 사람 있으세요?" 뒤에서 걸걸한 목소리가 말을 걸어왔다.

돌아보니 묘지 입구의 아치 아래에 난쟁이 같은 노인이 서 있었다. 한 눈은 멀어서 삶은 달걀처럼 흰색이었고, 다른 눈동자는 밝고 교활했으며 잠시도 가만히 있지 않고 계속 움직였다. 그는 촉촉한 흙이 묻은 삽을 들고 있었다.

“저, 저는 호킨스 씨를 찾고 있어요. 조지프 P. 호킨스 씨요.” 애니는 일어서서 두려움을 감추려 애썼다.

“묘지에 관련된 일인가요?”

“호킨스 씨가 여기서 일하시나요?”

“일했었죠.” 난쟁이가 말했다. “이제 죽었어요.”

“안 돼!”

“죽었어요. 오늘 아침에 묻혔어요.” 난쟁이가 무덤덤한 목소리로 말했다.

애니는 점점 몸이 처지면서 다시 여행가방에 앉았다. 그리고 조용히 울기 시작했다. “너무 늦었어, 너무 늦었어.”

“그분과 친구셨나요?”

“그분은 여자가 사귈 수 있는 가장 다정한 친구였어요!” 애니가 띄엄띄엄하면서도 격하게 말했다. “아는 분이셨어요?”

“아뇨. 그분이 편찮아지셨을 때 제가 여기서 일하기 시작했어요. 듣기로는 훌륭한 신사셨다고 해요.”

“그랬죠, 그랬어요.” 그녀는 노인을 보며 불편한 마음으로 그의 삽을 가만히 살폈다. “말씀해주세요. 그분이…… 음, 무덤을 파는 분은 아니셨지요?”

“조경사 겸 추도식 관리인이었어요.”

"아." 애니가 눈물을 흘리고 미소를 지으며 말했다. "정말 기뻐요." 애니는 고개를 절레절레 저었다. "너무 늦었어, 너무 늦었어. 지금 할 수 있는 일이 뭐가 있지?"

"꽃을 아주 좋아하셨다는 것 같아요."

"네." 애니가 말했다. "꽃은 언제나 돌아오고 절대 실망시키는 법이 없는 친구라고 한 적이 있어요. 어디서 구할 수 있죠?"

"음, 불법이긴 하지만, 보는 사람만 없다면 정문 안쪽 크로커스를 좀 꺾으셔도 될 것 같은데요. 저기 그분의 집 옆에 제비꽃도 좀 있고요."

"그분의 집이요?" 애니가 말했다. "그분의 집이 어디인가요?"

노인이 아치 너머 담쟁이덩굴로 덮인 작은 석조 건물을 가리켰다.

"아…… 불쌍한 사람." 애니가 말했다.

"그렇게 나쁘지 않아요." 노인이 말했다. "지금은 제가 사는데, 괜찮은 곳이에요. 따라오세요. 꽃을 꺾으시고 나면 그분이 묻힌 곳까지 트럭으로 태워다드리죠. 멀어서 길을 잃으실지도 몰라요. 지금 막 개장한 새 구역에 묻히셨어요. 사실, 새 구역에 처음으로 묻힌 분이죠."

작은 픽업트럭이 대리석으로 장식된 조용하고 차가운 숲 사이로 난 아스팔트길을 계속 달렸고, 애니는 이제 어디가 어디인지 알 수 없었다. 트럭의 좌석은 노인의 짧은 다리가 페달에 닿을 수 있도록 앞으로 잔뜩 당겨져 있었다. 그래서 애니도 긴 다리가 아플 정도로 대시보드에 바짝 붙어 앉아야 했다. 그녀의 무릎 위에는 크로커스와 제비꽃으로 만든 꽃다발이 있었다.

둘 다 아무 말도 하지 않았다. 애니는 동승자를 계속 보고 있기가 힘들었고, 그에게 할말도 전혀 생각나지 않았다. 한편 그는 그녀에게 별 관심이 없는 것 같았다. 그저 일상적이고 피곤한 일을 하고 있는 인상이었다.

마침내 그들은 숲으로 이어지는, 바퀴 자국 난 진흙길을 가로막고 선 철문 앞에 도착했다.

노인이 철문을 열었다. 그러고는 트럭 기어를 낮은 단계에 놓고 땅거미 지는 숲속으로 들어갔다. 들장미와 나뭇가지가 트럭 옆에 스쳤다.

애니는 숨이 턱 막히는 것 같았다. 그녀 앞에 나뭇잎이 무성하고 탁 트인 공간이 평화로이 펼쳐져 있었고, 한줄기 햇살이 비치는 곳에 새로 만든 무덤이 있었다.

"묘비는 아직 안 왔어요." 난쟁이가 말했다.

"조지프, 조지프. 내가 왔어요." 애니가 속삭였다.

난쟁이는 트럭을 세우고 절뚝거리며 애니 쪽으로 와서 정중하게 차문을 열어주었다. 그가 처음으로 미소를 짓자 지나치게 흰 틀니가 드러났다.

"저 혼자 있을 수 있을까요?" 애니가 말했다.

"여기서 기다리겠습니다."

애니는 무덤 앞에 꽃다발을 내려놓고, 그 옆에 한 시간 동안 앉아서 조지프가 그녀에게 들려주었던 멋지고 상냥한 말들을 혼자 되뇌었다.

난쟁이가 정중하게 기침을 해서 방해하지 않았다면 그 생각은 몇 시간이고 더 이어졌을 것이다.

"이제 가야 할 것 같습니다. 곧 해가 질 거예요."

"이분을 여기 혼자 두고 가려니 마음이 찢어질 것 같아요."

"나중에 또 오시면 되죠."

"네. 또 올 거예요."

"그분은 어떤 사람이었나요?"

"어떤 사람이었느냐고요?" 애니는 경건한 자세로 섰다. "본 적은 한 번도 없어요. 우린 편지를 주고받았죠. 정말, 정말 좋은 분이었어요."

"어떤 좋은 일을 하셨는데요?"

"제가 예쁜 사람이라고 느끼게 해줬어요." 애니가 말했다. "이제 전 그게 어떤 기분인지 알아요."

"그분이 어떻게 생겼는지 아세요?"

"아뇨, 잘 몰라요."

"키가 크고 어깨가 넓었다고 하더군요. 푸른 눈에 곱슬머리였대요. 그런 모습일 거라고 상상하셨나요?"

"아, 네! 바로 그거예요. 전 알 수 있어요." 애니는 행복한 목소리였다.

외눈박이 난쟁이가 낯선 사람들을 조심하라고 경고하며 애니를 기차에 태운 다음, 다시 차를 몰고 묘지로 돌아왔을 때는 해가 지고 있었다. 그가 숲속에 있는 외로운 시인의 무덤에 다시 찾아갔을 때는 비석들이 긴 그림자를 드리우고 있었다.

그는 한숨을 쉬며 애니의 꽃다발을 집어들었다.

그는 자신의 석조 주택으로 돌아와 책상 위에 놓인 물이 든 꽃병에 꽃을 꽂았다. 이른봄 저녁의 습기를 몰아내기 위해 벽난로에 불을 지피고 커피를 한 잔 만든 다음, 몸을 기울이고 앉아서 애니의 꽃향기를 맡으며 편지를 썼다.

친애하는 드레이퍼 부인, 제 펜팔이자 제 영혼의 가장 소중한 친구이신 당신이 아마도 저는 절대 보지 못할 아름다운 땅 브리티시컬럼비아의 양계장에 살고 계시다니 이 얼마나 기묘한 일입니까. 브리티시컬럼비아의 삶에 대해 무슨 말씀을 하시든, 그건 분명 아름다운 삶일 것입니다. 그 삶이 당신을 낳았기 때문이죠. 그렇지 않습니까? 제발, 제발, 제발. 그는 여기까지 쓰고 세 개의 '제발'에 밑줄을 그으며 단호하게 끙하는 소리를 냈다. 우리는 그런 천한 일은 하지 말도록 합시다. 사람들이 '사진 교환'이라고 부르는 것 같더군요. 당신의 편지에서 떠오르는, 내 눈을 흠모로 멀게 하는 천사를 포착할 수 있는 사진사는 천국이 아니면 있을 수 없습니다.

탱고

내가 작성하는 모든 입사지원서 양식에는 내가 성인이 된 이후 지금까지 무엇을 하며 지내왔는지 날짜와 함께 기록하게 되어 있는 표와, 기록 없이 빈 기간을 남겨두지 말라는 명령이 준엄하게 들어 있다. 그러나 내가 피스퀀투잇Pisquontuit*이라는 마을에서 가정교사로 일했던 최근 석 달에 대한 기록을 비워두어도 된다고 허락해준다면 나는 엄청 큰 대가도 치를 용의가 있다. 그곳에 사는 내 이전 고용주에게 내가 어떤 사람이냐고 묻는 편지를 보내는 사람은 귀가 홀랑 타버릴 정도로 거친 말을 들을 것이다.

---

* 보니것 작품에 등장하는 가상의 마을. 'Piss-on-it'이라고 읽기도 한다.

이력서 양식마다 비고라는 작은 공란이 있는데, 그곳에라면 피스퀀투잇에서 있었던 일을 내 관점에서 적을 수도 있을 것 같다. 하지만 피스퀀투잇을 본 적 없는 사람이 내 관점의 이야기를 이해할 가능성은 거의 없을 듯하다. 그리고 평범한 사람이 피스퀀투잇을 보았을 확률은 스페이드 로열 플러시*가 두 번 연속해서 나올 확률과 비슷하다.

피스퀀투잇은 '빛나는 물'이라는 뜻의 인디언 단어이고, 그런 곳이 존재한다는 걸 아는 소수의 귀한 사람들은 포닛Ponit이라고 발음한다. 포닛은 바닷가에 저택들이 모여 있는 비밀스러운 마을이다. 대로에서 왜소한 소나무숲으로 이어지는 별 볼 일 없는 진입로 입구에는 아무런 표시도 없다. 진입로 쪽 숲속에 경비원이 사는데, 포닛의 차가 아니면 전부 돌려세워서 그들이 온 곳으로 되돌아가게 한다. 포닛의 차들은 아주 크거나 아주 작다.

그곳에서 나는 상냥하면서도 조금은 어리숙한 로버트 브루어라는 청년의 가정교사로 일했다. 그는 대학 입시를 준비하고 있어 도움이 필요했다.

포닛이 미국에서 가장 배타적인 지역이라고 말해도 반박할 사람은 없을 것 같다. 내가 포닛에 있는 동안, 어느 신사는 자

* 포커 게임에서 최고의 패.

기 이웃들이 '꽤나 답답한 사람들'이라며 자기집을 팔았다. 신사는 그가 원래 살던 보스턴의 비컨힐로 돌아갔다. 나의 고용주인 로버트의 아버지 허버트 클루스 브루어는 요트 경주를 하지 않을 때면 거의 언제나 워싱턴에 보낼 분노의 편지를 썼다. 누구나 구입할 수 있는 미국 측지 지도에 포닛 마을의 저택이 전부 나와 있어서 분노한 것이었다.

포닛은 조용한 마을이었다. 마을 사람들은 평화를 위해 상당한 돈을 쓴 이들이었고, 그들에게는 작은 물결도 해일 같아 보였다. 내가 처한 문제의 핵심은 그곳에 탱고보다 더 폭력적이거나 야만적인 게 없다는 데 있었다.

물론 탱고는 중남미에서 유래한 춤이고, 리듬은 보통 4분의 4박자이며, 몸을 낮게 숙이는 동작과 발꿈치를 들고 다리를 비트는 스텝이 특징적이다. 어느 토요일 밤, 포닛 요트 클럽에서 매주 열리는 무도회에서, 내 학생이던 어린 로버트 브루어가 몸을 숙이고 발가락을 비틀기 시작했다. 로버트는 열여덟 살 평생 탱고를 추는 모습을 한 번도 본 적이 없었다. 처음에 그의 움직임은 조심스러웠고, 그건 몸을 부르르 떠는 것처럼 자기도 모르게 나온 행동이었다. 그렇게 움직이고 나자 로버트의 머릿속과 얼굴은 텅 비어버렸다. 자극적인 라틴 음악이 그의 귀로 흘러들어와, 짧게 자른 그의 머리카락 안쪽이 비어 있음을 발견하고는 그의 길고 마른 몸을 지배하기 시작했다.

무언가가 맞아들어갔고 로버트는 음악이라는 기계에 갇히고 말았다. 로버트의 파트너는 300만 달러를 가진 소박하고 건강하며 무게중심이 낮은 소녀였다. 그녀는 부끄러움에 괴로워하다 로버트의 격렬한 눈빛을 보고 굴복해버렸다. 두 사람은 하나가 되었다. 빠르게 움직이는 하나였다.

포닛에서는 전혀 없던 일이었다.

포닛에서 춤이란 한쪽 발에서 다른 발로 체중을 거의 알아볼 수 없을 만큼 옮기는 행위였다. 두 발을 7센티미터 내지 15센티미터 정도 벌리고 선 채 그 자리에서 떼지 않았다. 삼바, 왈츠, 가보트, 폭스트롯, 버니허그, 호키포키 등, 그 어떤 음악에도 체중을 옮기는 방식으로만 추었다. 어떤 새로운 춤이 유행해도 포닛은 쉽게 압도해버렸다. 무도회장에 사람들의 어깨 높이까지 투명한 젤라틴을 채워놓는다 해도 춤추는 데 아무 방해가 되지 않았을 것이다. 사실 그렇게 따지면, 사람들의 콧구멍 바로 아래까지 젤라틴을 채워도 상관없었을 것이다. 그들은 어떤 주제에 대해서든 모두 완벽하게 같은 의견을 가지고 있어서, 대화가 거의 천식 증상을 닮은 줄임말 정도로 줄어들었기 때문이다.

그런데 로버트가 크리스 크래프트사의 모터보트처럼 무도회장을 이리저리 가로지르고 있었다.

제멋대로 마구 질주하는 로버트와 파트너에게 조금이라도

관심을 보이는 사람은 한 명도 없었다. 이런 무관심은 다른 시대, 다른 장소에서 사람을 고문대에 매달아 돌려서 찢어 죽이거나 지하 감옥에 던져넣는 것과 같았다. 로버트는 포닛 역사상 유일하게 자기 요트 바닥을 검게 칠한 어느 불쌍한 인간, 누구도 오전 열한시 전에는 절대 수영하러 가지 않는다는 걸 너무 늦게 깨달았던 어떤 사람, 그리고 전화 통화를 할 때 오키도키라고 말하는 습관을 버리지 못했던 또다른 사람과 같은 계급으로 자신을 끌어내린 것이었다.

음악이 끝나자 로버트의 파트너는 얼굴이 상기된 채 난처해하며 자리를 떠났고, 로버트의 아버지가 연주대 앞에 있던 로버트에게 다가왔다.

브루어 씨는 화가 나면 이 사이로 혀를 내밀고 말하다가 s를 발음할 때만 혀를 뺐다. "맙소사, 얘야!" 그가 로버트에게 말했다. "너 무슨 제비족이라도 된 거니?"

"무슨 일이 일어난 건지 모르겠어요." 얼굴이 새빨개진 로버트가 말했다. "제대로 춤을 춰본 적도 없는데, 갑자기 미쳤던 것 같아요. 날아가는 것처럼요."

"혼쭐날 줄 알거라." 브루어 씨가 말했다. "여긴 코니아일랜드가 아니고, 코니아일랜드가 되지도 않을 거야. 이제 가서 어머니께 사과해라."

"네, 알겠습니다." 로버트가 겁을 먹고 말했다.

"빌어먹을 플라밍고가 축구를 하는 것 같았어." 브루어 씨가 말했다. 그는 고개를 끄덕이고 혀를 입안에 넣은 뒤 이를 딱 부딪치는 소리를 내고는 입을 다물고 조용히 걸어갔다.

로버트는 자기 어머니에게 사과하고 바로 집으로 돌아갔다.

로버트와 나는 브루어 코티지라고 불리는 집 삼층의 스위트룸을 같이 썼다. 화장실, 거실, 그리고 침실이 두 개 있었다. 자정 직전 내가 돌아왔을 때 로버트는 자고 있는 것 같았다.

하지만 나는 새벽 세시에 거실에서 들려오는 부드러운 음악 소리에 잠이 깼다. 누군가 불안한 듯 성큼성큼 걸어다니는 소리도 들렸다. 방문을 여니 로버트가 혼자 탱고를 추고 있다가 깜짝 놀랐다. 나를 보기 직전에 로버트는 콧구멍을 벌름거리고 눈을 가늘게 뜬 채 정열적인 남자의 이글거리는 눈빛을 하고 있었다.

로버트는 숨을 헉 내쉬고 축음기를 끄더니 소파에 털썩 앉았다.

"계속해." 내가 말했다. "잘하고 있던데."

"자기 생각만큼 고상한 사람은 아무도 없나봐요." 로버트가 말했다.

"훌륭한 사람들 중에도 탱고 추는 사람은 많아."

로버트는 주먹을 쥐었다 폈다 했다. "저속하고, 터무니없고, 기괴해요!"

"보기 좋으라고 추는 춤이 아니야." 내가 말했다. "기분좋으라고 하는 거지."

"포닛에선 안 하잖아요." 그가 말했다.

나는 어깨를 으쓱했다. "포닛이 뭐가 대수라고?"

"무례한 말을 하려는 건 아니지만," 그가 말했다. "선생님은 이해 못하실 거예요."

"나도 여기서 걱정하는 일들이 무엇인지 알 만큼은 오래 있었어." 내가 말했다.

"선생님이 이러쿵저러쿵 이야기하시는 거야 아주 쉽죠." 로버트가 말했다. "책임질 일이 없으면 뭐든 다 웃음거리로 삼을 수 있으니까요."

"책임? 네가 책임질 일이 있어? 무슨 책임?" 내가 말했다.

로버트는 침울하게 주위를 둘러보았다. "이것…… 이 모든 것이요. 아마 언젠가는 제가 이 모든 걸 물려받게 될 거예요. 선생님은 공기처럼 자유로우시잖아요. 내키는 대로 오가며 마음껏 웃으실 수 있고요."

"로버트!" 내가 말했다. "이건 그냥 부동산에 불과해. 만약 그것 때문에 네가 우울해진다면, 뭐, 물려받은 다음에 팔아버려."

로버트는 충격을 받았다. "팔라고요? 저희 할아버지가 지으신 집이에요."

"훌륭한 벽돌공이셨군." 내가 말했다.

"이런 생활방식은 온 세상에서 빠른 속도로 사라져가고 있어요." 로버트가 말했다.

"안녕, 잘 가." 내가 말했다.

"만약 포닛이 무너지면," 로버트가 진지하게 말했다. "우리 모두가 배를 버리고 떠나면, 오래된 가치는 누가 지키죠?"

"무슨 오래된 가치?" 내가 말했다. "테니스와 요트를 떠받드는 것?"

"문명이요!" 그가 말했다. "지도력!"

"무슨 문명?" 내가 말했다. "너희 어머니께서 목에 칼이 들어오지 않는 한 안 읽겠다고 하시는 그 책? 그리고 이 동네에 뭐라도 지도하는 사람이 있어?"

"저희 증조할아버지는 로드아일랜드주의 부지사셨어요."

나는 이 천둥소리 같은 말에 대답하는 대신, 축음기를 틀어 다시 한번 탱고 음악이 방안에 울리게 했다.

작은 노크 소리가 들려서 문을 여니 마리가 잠옷 차림으로 서 있었다. 그녀는 위층에서 지내는 젊고 아름다운 가정부였다.

"목소리가 들려서요." 그녀가 말했다. "도둑이라도 들었나 했어요." 마리의 어깨가 음악의 리듬에 맞춰 조금씩 움직이고 있었다.

나는 손쉽게 그녀를 품에 안고서 함께 탱고를 추며 거실로 들어갔다. "스텝을 한 번 밟을 때마다 우리는 우리가 중하류층 출신이라는 걸 드러내고, 문명의 심장에 말뚝을 더 깊이 박아 넣는 거야."

"음?" 마리가 눈을 감은 채 말했다.

누군가 내 어깨에 손을 얹는 게 느껴졌다. 로버트가 얕게 가쁜 숨을 쉬며 끼어들었다.

"나중 일이야 어찌되든 알게 뭐람." 나는 축음기 자동 교환 장치에 음반들을 넣으며 말했다.

그렇게 로버트의 비밀스러운 죄악이 시작되었다. 그리고 그건 마리와 나의 비밀이기도 했다. 우리는 이 의식을 거의 매일 밤마다 반복했다. 축음기가 돌기 시작하면 마리가 살피러 왔고, 마리와 나는 로버트가 시무룩하게 지켜보는 가운데 춤을 추었다. 그러다 로버트는 관절염 있는 노인처럼 괴로워하며 소파에서 일어나 말 한 마디 없이 내게서 마리를 데려갔다. 포닛에서 그건 악마 숭배 의식에 맞먹는 일이었다.

삼 주가 지나자 로버트의 춤 솜씨는 아주 훌륭해졌고, 속수무책으로 마리를 사랑하게 되었다.

"어쩌다 이렇게 된 거죠?" 로버트가 내게 말했다. "어떻게 이럴 수가 있죠?"

"넌 남자고 마리는 여자니까." 내가 말했다.

"우린 서로 완전히 달라요." 그가 말했다.

"완전한 차이점 만세." 내가 말했다.

"어쩌죠, 어쩌죠?" 로버트가 슬퍼하며 말했다.

"네 사랑을 분명히 표현해." 내가 말했다.

"가정부에게요?" 로버트는 믿을 수 없다는 목소리였다.

"왕족들은 다 사라졌거나 이미 임자가 있어, 로버트. 로드아일랜드주 부지사의 자손들은 평민들과 결혼할 수밖에 없다고. 음악이 멈추면 의자를 차지하고 앉는 놀이 같은 거야."

"선생님 말씀 별로 재미없네요." 로버트가 씁쓸하게 말했다.

"음, 포닛에 있는 사람과 결혼할 수는 없지 않아?" 내가 말했다. "삼대에 걸쳐 숲속에 경비를 두고 살아왔으니, 이제 여기 있는 사람들은 최소한 육촌 정도의 사이야. 운전기사들과 위층 가정부들을 섞지 않으면 자멸하는 씨앗을 품고 있는 시스템이라고."

"새로운 피가 늘 들어와요." 로버트가 말했다.

"그 사람은 떠났어." 내가 말했다. "비컨힐로 돌아갔다고."

"아? 그건 몰랐네요." 로버트가 말했다. "이젠 마리 외에 다른 건 잘 모르겠어요." 그는 자기 가슴에 한 손을 얹었다. "이 힘이 자기 마음대로 저를 휘두르고, 자기가 원하는 대로 제 기분을 조종해요."

"진정하렴, 얘야. 진정해." 나는 그렇게 말한 뒤, 마리에게 갔다. 로버트를 사랑하는지 아닌지 나름 날카로운 질문을 던지기 위해서였다.

마리는 진공청소기 소음 속에서 수줍은 듯 애매하게 대답했다. "제가 무無에서 로버트를 창조해낸 듯한 기분이에요."

"로버트는 네가 자기 안의 야수를 보게 해주었다고 하던데." 내가 말했다.

"제 말이 그 말이에요." 그녀가 말했다. "처음에는 아예 야수가 있지도 않았던 것 같아요."

"정말 딱한 일이군." 내가 말했다. "여기 사람들이 야수를 몰아내려고 그렇게 많은 돈을 썼는데 말이야. 알겠지만, 만약 로버트와 결혼한다면 넌 아주 돈 많은 야수를 갖게 될 거야."

"지금은 그냥 인큐베이터에 들어가 있는 아기인걸요." 마리가 짓궂게 말했다.

"로버트는 모든 삶의 의미를 잃어가고 있어." 내가 말했다. "네가 로버트에게 무슨 일을 하고 있는지 너는 몰라. 이제 그앤 테니스나 요트 경주에서 이기든 지든 아무 관심이 없어."

다른 사람의 사랑을 이야기하며 그녀 영혼의 크고 푸른 창을 들여다보자니, 풍요로운 갈망이 꾸준히 밀려들어 내 감각을 뒤덮었다. "누가 포닛을 철자 그대로 피스퀀투잇이라고 발음해도 로버트는 미소도 짓지 못해." 내가 뒤로 갈수록 작아지는 목소리로 웅얼거렸다.

"정말이지 무척이나 유감이에요." 그녀가 매혹적으로 말했다.

나는 이성을 잃고 말았다. 그녀의 손목을 잡고 쉰 목소리로 속삭였다. "너 날 사랑하니?"

"그럴지도 모르죠."

"사랑해, 아니야?"

"친절하고 다정한 사람이 되라고 배우며 자란 소녀로선 대답하기 힘들어요. 이제 정직한 소녀는 할일을 할게요."

나는 평생 이렇게 정직하고 예쁜 소녀는 본 적이 없다고 생각하며 질투심 넘치는 경쟁자가 되어 로버트에게 돌아갔다.

"먹지도 못하겠고 잠도 안 와요." 로버트가 말했다.

"내 어깨에 기대서 울 생각은 마." 내가 쏘아붙였다. "가서 아버지께 말씀드려. 아버지의 동정을 받으라고."

"맙소사, 그건 안 돼요!" 그가 말했다. "어떻게 그런 생각을!"

"아버지께 뭐라도 말씀드려본 적이 있기는 하니?" 내가 물었다.

"음, 잠시 그런 때가 있었어요. 아버지가 아들을 알아가기라고 부르시던 때가." 로버트가 말했다. "제가 꼬마였을 때 아버지는 수요일 밤이면 저랑 있으려고 시간을 비워두셨어요."

"좋아. 아버지께 말씀드린 선례가 있군. 그 시절의 정신을 되살려봐." 나는 로버트를 소파에서 내려오게 하고 싶었다. 내가 대신 거기 누워서 천장을 쳐다보고 싶었기 때문이다.

"아, 엄밀히 말해서 이야기를 나눈 건 아니었어요." 로버트가 말했다. "집사가 제 방에 와서 영화 상영기를 설치하면, 아버지가 오셔서 한 시간 동안 〈미키마우스〉를 틀어주셨죠. 우린 상영기가 돌아가는 동안 어둠 속에 그냥 앉아 있기만 했어요."

"굉장히 가까웠네!" 내가 말했다. "그런 감동적인 파티를 왜 그만뒀지?"

"여러가지 일이 겹쳤어요. 전쟁이 제일 컸죠. 아버지는 포닛의 공습 관리 책임자셨어요. 사이렌이니 뭐니를 다 맡으셔서 시간을 많이 뺏기셨죠. 저는 필름을 걸고 트는 방법을 혼자서 다 익혔고요."

"이 동네 애들은 일찍 철이 드는군." 나는 내가 처한 근사한 딜레마를 생각하며 말했다. 로버트를 성숙한 인간으로 만드는 일은 가정교사로서 내 의무였다. 그러나 마리를 놓고 경쟁하는 데 로버트의 미성숙은 내게 아주 큰 이점으로 작용했다. 한참을 생각한 뒤, 나는 로버트를 남자로 만들고 마리를 내 품에 안을 계획을 생각해냈다.

"마리, 로버트야 나야?" 내가 복도에서 그녀를 잡고 물었다.

"쉿!" 그녀가 말했다. "목소리 낮춰요. 아래층에서 칵테일 파티를 하고 있어요, 계단으로 소리가 다 들릴 거라고요."

"이 모든 걸 다 뒤로하고 떠나고 싶지 않아?" 내가 속삭였다.

"왜요?" 그녀가 말했다. "난 가구광택제 냄새가 좋아요. 비행기 공장에서 일하는 친구보다 돈도 더 많이 벌고, 아주 높은 계급 사람들도 만나는데요."

"난 네게 청혼하는 거야, 마리." 내가 말했다. "난 결코 널 부끄러워하지 않을 거야."

그녀는 뒤로 한 걸음 물러섰다. "왜 그런 못된 말을 하는 거죠? 누가 날 부끄러워하는지 알고 싶은데요?"

"로버트." 내가 말했다. "로버트는 널 사랑하지만, 사랑보다 수치심이 더 커."

"나랑 기꺼이 춤도 추는걸요." 그녀가 말했다. "저랑 로버트는 아주 즐거운 시간을 보냈어요."

"남들이 없을 때 얘기지." 내가 말했다. "네가 아무리 매력있어도, 로버트가 요트 클럽에서 너랑 단 한 스텝이라도 같이 출 것 같아? 절대 그럴 리 없어."

"출 거예요." 마리가 천천히 말했다. "내가 원한다면, 내가 정말로 원한다면."

"그럴 바엔 차라리 죽을걸." 내가 말했다. "숨어서 몰래 술 마시는 사람들 이야기 들어봤잖아? 너는 네 자신을 숨어서 몰래 만나는 연인으로 만들어버린 거야."

나는 그녀에게 이런 약오르는 생각을 심어주고 돌아왔다. 그날 밤 늦게 마리가 춤추러 왔을 때, 그녀의 눈에 도전적인 기운이 서린 것을 보니 기뻤다. 하지만 마리는 로버트가 끼어들기 전까지는 평소와 다르게 행동하지 않았다. 보통 마리는 눈을 뜨지 않고서 스텝을 놓치지도 않고 나에게서 로버트로 넘어갔는데, 이번에는 눈을 동그랗게 뜬 채로 춤을 멈추었다.

"왜 그래?" 로버트가 몸을 낮추고 발가락을 비틀며 물었다. 마리는 쇠기둥처럼 뻣뻣하게 서 있었다. "뭐 잘못됐어?"

"아냐." 마리의 목소리는 까칠했다. "왜 잘못된 게 있다고 생각해?"

안심한 로버트가 다시 몸을 숙이며 비틀려고 했지만, 이번에도 마리는 움직이지 않았다.

"뭔가 잘못된 게 있구나." 그가 말했다.

"내가 조금이라도 매력적이라고 생각해, 로버트?" 마리가 차갑게 물었다.

"매력적이냐고?" 로버트가 말했다. "매력적이냐고? 세상에, 당연하지! 물론이야. 온 세상에 대고 말할 수 있어."

"포닛에 있는 내 또래 여자애들 못지않게?"

"그보다 더!" 로버트는 진심을 담아 대답하고 다시 춤을 추려고 했지만 이번에도 반응이 없었다. "훨씬 더, 훨씬, 훨씬 더." 로버트가 동작을 천천히 멈추며 말했다.

"그리고 매너도 좋고?"

"최고지!" 로버트는 어리둥절해하고 있었다. "단연 최고야, 마리."

"그러면 다음번 요트 클럽 무도회에 날 데려가는 게 어때?" 그녀가 말했다.

로버트의 몸이 마리만큼이나 굳어졌다. "요트 클럽? 포닛 요트 클럽?"

"그래, 거기." 마리가 말했다.

"마리가 지금 묻고 있는 건, 로버트," 내가 거들었다. "네가 사람이냐 쥐냐 하는 거야. 마리를 요트 클럽 무도회에 데려갈래, 아니면 마리가 네 인생에서 영영 떠나 비행기 공장으로 가게 둘래?"

"비행기 공장에서 훌륭한 여자애가 필요하대." 마리가 말했다.

"난 너보다 더 훌륭한 여자는 본 적 없는데." 내가 말했다.

"비행기 공장에선 여자 직원들을 부끄러워하지 않아." 마리가 말했다. "소풍도 있고, 크리스마스 파티도 있고, 결혼 축하파티도 있고, 온갖 게 다 있어. 공장 감독, 부사장, 공장 지배인, 관리자 들이 다 파티에 와서 여자 직원들이랑 춤을 추고 즐겁게 놀아. 관리자는 정기적으로 내 친구를 어디든 데려가줘."

"관리자가 뭐야?" 로버트가 시간을 벌려고 물었다.

"나도 몰라." 마리가 말했다. "내가 아는 건 관리자는 일을 해서 돈을 벌고, 숨어서 몰래 사랑을 하진 않는다는 것뿐이야."

로버트는 말문이 막혔다.

"사람이야, 쥐야?" 내가 다시 그 이야기를 꺼냈다.

로버트는 입술을 씹다가 마침내 우리가 알아들을 수 없는 말을 웅얼거렸다.

"뭐라고 했어?" 마리가 물었다.

"쥐." 로버트가 한숨을 쉬며 말했다. "쥐라고 했어."

"쥐." 마리가 부드럽게 말했다.

"그런 식으로 말하지 마." 로버트가 쓸쓸한 목소리로 말했다.

"쥐라는 말을 어떻게 다른 식으로 말해?" 마리가 말했다. "잘 자."

나는 그녀를 따라 복도로 나갔다. "음, 로버트로선 힘들었겠지만……"

"마리……" 로버트가 창백한 모습으로 문간에 나타나 말했다. "네 마음에 들지 않을 거야. 아주 싫을 거야. 정말 재미없을걸. 거기 오는 사람들 전부 재미없어해. 그래서 쥐라고 대답한 거야."

"음악이 있고, 신사가 자신이 데려온 숙녀를 자랑스러워하는 한, 다른 건 아무래도 상관없어." 마리가 말했다.

"음." 로버트는 다시 거실 안으로 사라졌고, 소파 스프링이 삐걱대는 소리가 들렸다.

"뭐라고 했었죠……?" 마리가 물었다.

"로버트로선 힘든 일일 거라고 말하던 중이었어." 내가 마리에게 말했다. "하지만 길게 보면 로버트에게 아주 좋을 거야. 이 일이 몇 년에 걸쳐 마음속으로 파고들 테고, 로버트는 포닛 역사상 최초로 완전한 인간이 될 가능성이 커. 아주 오랜 시간에 걸쳐 뒤늦게 찾아오는 심오한 깨달음이 있을 거야."

"들어봐요." 마리가 말했다. "그가 혼잣말을 하고 있어요. 뭐라고 하는 거죠?"

"쥐, 쥐, 쥐." 로버트가 말했다. "쥐, 쥐……"

"우리가 영혼의 시한폭탄의 도화선에 불을 붙인 거야." 내가 속삭였다.

"쥐, 사람, 쥐, 사람……" 로버트가 말했다.

"지금부터 몇 년 뒤면," 내가 말했다. "쾅!"

"사람!" 로버트가 외쳤다. "사람, 사람, 사람!" 로버트가 일어서서 복도로 달려나오고 있었다. "사람!" 그가 야수처럼 내뱉고는 마리의 몸을 뒤로 젖혀 열렬히 키스했다. 그는 마리를 다시 일으키더니 잡아끌고 이층으로 내려갔다.

나는 깜짝 놀라서 두 사람을 따라 내려갔다.

"로버트," 마리가 숨을 헐떡였다. "제발, 왜 이러는 거야?"

로버트는 부모님의 침실 문을 두드렸다. "두고 봐, 온 세상에 대고 네가 내 연인이라고 말할 테니까!"

"로버트, 들어봐." 내가 말했다. "일단 진정부터 좀 하고……"

"아하! 위대하신 쥐 감별사님!" 로버트가 거칠게 내뱉고 나를 때려눕혔다. "쥐 주먹치고는 괜찮죠?" 로버트는 다시 문을 쾅쾅 두드렸다. "당장 일어나세요!"

"난 네 연인이 되고 싶지 않아." 마리가 말했다.

"서부 어딘가로 가서 돼지나 대두를 키우자."

"난 그저 요트 클럽 무도회에 가고 싶었을 뿐이야." 마리가 겁에 질려 새된 소리로 말했다.

"모르겠어? 난 네 거야!"

"하지만 난 저 사람 거야." 마리가 나를 가리키며 말했다. 그리고 몸을 틀어 로버트에게서 벗어나 위층 자기 방으로 달려갔다. 로버트가 그 뒤를 따라갔다. 마리는 문을 쾅 닫고 잠가버렸다.

나는 얻어맞은 뺨을 문지르며 천천히 일어섰다.

갑자기 브루어 부부의 침실 문이 열렸다. 브루어 씨가 문간에 서서 혀를 이 사이로 내밀고 나를 노려보았다. "뭐지?"

"전, 어…… 으음, 에에," 나는 멍청한 미소를 지었다. "아무 일도 아닙니다, 선생님."

"아무 일도 아니라고!" 그가 고함을 쳤다. "세상이 끝날 것처럼 문을 두드려놓고 이제 와서 아무 일도 아니라니. 자네 취했나?"

"아닙니다."

"음, 나도 취하지 않았네." 그가 말했다. "내 정신은 아주 말짱하고, 자네는 해고야." 그는 문을 쾅 닫았다.

나는 로버트와 함께 쓰는 스위트룸으로 돌아가 짐을 싸기 시작했다. 로버트는 다시 소파에 누워 천장을 바라보고 있었다.

"마리도 짐을 싸고 있어요." 로버트가 말했다.

"그래?"

"두 분 결혼하시겠네요, 그렇죠?"

"그럴 것 같아. 난 다른 직업을 구해야겠지."

"행복한 줄 아세요." 그가 말했다. "신의 은총이 없었다면 선생님이 여기 누워 계셨을 거예요."

"이제 마음은 가라앉았지?" 내가 물었다.

"그래도 포닛은 떠날 거예요." 그가 말했다.

"난 네가 현명하다고 생각해." 내가 말했다.

"혹시," 그가 말했다. "선생님이랑 마리가 떠나기 전에 제 작은 부탁 하나만 들어주실 수 있나요?"

"뭐든."

"마리랑 같이 계단을 내려가며 춤추고 싶어요." 로버트의 눈이 가늘어지며 다시 타올랐다. 탱고를 추고 스스로 놀랐을 때와 같은 눈빛이었다. "프레드 애스테어*처럼요. 아시죠?"

"물론이지." 내가 말했다. "그 구경을 놓칠 순 없지."

축음기의 볼륨이 커졌고 그날 새벽 브루어 코티지의 방 스물여섯 개 전부가 탱고 리듬으로 고동쳤다.

로버트와 마리는 보기 좋은 한 쌍이었다. 둘은 나선형 계단

---

* 미국 무용가이자 뮤지컬 배우(1899~1987).

을 내려가면서 몸을 낮추고 발을 비틀었다. 나는 마리와 나의 짐을 들고 그 뒤를 따랐다.

다시 브루어 씨가 침실에서 뛰쳐나왔다. 혀를 이 사이로 내민 채. "얘야! 이게 무슨 일이냐?"

아버지의 질문에 대한 로버트의 답이 쓸데없이 영웅적이었다는 걸, 나는 입사지원서의 빈칸을 채울 때마다 실감한다. 그 말만 없었더라면, 나에 대한 브루어 씨의 태도가 시간이 지나면서 누그러졌을지도 모른다. 나의 최근 고용주로 그의 이름을 적는 지금, 그의 이름을 엄지로 문질러 번지게 하면서 나는 미래의 고용주들이 내 정직한 미소를 충분히 믿어주길 기원한다.

"무슨 일이냐면요." 로버트가 말했다. "아버지 아들을 죽음에서 구해준 이 두 친구에게 아버지가 감사하셔야 하는 일이에요."

보마르

아메리칸 금속가공 회사 회계과 주주기록부서에는 창문이 없었다. 하지만 초록색 벽에 달린 스피커에서는 정해진 시간마다 계절에 어울리는 달콤한 음악이 부드럽게 흘러나왔다. 이 부서의 생산성을 3퍼센트까지 올려주는 그 음악이 직원들—버드 카모디, 루 스털링, 낸시 데일리—에게 일종의 창문이 되어주었다.

카모디와 스털링이 예순네 살에 미혼인 데일리에게 일을 맡겨두고 모닝커피를 마시러 나왔을 때, 스피커에서는 봄 음악이 나오고 있었다.

공장의 통행로를 한가롭게 걸으며 정문으로 향하는 두 사람은 마음이 가벼웠으며, 야망에 사로잡혀 있거나 하지는 않았다. 정문을 나가면 애크미 그릴이 있었다. 자신들에게는 임원이 되기 위한 대단히 귀한 자질 같은 게 없다는 걸 두 사람은 명확히 알고 있었다. 그래서 눈을 크게 뜨고 열심히 일하는 주변의 많은 사람들과는 달리, 마음껏 편하고 저렴한 옷을 입었고 내킬 때마다 커피를 마시러 나갔다.

그들은 조직 내에서 큰 꿈을 꾸는 사람들에게는 닫혀 있는 유머의 영역까지 차지하고 있었다. 그들은 아메리칸 금속가공 회사와 회사의 제품, 임원들, 주주들을 가지고 농담을 할 수 있었다.

마흔다섯 살인 카모디는 이론상 그 부서의, 그러니까 청년 스털링과 미스 데일리, 그리고 서류들에 관한 책임자였다. 하지만 그는 정신적으로 무정부주의자였고, 그래서 절대 명령을 내리지 않았다. 그는 키가 크고 마른 몽상가로, 자신이 지배적인 사람이 아니라 창조적인 사람이라는 데 자부심을 느꼈다. 그는 건의함에 의견을 넣고, 명절이면 사무실을 장식하고, 리머릭*을 모으는 데 에너지를 쏟았다. 리머릭은 책상 속 파일에 넣고 잠가두었다.

진취적인 젊은이들이 연이어 밀려와 성공 가도에서 그를 앞지르는 동안, 카모디는 외롭고 기분이 조금 상하기도 했다. 하

* 아일랜드에서 유행했던 약약강격의 5행 희시.

지만 그때 그처럼 키가 크고 마르고 공상을 좋아하는 스물여덟 살의 스털링이 다른 부서에서 저조한 실적을 낸 뒤 이 부서로 옮겨왔고, 그때부터 부서의 일상에 활기가 돌았다. 카모디와 스털링은 서로를 자극하며 창조성의 새로운 경지에 올랐다. 그리고 두 사람의 재능이 믿을 수 없을 만큼 생산적으로 합쳐져 많은 결과물이 쏟아져나왔다. 그중 가장 풍요로웠던 것은 보마르 페센든 3세에 대한 신화였다.

보마르 페센든 3세는 실존 인물이고 그 회사의 주주였지만, 카모디와 스털링 둘 다 그가 이 회사의 주식을 100주 가지고 있다는 것, 집주소가 뉴욕주 롱아일랜드의 그레이트넥 시뷰 테라스 5889번지라는 것 말고는 아무것도 몰랐다. 하지만 보마르라는 멋진 이름이 스털링을 사로잡았다. 그는 이 부서에서 우편으로 보내주는 배당금으로 페센든이 누리는 방탕한 생활에 대해 잘 아는 듯 이야기하면서, 자신과 페센든이 대학 시절 같은 사교 모임 출신의 오랜 친구이고, 그가 전 세계의 환락가에서 계속 편지를 보내온다고 주장했다. 아카풀코, 팜비치, 니스, 카프리…… 그 이야기에 매혹된 카모디도 상당 부분을 만들어냈다.

"정말 좋은 날이야!" 함께 정문으로 걸어가며 카모디가 말했다. "보마르 페센든 3세가 여기 없다는 게 참 안타깝군."

"제가 절대 보마르와 입장을 바꾸고 싶지 않은 여러 이유 중

하나가 바로 그거예요." 스털링이 말했다. "그의 재산도, 안락함도, 예쁜 여자들 때문도 아니지요. 보마르는 계절이 바뀌는 걸 절대 볼 수 없거든요."

"보마르는 단절된 삶을 살고 있어." 카모디가 말했다. "죽은 거나 마찬가지지. 겨울이 되면 보마르는 어떻게 하지?"

"도망쳐요." 스털링이 말했다. "한심하죠. 모든 것으로부터 도망치는 거예요. 얼마 전에 카드를 받았는데, 습기 때문에 부에노스아이레스에서 떠난다고 하더군요."

"게다가 늘, 보마르가 정말 도망치는 대상은 자기 자신이잖나, 자기 존재 자체의 공허함." 카모디가 애크미 그릴의 칸막이 자리에 앉으며 말했다. "하지만 그 공허함은 배당금 수표만큼이나 그를 끈질기게 쫓아다니지."

"크럼번 두 개랑 블랙커피 두 잔요." 스털링이 종업원에게 말했다.

"맙소사." 카모디가 말했다. "바로 지금 우리와 여기 앉아 평범하고 건실한 음식을 먹으면서 평범하고 건실한 사람들과 평범하고 건실한 대화를 나눌 수 있다면, 우리의 보마르는 어떤 대가라도 치르겠지?"

"그렇다마다요." 스털링이 말했다. "편지의 행간에서 읽을 수 있어요. 보마르는 어디를 가든 술과 아름다운 여자들과 비싼 장난감에 매일 엄청난 돈을 써요. 우리와 여기에 있으면 단

돈 20센트로 마음의 평화를 얻을 수 있는데."

"1인당 25센트입니다." 종업원이 말했다.

"25센트!" 카모디는 믿을 수 없어했다.

"커피값이 5센트 올랐어요." 종업원이 말했다.

카모디가 힘없는 미소를 지었다. "그러면 보마르는 마음의 평화를 얻기 위해 5센트를 더 내야겠군." 그는 25센트짜리 동전을 테이블 위에 던졌다. "비용이야 얼마가 들든!"

"오늘은 우리 진탕 노는 날이잖아요." 스털링이 말했다. "크럼번 하나 더 드세요."

"보마르가 누구예요?" 종업원이 물었다. "늘 보마르 얘기만 하시던데."

"보마르가 누구냐고요?" 스털링이 안됐다는 눈빛으로 그녀를 보며 말했다. "보마르? 보마르 페센든 3세? 아무한테나 물어보지 그래요?"

"데일리에게 물어봐요." 카모디가 유쾌하게 말했다. "정말 보마르 이야기를 듣고 싶다면 데일리에게 물어봐요. 그분은 다른 생각이라곤 할 수가 없으니까."

"그녀에게 보마르의 최근 여자친구에 대해 어떻게 생각하는지 한번 물어보세요." 스털링이 말했다.

카모디는 데일리처럼 입술을 오므리고서 목소리를 흉내냈다. "코파카바나 출신의 그 막 놀아나는 여자!"

가여운 데일리는 이 회사를 삼십구 년째 다니고 있었는데, 주주기록부서에 배정된 지 겨우 한 달밖에 되지 않았고, 스털링과 카모디가 들려주는 보마르 이야기를 전부 믿었다.

카모디는 계속 데일리 흉내를 냈다. "굶주리는 사람들이 어디에나 잔뜩 있는데, 보마르 같은 사람들이 돈을 전부 차지하고서 물처럼 뿌려대는 걸 금지하는 법이 있어야 돼." 그가 아주 그럴듯하게 말했다. "내가 남자였다면, 보마르가 어디에 있든 그를 찾아가서 그의 거만한 집사를 밀어제치고 평생 잊지 못할 몽둥이질을 해줄 텐데."

"집사 이름이 뭐죠?" 스털링이 말했다.

"도슨?" 카모디가 말하고서 고개를 절레절레 흔들었다. "레드필드? 아니, 아니야, 레드필드는 아니야."

"에이, 생각 좀 해보세요." 스털링이 말했다. "직접 만드신 사람이잖아요."

"퍼킨스? 아니, 아냐. 완전히 까먹었네." 그는 미소 지으며 어깨를 으쓱해 보였다. "괜찮아. 데일리가 기억할 테니까. 보마르 페센든 3세의 인생에 대한 추한 이야기를 하나도 잊어버리지 않고 기억하잖아."

"아," 카모디가 윗사람 티를 내며 애매하게 말했다. 그와 스털링은 커피를 마신 뒤 지하 사무실로 돌아왔다. "왔군. 우리도

착수해야겠지, 응?"

사무실에 봄 분기 배당금 수표가 든 마분지 박스들이 가득했다. 회사 주주 수천 명의 최신 주소와 보유 주식 수를 비교 확인하는 것이 부서의 일이었다. 몸집이 조그맣고 수줍음이 많은 데일리가 닭처럼 눈을 빛내며 그중 박스 하나의 내용물을 정리하고 있었다.

"다 뒤져볼 필요 없어요, 데일리." 카모디가 말했다. "최근에 주소나 주식 수가 변동된 것만 살피면 돼요."

"알아요." 데일리가 말했다. "제 책상 위에 명단이 있어요."

"좋아요, 좋아." 카모디가 말했다. "벌써 'F'를 보고 계시네요. 스털링 군과 제가 잠깐 나갔다 온 동안에 벌써 그만큼이나 하신 거예요?"

"우리의 고귀한 보마르 페센든 3세를 살펴보고 있었어요." 데일리가 단호하게 말했다.

"제 옛친구에게는 별문제 없겠죠?" 스털링이 물었다.

데일리는 화가 나서 얼굴이 하얗게 질려 있었다. "네. 250달러요." 그녀가 딱딱하게 말했다.

"새발의 피죠." 스털링이 말했다. "자신이 이 회사의 일부를 소유하고 있다는 사실을 보마르가 알기나 할지 모르겠어요. 워낙 작은 토막이라. 큰돈은 스탠더드 오일, 듀폰, 제너럴 모터스 등등에서 들어오거든요."

"100주잖아요!" 데일리가 말했다. "그게 작은 토막이라고요?"

"음, 겨우 1만 달러잖아요." 카모디가 참을성 있게 말했다. "100달러 정도 더 되거나 덜 될지도 모르겠지만요. 보마르가 부에노스아이레스에서 카르메야에게 준 목걸이가 그보다 더 비쌌어요."

"후아니타 말씀이시군요." 데일리가 말했다.

"죄송해요." 카모디가 말했다. "후아니타를 말한 거였어요."

"카르메야는 멕시코시티에 사는 투우사의 딸이었잖아요." 데일리가 말했다. "카르메야는 캐딜락을 받았죠."

"물론이죠." 스털링이 나무라듯 카모디에게 말했다. "어떻게 카르메야랑 후아니타를 헷갈리실 수 있어요?"

"내가 바보였어." 카모디가 말했다.

"그 둘은 전혀 달라요." 데일리가 말했다.

"뭐, 어차피 후아니타랑은 끝났으니까요." 스털링이 말했다. "그는 부에노스아이레스를 떠났어요. 거기 날씨가 습해졌거든요."

"저런, 습한 날씨라니!" 데일리가 잔뜩 빈정거리며 말했다. "습한 날씨는 아무도 못 참죠!"

"보마르가 또 뭐라고 했어?" 카모디가 말했다.

"아…… 지금은 몬테카를로에 있어요. 비행기를 타고 갔죠. 피피라는 새 여자를 만났어요. 룰렛을 하다가 만났대요. 게임에 집중하지 않고 그녀를 지켜보다가 5천 달러를 잃었다더군요."

카모디는 재미있어하며 키득거렸다. "대단한 카드로군, 보마르."

데일리는 콧방귀를 뀌었다.

"자, 자, 데일리, 보마르에게 화를 내시면 안 돼요." 스털링이 말했다. "장난스럽고 활발한 것뿐인데요, 뭐. 우리도 할 수만 있다면 누구나 호화롭게 살고 싶어하잖아요."

"당신이나 그렇겠죠." 데일리가 흥분해서 말했다. "그건 내가 들어본 중에 가장 사악한 일이에요. 그런 몹쓸 사람에게 여기서 우리가 돈을 더 보내주고 있다니. 들어온지도 모르고, 곧 내던져버릴 돈을요. 이건 기독교도답지 못한 일이에요. 이런 일을 하지 않아도 되도록 진작 은퇴할걸 그랬어요."

"스털링 군과 저처럼 그냥 이를 갈며 버티세요." 카모디가 말했다.

"견디셔야죠, 데일리." 스털링이 말했다.

이 주 후, 카모디와 그의 후배 스털링은 애크미 그릴에 앉아 있었다. 카모디는 스털링에게 그들이 알고 지낸 이래 처음으로 엄격하게 이야기하고 있었다.

"이봐, 자네는 황금알을 낳는 거위를 죽였어." 카모디가 말했다. "자네는 나약해. 유혹에 넘어간 거야."

"그러게요, 정말 그러네요." 스털링의 목소리는 비참했다. "이제 알겠어요. 제가 선을 넘었어요. 제정신이 아니었어요. 하루종일 감기에라도 걸렸나봐요."

"선을 넘었다고!" 카모디가 말했다. "보마르가 퀸엘리자베스호를 빌렸다고 했잖아."

"분별없는 보마르죠." 스털링이 후회하며 말했다. "데일리가 의심했을 때 농담이라고 얼버무리려고 했어요."

"보마르 이야기 전체를 농담으로 만들어버렸다고. 우리가 이제까지 했던 보마르 이야기를 그녀가 전부 다시 확인하기 시작하면서 자네는 박살이 나버린 거야."

"워낙 많아서 다 기억하기가 힘들었어요." 스털링이 말했다. "죄송하다는 말 다음에 더 할말이 뭐가 있겠어요? 제 마음에 걸리는 건 그녀가 큰 충격을 받았다는 거예요."

"당연히 충격받았겠지. 모욕을 당한 셈이잖아. 그건 그녀 인생에서 큰 부분이야. 식인종이 살찐 침례교 선교사를 덮치듯 그 외로운 노부인이 보마르를 공격해왔어. 그녀는 보마르를 사랑했던 거야. 보마르 때문에 자신이 정말 옳은 사람이라는 느낌이 들었거든. 그런데 자네가 그녀에게서 보마르를 빼앗은 거지. 그리고 우리에게서도."

"전부 다 지어낸 얘기라고 인정하지는 않았어요."

"뻔히 알 수 있는데, 뭐. 이제 그녀에게 보마르 이야기를 믿게 할 방법은 보마르가 직접 나타나는 것뿐이야."

스털링은 생각에 잠겨 커피를 저었다. "음…… 그게 전적으로 불가능한 일일까요?"

"전적으로는 아니지." 카모디도 인정했다.

"자, 어때요?" 스털링이 말했다. "언제나 동트기 직전이 제일 어두운 법이에요. 보마르 페센든 3세와 직접 대면해 싸울 수 있다면 그게 데일리에게 얼마나 큰 의미일지 생각해보세요! 세 달 후면 데일리는 사십 년 근속을 채우고 은퇴해요. 멋진 마무리 아니겠어요?"

카모디는 관심을 보이며 고개를 끄덕이고 크럼번을 씹었다. "자네도 크럼번 맛이 좀 이상한가?"

"크럼번을 주문하면 크럼번이 나오죠." 스털링이 말했다. "자, 보마르요. 그는 뚱뚱하고 방탕한 사람이어야 해요. 키가 작고, 무례하고……"

"무릎까지 오는 캐주얼 재킷을 입고," 카모디가 말했다. "라이베리아 국기 같은 넥타이를 하고, 신발 고무 밑창은 과일 케이크처럼 두툼하고."

카모디와 스털링이 상상 속 보마르 페센든 3세의 모습을 자세히 연구하고 나서 사무실로 돌아와보니 데일리가 없었다. 그들은 연구개발소 창고 직원 중에 적임자를 발견해 5달러를 주고 일을 맡겼다. 그의 이름은 스탠리 브룸이었고, 완벽한 보마르였다.

“그는 무가치한 척 연기할 필요가 전혀 없어요.” 스털링이 즐겁게 말했다. “그 자체로 무가치하니까.”

“쉿!” 카모디가 말했고, 데일리가 걸어들어왔다.

그녀는 아주 불쾌해 보였다. “또 나를 놀리고 있군요.” 그녀가 말했다.

“우리가 왜요?” 카모디가 말했다.

“둘이서 다 만들어낸 거잖아요…… 보마르 이야기.”

“만들어내요?” 스털링이 믿을 수 없다는 듯 말했다. “친애하는 데일리, 보마르는 앞으로 스물네 시간도 지나지 않아 이 사무실에 올 거예요. 방금 전보를 받았어요. 몬테카를로에서 카탈리나로 가는 길에 여기 들르기로 했어요.”

“제발, 제발,” 데일리가 말했다. “벌써 지나칠 정도로 했잖아요. 당신들은 스스로 무슨 짓을 했는지 몰라요.”

“데일리, 정말 이건 농담이 아니에요.” 스털링이 말했다. “보마르는 내일 여기 올 거고, 직접 보실 수 있어요. 심지어 꼬집어보실 수도 있죠. 그 사람은 정말, 진짜라니까요.” 스털링은 그녀를 자세히 살폈다. 그녀가 보마르를 무척이나 중요하게 생각하는 것 같아 당황스러웠다. “만약 보마르가 농담이었다 해도…… 달라질 게 있나요?”

"보마르가 진짜예요? 약속해요?" 그녀가 말했다.

"내일 만나게 될 거예요." 카모디가 말했다.

"당신들이 보마르에 대해 말한 것들이 다 진짜라고 맹세해요?" 데일리가 말했다.

"퀸엘리자베스호는 제가 지어낸 거예요." 스털링이 말했다.

"나머지는 다 사실이고요?"

"아, 보마르는 거칠 것 없는 사람이랍니다, 데일리." 카모디가 말했다.

이유는 알 수 없지만, 데일리는 무척이나 안도한 것 같았다. 그녀는 자기 의자에 털썩 앉아 겨우 미소를 지어 보였다. "정말이군요." 그녀가 힘없이 말했다. "고마운 일이에요. 그게 전부 다 지어낸 얘기였다면, 아, 나는……" 그녀는 고개를 절레절레 흔들며 말끝을 흐렸다.

"만약 다 지어낸 얘기였다면 뭐요?" 카모디가 물었다.

"아, 신경쓰지 마요." 데일리는 정신이 다른 데 가 있는 것 같았다. "만약 다 사실이라면 난 후회하지 않아요."

"어떤 후회를 했을 거라는 거죠?" 카모디가 말했다.

"신경쓰지 마세요. 신경쓰지 마요." 그녀가 노래하듯 말했다. "그럼, 내일이면 드디어 페센든 님과 대면하게 되는 거네요. 좋았어!"

다음날 아침 여덟시가 막 지난 시간 애크미 그릴에서는, 스털링과 카모디가 스탠리 브룸에게 최종 연습을 시키고 있었다. 연습을 마치면 주주기록부서로 가 데일리 앞에서 연기를 할 예정이었다.

화려하게 차려입은 브룸은 세상 누구라도 그의 뚱뚱한 얼굴을 때리고 싶어지게 만드는 무례한 비웃음을 짓고 있었다. “오래 끌면 안 돼.” 그가 말했다. “안 그러면 나 잘릴 거야.”

“기껏해야 십오 분이야.” 스털링이 말했다. “우린 같이 들어갈 거고…… 내가 널 카모디와 데일리에게 자연스럽게 소개할게. 몬테카를로에서 카탈리나로 가는 길에 대학 시절 친구인 날 보러 잠깐 들른 거야. 알겠어?”

“그래.” 브룸이 말했다. “잠깐, 그녀가 나를 찰싹 때리거나 하지는 않겠지?”

“벼룩 한 마리도 못 죽일 사람이야.” 스털링이 말했다. “키는 150센티미터가 안 되고, 체중은 45킬로그램도 안 나갈 거야.”

“작지만 강단 있는 사람일 수도 있잖아.” 브룸이 말했다.

“에이, 아니야. 자, 네 요트 이름이 뭐지?”

“골든 이글, 마이애미 해변에 정박해놨어.” 브룸이 말했다. “선원들에게 운하를 통해 서해안에 대놓으라고 시킬까 생각중이야.”

“지금 네가 사귀는 사람은 누구야?” 스털링이 말했다.

"피피. 몬테카를로에서 만났고, 나를 따라 카탈리나에 가서 며칠 있을 거야. 비용은 내가 댈 거고. 약혼한 사이였던 백작을 떨쳐내야 되거든."

"이제까지 넌 피피에게 뭘 줬지?" 스털링이 말했다.

"음…… 에메랄드랑 블루 밍크."

"은이랑 블루 밍크지." 카모디가 말했다. "좋아, 제법 준비가 잘된 것 같아. 난 사무실로 돌아갈 거야. 보마르가 장엄하게 입장할 때 데일리가 꼭 자리에 있도록 할게."

사무실에 앉아 보마르를 기다리는 동안 데일리는 흥분으로 얼굴이 상기되고 숨까지 헐떡거렸다. 불안한 듯 서류를 뒤적이면서도 일은 전혀 하지 못했다. 입술이 움직였지만 소리는 나지 않았다.

"음?" 카모디가 말했다. "뭐라고 하셨어요, 데일리?"

"카모디에게 한 말 아니에요." 데일리가 정중하게 말했다. "생각을 좀 정리하느라고요."

"그러셔야죠. 정말로 그에게 입바른 말 좀 하시려고요?"

"보마르, 이 친구야!" 스털링이 사무실 문 앞 복도에서 말했다. "정말 반가운걸!"

데일리는 긴장감에 몸을 떨다가 연필심을 부러뜨렸고, 스털링과 브룸이 걸어들어왔다.

브룸은 터무니없이 크고 냄새가 지독한 시가를 피우며 상대를 기죽게 하는 눈으로 사무실을 둘러보았다. "3등 선실이군." 그가 말했다. "어떻게 견디는 거야? 난 여기 들어온 지 십 초밖에 안 됐는데도 미칠 것 같은데."

데일리는 하얗게 질려 바들바들 떨면서도, 말을 잊지 못한 채 신기해하고 있었다.

"너, 사람들이 정말로 이렇게 산다고 말하려는 거야?" 브룸이 말했다.

"그렇게 살아요." 데일리가 작은 목소리로 말했다. "너무 게으르거나 응석받이라서 세상일을 망쳐버리는 사람이 아니라면요."

"저를 모욕하는 말씀인 것 같군요." 브룸이 말했다. "하지만 별로 그럴듯한 말은 아니었어요. 세상일 대부분은 할 가치가 없으니까. 게다가 삶의 질을 높이는 데 온 관심을 집중하는 사람이 없다면 문명이란 게 존재하지 않겠죠."

"피피?" 데일리가 말했다. "카르메아? 후아니타? 앰버? 콜레트?"

"여기선 주주들의 현황을 정말 꼼꼼히 챙기는 모양이군요?"

"이분께 네 얘기를 좀 했어, 보마르." 스털링이 말했다.

"나한테 여기 주식이 있다는 걸 얼마 전에야 알게 됐어." 브룸이 말했다. "그런데 여기 계신 미스 프라이께서는 진작부터

나에 대해 알고 계셨던 모양이군."

"내 이름은 데일리예요." 데일리가 말했다. "낸시 데일리."

"음, 잘난 척은 그만하시죠, 데일리." 브룸이 말했다. "전 한 번도 하층계급을 해치는 일은 한 적이 없습니다."

"당신 같은 사람이 이 세상의 문제예요." 데일리가 등을 곧게 펴고 입술을 떨며 용감하게 말했다. "그리고 이제 내가 당신을 만났고, 내 상상보다 더 형편없는 인간이라는 걸 알게 됐으니 말인데, 난 내가 한 일을 조금도 후회하지 않아요. 난 기뻐요."

"음?" 브룸의 보마르 연기가 흔들렸다. 그가 카모디와 스털링에게 의아한 눈길을 보냈고, 두 사람도 불편한 표정으로 데일리를 보았다.

"지난번 배당금 수표 말인데요, 페센든 씨." 데일리가 말했다. "제가 당신 이름으로 수표 뒤에 서명을 해서 적십자에 보냈어요."

카모디와 스털링은 경악하며 시선을 주고받았다.

"나 혼자서 한 일이에요." 데일리가 말했다. "카모디 씨랑 스털링 씨는 전혀 모르는 일이에요. 겨우 250달러였으니 당신은 아쉽지 않겠죠. 부끄러운 줄도 모르는 피피에게 주는 것보다 더 나은 사람들 손에 들어갔고요."

"음." 브룸은 완전히 할말을 잃고 말았다.

"왜, 경찰이라도 부르지 그래요?" 데일리가 말했다. "이 일로 당신이 나를 신고하고 싶다면 난 순순히 따라갈 준비가 되어 있어요."

"음, 난…… 그러니까……" 브룸이 중얼거렸다. 엄청난 충격을 받은 카모디와 스털링은 브룸을 도와주지 않았다. "쉽게 번 돈은 쉽게 나가는 법이죠." 마침내 그가 말했다. "안 그래, 스털링?"

스털링은 정신을 추슬렀다. "모든 악의 뿌리지." 그가 처량하게 말했다.

브룸은 할말을 더 생각해보려 했지만 실패하고 말았다.

"음, 몬테카를로로 가야겠군." 브룸이 말했다. "안녕."

"카탈리나겠죠." 데일리가 말했다. "이제 막 몬테카를로에서 오는 길이었잖아요."

"카탈리나." 브룸이 말했다.

"기분이 훨씬 좋아지지 않았나요, 페센든 씨?" 데일리가 말했다. "오랜만에 이기적이지 않은 일을 하니 행복하지 않아요?"

"네." 브룸은 진지하게 고개를 끄덕여 보이고 사무실을 나갔다.

"나름대로 신사처럼 받아들이는군요." 데일리가 카모디와 스털링에게 말했다.

"아, 보마르에겐 쉬운 일이죠." 카모디가 음울한 목소리로 말하며, 그 괴물을 만들어낸 프랑켄슈타인 박사 스털링을 증오

섞인 눈빛으로 바라보았다. 진짜 보마르에게 새 수표를 보내야 할 텐데, 카모디는 힘있는 윗사람들에게 원래 수표가 어떻게 되었는지 설명할 그럴듯한 방법이 생각나지 않았다. 카모디, 스털링, 데일리는 이제 더이상 아메리칸 금속가공 회사에 다닐 수 없다. 그들이 만든 괴물이 사납게 덮쳐 세 사람 모두를 파멸시켰다.

"페센든 씨가 오늘 뭔가를 배웠을 거라 생각해요." 데일리가 말했다.

카모디가 데일리의 어깨에 손을 얹었다. "데일리, 아셔야 할 일이 하나 있습니다." 그가 단호하게 말했다. "우린 큰 곤경에 처했어요, 데일리. 방금 다녀간 사람은 보마르 페센든 3세가 아니고, 우리가 보마르에 대해 했던 말은 하나도 사실이 아니었어요."

"농담이었어요." 스털링이 씁쓸하게 말했다.

"음, 별로 재미있는 농담은 아니었던 것 같네요." 데일리가 말했다. "날 바보천치 취급하는 불쾌한 농담이었죠."

"맞아요…… 이제 와서 보니, 전혀 재미있지 않았습니다." 카모디가 말했다.

"수표를 다른 곳에 보냈다는 내 농담만큼 재미있지는 않았다고요." 데일리가 말했다.

"그게 농담이었어요?" 카모디가 물었다.

"물론이죠." 데일리가 다정하게 말했다. "미소 짓지 않을 건가요, 카모디 씨? 슬쩍 키득거리지도 않을 거예요, 스털링? 맙소사…… 정말 은퇴할 때가 되긴 했네요. 자기 스스로를 보고 웃을 수 있는 사람이 더는 아무도 없는 것 같으니까요."

키들리가
없는 남자

"난 평생 바륨 용액*을 열두 번이나 먹었다오." 노엘 스위니가 말했다. 스위니는 이제까지 아주 건강했던 적이 한 번도 없었고, 무엇보다 지금 아흔네 살이었다. "스위니의 위장은 열두 번이나 엑스레이 촬영을 했소. 아마 세계기록감일 거요."

스위니는 플로리다주 탬파의 셔플보드** 경기장 옆 벤치에 앉아 있었다. 그는 같은 벤치에 앉은 처음 보는 다른 노인에게 이야기하고 있었다.

낯선 노인은 플로리다에서 막 새로운 삶을 시작한 게 틀림없었다. 검은 구두, 검은 실크 양말, 푸른색 모직 정장 바지를 입

---

* 소화기관의 엑스레이 촬영을 위해 마시는 조영제.

** 길고 좁은 코트에서 큐와 원반을 가지고 득점을 겨루는 스포츠.

고 있었다. 운동복 셔츠에 전투기 조종사 모자를 썼는데 둘 다 새것이라 빳빳하고 반짝거렸다. 셔츠 단에는 아직 가격표가 달려 있었다.

"음." 낯선 이가 스위니를 보지 않은 채로 말했다. 그는 윌리엄 셰익스피어의 소네트집을 읽고 있었다.

"더없이 어여쁜 창조물들로부터 우리는 증식을 욕망한다/ 그리하여 미의 장미가 결코 죽지 않기를."* 셰익스피어가 낯선 이에게 말했다.

"당신은 당신 위장 엑스레이 촬영을 몇 번이나 해봤소?" 스위니가 낯선 이에게 물었다.

"음." 낯선 이가 말했다.

"그대, 음악이여, 어째서 음악을 슬프게 듣고 있나요?" 셰익스피어가 말했다. "감미로움은 감미로움과 다투지 않고, 기쁨은 기쁨 가운데 즐거워하는 것을."**

"나한텐 비장이 없소." 스위니가 말했다. "믿어지오?"

낯선 이는 대답하지 않았다.

신중하게, 스위니가 낯선 이에게 다가가 그의 귀에 대고 외쳤다. "스위니는 1943년 이후로 비장이 없어요."

낯선 이는 책을 떨어뜨렸고, 그러다가 벤치에서도 떨어질 뻔

---

* 소네트 1번.

** 소네트 8번.

했다. 그는 몸을 웅크리고 웅웅 울리는 귀를 손으로 덮었다. "나 귀 안 먹었소." 그가 무척 괴로워하며 말했다.

스위니가 단호히 낯선 사람의 한쪽 손을 끌어내렸다. "당신이 내 말을 들은 것 같지가 않으니 말이오." 그가 말했다.

"들었소." 낯선 이가 몸을 떨며 말했다. "다 들었소. 바륨 용액, 담석, 무기력증, 간담즙 문제. 스턴와이스 선생님이 당신 위장 괄약근에 대해 했다는 말도 전부 다 들었소. 스턴와이스 선생님은 그 이야기를 노래 가사로 쓰지는 않으셨습니까?"

스위니는 소네트집을 주워서 낯선 이의 손이 닿지 않는 벤치 반대편 끝에 놓았다. "그 내기 지금 해보겠소?" 그가 물었다.

"무슨 내기?" 낯선 이가 잔뜩 창백해져 말했다.

"그것 보시오." 스위니가 음침하게 눈을 빛내며 말했다. "내 말이 맞았지…… 안 듣고 있었잖소! 좀전에 우리 둘이 합쳐서 키들리kiddly가 몇 개나 되는지 내기하겠느냐고 물었더니 당신이 '음'이라고 했지 않소!"

"키디스kiddies 말이오?" 낯선 이가 물었다. 그의 표정이 부드러워졌다. 조심스럽지만 흥미가 생긴 것이다! 그는 아이들을 좋아했고, 그것이 멋진 내기라고 생각했다. "아이들만 세는 거요, 아니면 손주들도 세는 거요? 어떻게 하는 거요?" 그가 말했다.

"키디스 말고. 키들리요." 스위니가 말했다.

"키들리?" 낯선 이는 어리둥절해했다.

스위니는 자신의 신장kidney이 있는, 혹은 있었던 곳에 양손을 얹었다. "키들리." 너무나 오랫동안 해온 실수라서 거기에 권위의 울림이 어려 있을 정도였다.

낯선 이는 실망했고 짜증이 났다. "괜찮으시다면, 난 키드니 생각은 안 하고 싶군요. 부탁이니, 제 책을 돌려주시겠소?"

"내기부터 하고요." 스위니가 교활하게 말했다.

낯선 이는 한숨을 쉬었다. "10센트면 되겠소?" 그가 말했다.

"좋소." 스위니가 말했다. "돈은 내기를 더 재미있게 하려고 거는 것뿐이오."

"아." 낯선 이의 목소리는 공허했다.

스위니는 한참 동안 그를 살폈다. "난 우리 둘을 합쳐서 키들리가 세 개 있을 것 같소." 마침내 그가 말했다. "당신 추측은 몇 개요?"

"내 생각엔 하나도 없소." 낯선 이가 말했다.

"없다고?" 스위니는 깜짝 놀랐다. "우리 둘을 합쳐서 키들리가 하나도 없다면 우린 둘 다 죽을 거요. 키들리가 없으면 사람은 살 수 없소. 당신은 둘, 셋, 넷 중에 하나를 골라야 하오."

"난 1884년 이후로 키들리 따위 없이 행복하게 살아왔소." 낯선 이가 말했다. "당신에겐 키들리가 하나 있는 모양인데, 그러면 우리 둘을 합치면 한 개지. 그러니 내기는 서로 비긴 거고, 돈은 오가지 않는 거요. 자, 이제 부디 내 책을 돌려주시겠소?"

스위니는 양손을 들어 그가 책을 잡지 못하게 했다. "당신 내가 바본 줄 아오?" 도발적인 목소리였다.

"그 주제에 대해서는 더이상 깊이 들어가고 싶지 않소." 낯선 이가 말했다. "제발 부탁이오. 책을 주시오."

"당신에게 키들리가 없다면," 스위니가 말했다. "한 가지만 말해보시오."

낯선 이는 눈알을 굴리며 말했다. "주제를 바꿀 수는 없소? 북부에 살 때 정원이 있었소. 난 여기서도 작은 채소를 키우는 정원을 가꾸고 싶소. 여기 사람들도 텃밭에 채소를 키웁니까? 당신은 정원이 있소?"

스위니는 흔들리지 않았다. 그가 손가락으로 낯선 이의 가슴팍을 찔렀다. "당신은 노폐물을 어떻게 배출하시오?" 그가 물었다.

낯선 이는 고개를 숙였다. 참을 수 없는 분노가 치밀어올라 마른세수를 했다. 그는 혀를 내밀고 작은 소리로 짜증스러운 숨을 몇 번 내쉬었다. 그러고는 몸을 곧게 펴고는 지나가는 예쁜 소녀를 향해 상냥한 미소를 지었다. "저 늘씬한 발목을 좀 보시오, 스위니 씨…… 저 장밋빛 발꿈치를. 아, 젊다는 것…… 혹은 여기 이 햇살 속에서 꿈을 꾸며 젊은 척한다는 것." 그는 눈을 감고 꿈을 꾸었다.

"내 추측이 맞았소, 그렇지 않소?" 스위니가 말했다.

"음." 낯선 이가 말했다.

"우리 둘의 키들리는 합쳐서 세 개뿐인데, 당신은 돈을 안 주고 빠져나가려고 주제를 바꿔서 나를 헷갈리게 하려는 거잖소." 스위니가 말했다. "흠, 난 그렇게 쉽게 헷갈리지 않소."

낯선 이는 눈을 감은 채 주머니에서 10센트 동전 하나를 꺼내 스위니에게 내밀었다.

스위니는 받지 않았다. "내가 받을 자격이 있다는 게 확실해지지 않으면 받지 않을 거요." 그가 말했다. "내 명예를 걸고 맹세하는데, 나한테는 키들리가 하나밖에 없소. 이제 당신도 명예를 걸고 당신 키들리가 몇 개인지 말해줘야 하오."

낯선 이가 햇빛 속에 치아를 드러내며 위험한 표정을 지었다. "신성한 모든 것에 걸고 맹세하는데," 그가 간결하게 말했다. "난 키들리가 없소."

"어떻게 된 거요?" 스위니가 말했다. "브라이트병?"*

"스위니병." 낯선 이가 말했다.

"나랑 이름이 같다고?" 스위니가 놀라 물었다.

"당신과 이름이 같소." 낯선 이가 말했다. "끔찍한 병이지."

"대체 어떻길래 그러오?" 스위니가 말했다.

"스위니병을 앓는 사람은," 낯선 이가 으르렁거렸다. "아름

* 현재의 신장염.

다움을 조롱하오, 스위니 씨. 남의 사생활을 침해하지요, 스위니 씨. 꿈을 박살냅니다, 스위니 씨. 그리고 사랑에 대한 생각을 전부, 스위니 씨, 쫓아버린다오!"

낯선 이는 일어나 스위니의 얼굴 한 뼘 앞까지 자기 얼굴을 들이댔다. "스위니병을 앓는 사람은 주위에 있는 모든 사람들에게 인간이 내장 주머니에 불과하다는 걸 상기시켜서 정신적인 삶을 불가능하게 하오!"

낯선 이는 분노로 제정신이 아닌 듯 짖는 소리를 냈다. 그리고 자신의 소네트집을 낚아채, 6미터 정도 떨어진 다른 벤치로 성큼성큼 걸어가서 스위니에게 등을 돌리고 앉았다. 그러고는 코를 킁킁거리고 콧방귀를 뀌며 거칠게 책장을 넘겼다.

"당돌한 제비꽃을 난 이렇게 꾸짖었다네." 셰익스피어가 그에게 말했다. "향기로운 도둑이여, 내 님의 숨결이 아니었다면, 어디서 그 향기를 훔쳤을까?" 싸우느라 흥분했던 낯선 이가 진정하기 시작했다.

"네 부드러운 뺨을 물들인/ 자주빛 화려함은/ 내 님의 핏줄에서 함부로 물들인 것."* 셰익스피어는 계속해서 제비꽃을 꾸짖었다.

낯선 이는 시간과 공간을 초월한 순수한 기쁨으로 미소 지으

* 소네트 99번.

려 애썼다. 그러나 미소가 떠오르지 않았다. 전능한 지금-그리고-여기가 너무 강하게 느껴졌다.

낯선 이가 탬파에 온 이유는 단 하나였다. 노쇠한 몸이 말을 듣지 않아서였다. 북부에 있는 그의 집이 아무리 큰 의미가 있어도, 플로리다가 그에게 아무리 의미가 없어도, 그의 노쇠한 몸은 이제 더이상 눈 내리는 추운 겨울을 도저히 견딜 수 없을 것 같다며 비명을 질렀다.

자신의 노쇠한 몸을 따라 남부로 오면서, 낯선 이는 자신이 조용하고 무해하며 사색하는 구름 같은 존재라고 생각했다.

그런데 탬파에 도착한 지 몇 시간 만에, 자신이 다른 노인에게 야만적인 공격을 가했다는 사실을 깨달았다. 스위니에게 돌린 그의 등이 그의 눈보다 더 많은 것을 보았다. 책은 흐릿해져 있었다.

그의 등은, 아주 단순한 일에서 즐거움을 찾는 친절하고 외로운 사람 스위니가 완전히 박살이 났다는 걸 예민하게 느꼈다. 위장은 절반밖에 없고 신장이 하나뿐인데도 계속 살아가고 싶어하는 스위니. 1943년에 비장을 잃고 나서도 삶에 대한 열정이 눈곱만큼도 줄지 않았던 스위니. 그랬던 스위니인데, 이제 더는 살고 싶지가 않다. 그가 친구 삼고 싶었던 다른 노인이 엄청나게 야만적이고 못되게 굴었기 때문이다.

낯선 이로서는 끔찍한 발견이었다. 인생이 끝나가는 사람이 세상 모르고 시끌벅적한 젊은이만큼이나 남에게 고통을 줄 수 있다니. 남은 시간이 너무 짧은데, 낯선 이는 자신의 길고 긴 후회의 목록에 한 가지를 더 추가한 것이었다.

그는 스위니를 다시 살고 싶어하게 해줄 정교한 거짓말을 찾아 머릿속을 뒤졌다. 결국 그는 자신을 낮추고 남자답게 똑바로 사과하는 게 유일한 방법이라는 결론을 내렸다.

그는 스위니에게 가서 손을 내밀었다. "스위니 씨." 그가 말했다. "내가 흥분을 해서 정말 죄송하다고 말씀드리고 싶군요. 변명의 여지가 없소. 나는 지치고 늙은 바보인데다 쉽게 발끈한다오. 하지만 당신 기분을 상하게 하고 싶은 마음은 조금도 없었소."

그는 스위니의 눈동자에 불길이 조금이나마 되살아나기를 기다렸다. 하지만 아주 작은 불꽃조차 튀지 않았다.

스위니는 힘없이 한숨을 쉬었다. "신경쓰지 마시오." 그가 말했다. 그는 낯선 이의 손을 잡지 않았다. 낯선 이가 다시 가주길 바라는 것이 분명했다.

낯선 이는 계속 손을 내민 채로, 적당한 말을 찾게 해달라고 속으로 기도했다. 스위니를 이렇게 버려두고 갔다가는 낯선 이 스스로도 살려는 의지를 잃을 것 같았다.

기도에 대한 답이 돌아왔다. 그는 입을 떼기 전부터 표정이 환해졌다. 이게 적당한 말이라는 강한 확신이 들었다. 적어도 한 가지 후회는 지울 수 있을 것 같았다.

낯선 이는 내밀었던 손을 들어 엄숙하게 선서하는 자세를 취했다. "스위니 씨." 그가 말했다. "내 명예를 걸고 진지하게 말하는데, 내겐 키들리가 두 개 있소. 만약 당신께 키들리가 한 개 있다면, 우리 둘을 합치면 세 개가 되는 거요."

그는 스위니에게 10센트 동전을 건넸다. "그러니까 당신이 이긴 거요, 스위니 씨."

스위니는 곧장 다시 건강을 되찾았다. 그는 펄쩍 뛰어올라 낯선 이와 악수를 했다. "딱 보자마자 키들리가 두 개 있는 사람이라는 걸 알았다니까." 그가 말했다. "키들리 두 개 있는 사람이 분명했소."

"내가 왜 아닌 척을 했는지조차 모르겠소." 낯선 이가 말했다.

"음." 스위니가 말했다. "지기 좋아하는 사람은 없으니까." 스위니는 주머니에 넣기 전에 마지막으로 한번 더 동전을 보았다. "어쨌든…… 당신은 싼값에 교훈을 얻었소. 상대가 잘하는 게임에 돈을 걸지 마라." 그는 낯선 이를 쿡 찌르고 우리끼리니까 하는 이야기라는 식으로 윙크를 했다. "당신의 게임은 뭐요?"

"내 게임 말이오?" 낯선 이가 말했다. 그는 잠시 기분좋게 고민했다. "셰익스피어일 것 같구려."

"이제 알겠지요." 스위니가 말했다. "만약 당신이 나한테 와서 셰익스피어를 가지고 내기를 하자고 했다면……" 스위니는 교활하게 고개를 가로저었다. “난 당신이랑 내기 안 했을 거요. 당신 말을 듣지도 않았을걸.”

스위니는 고개를 끄덕여 보인 뒤 그 자리를 떠났다.

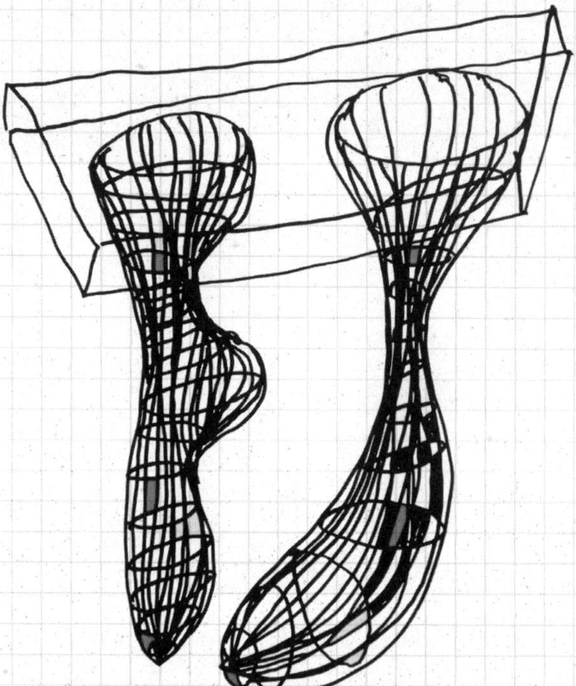

미스터 Z

조지의 아버지와 할아버지는 모두 시골 목사였다. 조지는 한국전쟁에 참전했다. 전쟁이 끝나자 그는 자기도 목사가 되겠다고 결심했다.

조지는 순수하고 착한 사람이었다. 그는 곤경에 처한 사람들을 돕고 싶었다. 그래서 시카고 대학교에 갔다. 신학만 공부하지는 않았다. 사회학, 심리학, 인류학도 같이 공부했다. 일 년 내내 학교에 다녔는데, 어느 여름 계절학기에 범죄학 수업이 개설되었다.

조지는 범죄자들에 대해 아는 것이 전혀 없었고, 그래서 그 수업을 듣기로 했다.

수업에서 조지는 카운티 교도소에 가서 글로리아 세인트피에르 그라츠라는 죄수를 인터뷰하게 되었다. 살인청부업자이자 도둑인 버나드 그라츠의 아내였다. 아이러니하게도 그라츠는 범죄를 입증할 증거가 없어 쫓기지도 않고 활개를 치고 다녔다. 그의 아내는 장물을 소지한 죄로 수감되어 있었다. 그가 훔친 것이 거의 확실한 물건들이었다. 그녀는 그라츠가 연루되어 있다고 말하지 않았고, 그러면서도 다이아몬드와 모피코트들이 어디서 난 것인지 합리적인 이유를 대지 못했다. 그녀는 일 년 하고도 하루 형을 살고 있었다. 조지가 그녀를 만나러 갔을 때는 형기가 거의 끝날 무렵이었다. 조지가 그녀를 인터뷰하려 한 건 단지 그녀의 범죄 때문이 아니라, 그녀의 아이큐가 깜짝 놀랄 정도로 높았기 때문이었다. 그녀는 조지에게 자신을 결혼 전 이름으로 불러달라고 했다. 스트리퍼로 일할 때 쓰던 이름이었다. "그라츠 부인이라고 부르면 어떻게 대답해야 할지 모르겠더라고요." 그녀가 말했다. "버니에게 안 좋은 감정이 있어서 그러는 건 아니에요. 단지 적응이 안 될 뿐이에요." 그래서 조지는 그녀를 미스 세인트피에르라고 불렀다.

조지는 교도소에서 칸막이를 사이에 두고 미스 세인트피에르와 대화했다. 교도소에는 처음 가본 것이었다. 조지는 루스리프식* 노트에 적어온 그녀 인생의 기본적인 사항들을 확인하

* 바인더에 페이지를 낱장으로 뺐다 끼웠다 할 수 있는 형태.

기 시작했다.

"어디 봅시다……" 그가 그녀에게 말했다. "고등학교 2학년 때 중퇴하셨고, 이름을 프랜신 페프코에서 글로리아 세인트피에르로 바꾸셨네요. 미스터 F와 헤어진 후 게리* 외곽에서 카홉**으로 일하셨고요. 그리고 거기서 미스터 G를 만나셨나요?"

"아니 파파스요." 그녀가 말했다.

"네." 조지가 말했다. "아니 파파스…… 미스터 G죠. 카홉은 한 단어인가요, 두 단어인가요?"

"두 단어, 한 단어……" 그녀가 말했다. "그걸 글로 적는 사람이 있긴 해요?" 싸구려 장신구 같은 그녀는 몸집이 아주 작았고 머리는 갈색이었다. 아주 예쁘고 피부가 아주 희고 강하게 단련된 사람이었다. 그녀는 조지와 조지가 던지는 질문들 때문에 지루해 죽을 지경이었다. 하품을 자주 했는데, 벨벳 같은 입을 가리려고 하지도 않았다. 조롱 섞인 그녀의 대답은 그를 당황하게 했다. "당신처럼 똑똑한 대학생이라면 그걸로 열 단어라도 만들 수 있어야죠." 그녀가 말했다.

조지는 꿋꿋하게 프로답고 사무적으로 말하려 애썼다. "자, 그럼," 그가 말했다. "2학년 때 학업을 중단하기로 하신 데 이유가 있나요?"

---

* 인디애나주 서북부의 도시.

** 차를 탄 채 이용할 수 있는 드라이브 인 식당의 종업원.

"아버지가 술꾼이었어요." 그녀가 말했다. "새엄마는 날 못 살게 굴었고요. 난 이미 어른이었는걸요. 그때 벌써 스물한 살로 보였으니까. 내가 원하는 대로 맘껏 돈을 벌 수 있었어요. 아니 파파스는 나한테 마음대로 쓰라며 노란 뷰익 컨버터블을 줬죠. 자기야, 내가 대수학이랑 『아이반호』를 원할 이유가 뭐가 있었겠어요?"

"음." 조지가 말했다. "그리고 그때쯤 미스터 H가 나타났고, 그분과 미스터 G가 당신을 놓고 주먹싸움을 했다고요?"

"칼이요." 그녀가 말했다. "주먹이 아니라 칼이었어요. 스탠 카보…… 그게 그 사람 이름이었죠. 왜 미스터 H라고 불러요?"

"그분을 보호하기 위해서요……" 조지가 말했다. "이 모든 사실들에 대해 보안을 유지하고, 당신이 제게 이야기하려는 모든 분들을 보호하려고요."

그녀는 웃었다. 칸막이 틈으로 손가락을 끼워넣고 조지를 향해 까닥거렸다. "당신이?" 그녀가 말했다. "당신이 스탠 카보를 보호한다고? 당신이 그를 보면 좋을 텐데요. 아니, 그가 당신을 볼 수 있다면 좋겠네요."

"음." 조지가 어색하게 말했다. "언젠가 만날지도 모르죠."

"그는 죽었어요." 그녀가 말했다. 슬퍼하는 것 같지는 않았다. 별 관심도 없는 듯했다.

"정말 안타깝군요." 조지가 말했다.

"그렇게 말한 사람은 당신이 처음이에요." 그녀가 말했다.

"아무튼," 조지가 노트를 보며 말했다. "살아 계셨을 때, 미스터 H는 당신께 시카고 동쪽에 있는 자신의 나이트클럽에서 스트리퍼로 일하지 않겠느냐고 제안하셨지요…… 당신은 받아들이셨고요."

글로리아가 또다시 웃었다. "정말이지, 자기야……" 그녀가 말했다. "지금 자기 얼굴을 자기가 봐야 하는데. 새빨갛잖아! 알고 있어요? 입은 무슨 레몬이라도 빨아먹고 있는 것 같고!" 그녀가 고개를 가로저으며 말했다. "롤로*…… 대체 본인이 지금 뭘 하고 있다고 생각하는지 다시 한번 말해봐요."

조지는 그 질문에 이미 여러 번 답을 했다. 그는 다시 대답했다. "말씀드렸듯이," 그가 참을성 있게 말했다. "저는 사회학을 공부하는 학생입니다. 사회학은 인간사회를 연구하는 과학이에요." 사실 범죄학 수업이라고 굳이 말할 필요는 없었다. 그건 실례가 될지도 몰랐다. 그런데 그렇게 따지면 그녀에게 무슨 말을 하든 다 무례한 말이 될 것이었다.

"사람을 가지고 과학을 한다고요? 분명 정말 미친 과학이겠군요."

"아직 유아기에 있는 학문입니다." 조지가 말했다.

---

* 미국의 신문 연재 만화 〈카첸얌머 키즈(The katzenjammer Kids)〉에 나오는 모범생 캐릭터 이름.

"당신처럼 말이죠." 그녀가 말했다. "아가야, 몇 살이니?"

"저는 스물한 살입니다." 조지가 딱딱하게 말했다.

"이게 웬일이야!" 그녀가 말했다. "스물하나라니! 그렇게 늙으면 기분이 어때요? 난 다음 3월에 스물한 살이 되는데." 그녀가 뒤로 기대앉으며 말했다. "있잖아요. 당신 같은 사람을 꽤 자주 만나는데, 그때마다 어떤 사람들에겐 이 나라에서 아무것도 보지 않고, 아무 일도 겪지 않고 자라는 게 가능하다는 걸 깨닫게 돼요."

"전 일 년 반 동안 한국에 있었어요." 조지가 말했다. "저에게도 일어난 일이 좀 있었다고 생각하는데요."

"이렇게 하는 거 어때요," 그녀가 말했다. "내가 당신의 위대한 모험에 대한 책을 쓸 테니, 당신은 내 모험에 대한 책을 써요." 그런 다음 그녀는 주머니에서 몽당연필과 빈 담뱃갑을 꺼냈고, 조지는 경악했다. 그녀는 담뱃갑을 뜯고 펼쳐서 종이 한 장으로 만들었다. "좋았어……" 그녀가 말했다. "시작해보죠. 롤로. '미스터 Z의 짜릿한 인생 이야기'라고 부르기로 해요. 당신을 보호하기 위해서…… 당신은 농장에서 태어났어요, 그렇죠, 미스터 Z?"

"제발……" 정말로 농장에서 태어난 조지가 말했다.

"난 당신 질문에 대답했어요." 그녀가 말했다. "당신도 내 질문에 대답해요." 그녀는 얼굴을 찌푸렸다. "현재 주소는요, 미스터 Z?" 그녀가 말했다.

조지는 어깨를 으쓱한 뒤 주소를 불러주었다. 그는 신학교 학과장의 차고 위에 살고 있었다.

"직업은?" 그녀가 말했다. "학생student. 한 단어인가요, 두 단어인가요?"

"두 단어예요."

"학, 생stew, dent." 그녀는 그렇게 적었다. "자, 이제 당신의 애정 생활을 조사해야겠어요, 미스터 Z. 당신 과학이 아직 유아기이긴 해도, 사실 이게 가장 중요한 부분이거든요. 거칠고 거친 삶을 살아오면서 당신이 울린 여자들에 대해 전부 이야기 해줘요. 미스 A부터 시작하죠."

조지는 노트를 덮었다. 그가 그녀에게 쓸쓸한 미소를 지어 보이며 말했다. "시간 내주셔서 감사합니다, 미스 세인트피에르. 저와 대화해주셔서 감사합니다." 그는 자리에서 일어섰다.

그녀가 그에게 눈부신 미소를 지었다. "아, 부탁이니 앉으세요." 그녀가 말했다. "내가 전혀 친절하게 굴지 않았는데…… 내가 무슨 지독한 말을 해도 당신은 내내 친절했잖아요. 부탁이니…… 제발 앉으세요. 당신이 어떤 질문을 해도 대답할게요. 아무거나. 정말 어려운 질문을 해봐요. 최선을 다할게요. 정말 아주 중요한 질문이 한 가지는 있지 않겠어요?"

어리석은 조지는 조금 긴장을 풀고 다시 앉았다. 그에겐 정말 중요한 질문이 하나 있었다. 더이상 남은 자존감도, 더이상 잃을 것도 없었기 때문에 그 질문을 대놓고 던졌다. "미스 피에르, 당신은 아이큐가 아주 높습니다. 당신처럼 똑똑한 사람이 왜 그런 식으로 사는 거지요?"

"내가 똑똑하다고 누가 그래요?" 그녀가 말했다.

"검사를 받으셨잖아요." 조지가 말했다. "당신의 아이큐는 의사들의 평균 아이큐보다 높습니다."

"평범한 의사는," 그녀가 말했다. "양손으로 자기 엉덩이를 찾아보라고 해도 못 찾아요."

"그건 사실이 아니고……" 조지가 말했다.

"의사들을 보면 토할 것 같아요." 그녀가 말했다. 마음껏 악의를 퍼부으려고 조지의 긴장을 풀어주던 그녀는 이제 정말 표독스러워졌다. "하지만 더 토할 것 같은 건 대학생들이죠." 그녀가 말했다. "여기서 나가." 그녀가 말했다. "너처럼 지겨운 멍청이는 처음 만나본다!" 그녀는 한 손을 축 늘어뜨리며 역겹다는 몸짓을 했다. "꺼져, 롤로." 그녀가 말했다. "선생한테 얘기해. 나는 이런 내가 좋아서 이렇게 산다고. 어쩌면 선생들이 너를 나 같은 사람들에 대해 가르치는 교수로 만들어줄지도 모르지."

교도소 대기실로 나오자 작고 피부가 가무잡잡하고 포악한 젊은이가 조지에게 다가왔다. 그는 조지를 죽일 듯이 바라보았다. 그의 목소리는 찌르레기떼 같았다. 그는 그녀의 남편인 버나드 그라츠였다.

"너, 안에서 글로리아 세인트피에르 만나고 왔어?" 그라츠가 물었다.

"맞아요." 조지가 예의바르게 말했다.

"어디서 왔어?" 그가 말했다. "그녀한테 원하는 게 뭐야? 누가 너보고 여기 오라고 했어?"

조지는 범죄학 수업 교수가 준 소개장을 가지고 있었다. 그가 그라츠에게 소개장을 건넸다.

그라츠는 소개장을 구겨서 뭉친 뒤 그에게 다시 돌려주었다. "나한텐 이런 거 소용없어." 그가 말했다. "그녀는 변호사랑 나 말고는 다른 사람과 이야기할 수 없게 되어 있다고. 그녀도 알고 있어."

"그녀가 순전히 자발적으로 응했습니다." 조지가 말했다. "그녀에게 저와 이야기하라고 시킨 사람은 없었어요."

그라츠는 조지의 노트를 잡았다. "자…… 어디 좀 볼까." 그가 말했다. "노트에 뭐라고 적었지?"

조지는 노트를 빼앗았다. 공책에는 글로리아에 대한 메모뿐 아니라 조지가 듣는 모든 수업의 필기가 전부 들어 있었다.

그라츠는 노트를 다시 움켜쥐고서 이번에는 손에 넣었다. 그리고 페이지를 전부 뜯어내 공중에 흩뿌렸다.

조지는 아주 기독교도답지 못한 행동을 했다. 그 작은 사내를 때려눕힌 것이다. 그라츠는 완전히 뻗고 말았다.

그라츠는 겨우 정신을 차리자마자, 조지를 천천히 죽여버리겠다고 단언했다. 그리고 조지는 종잇장들을 모아 집으로 갔다.

별다른 일 없이 이 주가 지났다. 조지는 살해당할 거라는 걱정은 하지 않았다. 그라츠가 신학교 학장의 차고 위에 있는 자기 방을 찾아낼 방법은 없을 거라고 생각했다. 조지는 교도소에서의 모험이 실제로 있었던 일이라고 믿기 어려웠다.

어느 날 신문에 그라츠와 함께 교도소를 나서는 글로리아 세인트피에르의 사진이 실렸다. 조지에게는 그녀가 출소한 것도, 그라츠와 함께 있는 것도 현실처럼 느껴지지 않았다.

그러던 어느 날 밤 조지는 『범죄학 백과사전』을 읽고 있었다. 글로리아 세인트피에르가 살기로 선택한 삶을 이해할 만한 단서를 찾는 중이었다. 백과사전은 모든 정보를 다 담으려고 노력한 책이었지만, 그렇게 예쁘고 똑똑한 소녀가 그렇게 못생기고 탐욕스럽고 잔인한 남자들에게 자기 인생을 던져버린 이유에 대해서는 한 단어도 실려 있지 않았다.

문에서 노크 소리가 들렸다.

조지가 문을 열자 낯선 젊은 남자 두 명이 서 있었다. 한 명이 공손하게 조지의 이름을 말하고는 찢은 담뱃갑으로 된 종이에서 조지의 이름과 주소를 읽었다. 글로리아 세인트피에르가 조지의 전기 '미스터 Z의 짜릿한 인생 이야기'를 쓰기 시작했던 종이였다.

두 남자가 그를 마구 두들겨패기 시작하기 직전에, 조지는 그 종이를 알아보았다. 그들은 때릴 때마다 그를 '교수님'이라고 불렀다. 전혀 화가 난 것 같지는 않았다.

하지만 그들은 자신들의 임무를 확실히 알았다. 조지는 갈비뼈 네 개와 양쪽 발목이 부러지고, 한쪽 귀가 찢어지고, 한쪽 눈은 뜰 수 없는 상태로 병원에 갔다. 머릿속에서 찌르레기가 잔뜩 날아다니는 것 같았다.

다음날 아침 조지는 병원 침대에 몸을 일으키고 앉아 부모님께 편지를 쓰려고 애썼다. 그는 '어머니 아버지, 저는 병원에 있지만 걱정은 하지 않으셔도 됩니다'라고 적었다.

그것 말고 무슨 말을 더 해야 할지 생각하고 있는데, 자동차에 달린 긴 안테나 같은 속눈썹에 백금색 머리칼의 여자가 들어왔다. 그녀는 화분 하나와 〈트루 디텍티브〉* 한 부를 들고 있었다.

* 범죄 사건을 다룬 미국 잡지. 1924년부터 1995년까지 발행되었다.

그녀에게서 폭력배의 장례식 같은 냄새가 났다.

그녀는 글로리아 세인트피에르였지만, 조지는 그녀를 알아볼 수 없었다. 그런 변장이라면 버나드 바루크*라도 숨을 수 있을 것 같았다. 그녀는 선물을 가져오긴 했지만 동정심은 품지 않은 듯했다. 조지의 상처에 흥미를 보이긴 했지만 냉담한 흥미였다. 얻어맞은 사람들을 보는 데 익숙한 게 분명했다. 그녀는 조지가 구경거리로서 별로 볼 게 없다고 평가했다.

"이 정도면 가볍게 넘어간 거예요." 그녀가 말했다. 그녀는 조지가 자신을 알아본다고 생각했다.

"죽진 않았네요." 조지가 말했다. "그건 사실이죠."

그녀는 고개를 끄덕였다. "영리한 처신이었어요." 그녀가 말했다. "내 생각보다 영리하더군요. 죽을 가능성도 아주 컸는데. 죽지 않았다는 걸 알고 놀랐어요."

"질문 하나 해도 될까요?" 조지가 물었다.

"질문하는 건 이제 그만뒀을 줄 알았는데요." 그녀가 말했다. 조지는 마침내 그녀의 목소리를 기억해냈다.

그는 몸을 뒤로 기대고 다치지 않은 쪽 눈을 감았다.

"화분이랑 잡지 가져왔어요." 그녀가 말했다.

"고마워요." 그는 그녀가 가주길 바랐다. 그녀에게 할말이

---

* 미국 정치가이자 재정가(1870~1965).

전혀 없었다. 너무나 거칠고 낯설어서 조지는 그녀에 대해 생각조차 할 수 없었다.

"다른 화분이나 다른 잡지를 원하면," 그녀가 말했다. "말해요."

"이게 좋아요." 조지가 말했다. 지끈거리는 두통이 찾아오고 있었다.

"뭔가 먹을 걸 가져올까도 했는데," 그녀가 말했다. "중상자 명단에 있다길래 먹지 않는 게 나을 거라고 생각했어요."

조지는 눈을 떴다. 자기 이름이 중상자 명단에 있다는 말은 처음 들었다. "중상자 명단이요?" 그가 말했다.

"당신 동생이라고 하지 않았으면 들어오지도 못했을 거예요." 그녀가 말했다. "그런데 무슨 착오가 있는 것 같네요. 내가 보기에 당신은 중상 같지 않은데."

조지는 한숨을 쉬었다—아니, 한숨을 쉬려고 했다. 그런데 신음 소리가 나왔다. 지끈거리는 두통과 함께 눈앞에서 보라색 빛이 번쩍였다. "병원에서 명단 만드는 걸 당신에게 맡겼어야 했는데."

"이 모든 게 내 책임이라고 생각하나보네요." 그녀가 말했다. "당신은 그렇게 생각할 것 같아요."

"아무 생각도 못하고 있어요." 조지가 말했다.

"그저 당신이 안됐다고 생각해서 온 것뿐이에요." 그녀가 말했다. "내가 당신에게 사과할 이유는 없어요. 당신이 자청한 일이지. 이번에 뭔가 배웠길 바랄게요." 그녀가 말했다. "배워야 할 것들이 전부 책에 나와 있지는 않아요."

"이제 그건 압니다." 조지가 말했다. "와줘서 고맙고, 선물도 고마워요, 미스 세인트피에르. 이제 좀 자야 할 것 같아요." 조지는 잠을 청하는 척했지만, 글로리아 세인트피에르는 가지 않았다. 조지는 그녀가 아주 가까이 있는 것을 느낄 수 있었고 냄새도 맡을 수 있었다.

"난 그를 떠났어요." 그녀가 말했다. "내 말 들려요?"

조지는 계속 자는 척했다.

"그가 당신에게 무슨 짓을 했는지 듣고 그를 떠났다고요."

조지는 계속 자는 척했다. 글로리아 세인트피에르는 잠시 후 병실을 나갔다.

잠시 후 조지는 정말로 잠이 들었다. 머릿속이 정상이 아닌 상태로, 과하게 난방이 된 방에서 자면서 글로리아 세인트피에르의 꿈을 꾸었다.

잠에서 깨어보니 병실도 꿈의 일부 같았다. 조지는 무엇이 현실이고 무엇이 꿈인지 구분하려 애쓰며 침대 옆 테이블 위의 물건들을 살폈다. 그중에는 글로리아가 가져다준 화분과 잡지도 있었다.

잡지 표지가 꾸던 꿈의 일부라 해도 충분히 믿을 만했기 때문에 조지는 잡지를 옆으로 밀어두었다. 완벽히 멀쩡한 글을 읽고 싶었던 그는 화분 속 식물의 줄기에 묶여 있는 꼬리표를 선택했다. 그리고 시작 부분은 제법 멀쩡했다. '클레멘타인 히치콕 더블 블루밍 제라늄.' 이렇게 적혀 있었다.

하지만 그다음은 미친 것 같았다. '주의! 이 식물은 특허 식물입니다! 무성 생식은 법으로 엄격히 금지되어 있습니다!'

완벽한 현실의 이미지, 즉 뚱뚱한 경찰관이 쿵쾅거리며 병실로 들어서자 조지는 신께 감사를 드렸다. 경찰은 조지가 두들겨맞은 일에 대해 이야기해주기를 원했다.

조지는 그 우울한 이야기를 처음부터 하다가, 자신은 고발할 마음이 없다는 것을 깨달았다. 이 사건에는 거칠긴 해도 공평함이 있었다. 어쨌거나 조지가 자기보다 몸집이 훨씬 작은 폭력배라는 사람을 때려서 시작된 일 아닌가. 게다가 조지의 머릿속은 완전히 뒤죽박죽이어서, 실제로 폭력을 행사한 두 명에 대해서는 거의 아무것도 기억이 나지 않았다.

경찰은 조지에게 고발하라고 설득하려 들지도 않았다. 그는 일이 줄어들어 기뻤다. 하지만 조지의 이야기 중 그의 관심을 끈 것이 하나 있었다. "글로리아 세인트피에르란 여자를 안단 말입니까?" 그가 말했다.

"방금 말씀드렸잖아요." 조지가 말했다.

"옆옆 방에 있어요." 경찰이 말했다.

"네?" 조지가 말했다.

"네." 경찰이 말했다. "그 여자도 맞았습니다. 병원 바로 건너편에 있는 공원에서."

"얼마나 많이 다쳤나요?" 조지가 말했다.

"중상자 명단에 들어가 있습니다." 경찰이 말했다. "당신과 비슷합니다. 양쪽 발목이 부러지고, 갈비뼈가 몇 개 나가고, 양쪽 눈이 시퍼렇게 멍들었죠. 당신 치아는 다 있습니까?"

"네." 조지가 말했다.

"음." 경찰이 말했다. "그녀는 위쪽 앞니 두 개가 나갔습니다."

"누가 그랬어요?" 조지가 말했다.

"남편이요." 경찰이 말했다. "그라츠."

"잡으셨어요?" 조지가 말했다.

"시체 안치소에 있습니다." 경찰이 말했다. "그녀를 때리던 중에 형사한테 잡혔거든요. 그라츠가 도망을 쳤고, 멈추지 않자 형사가 총으로 쐈어요. 그러니 이제 그 부인은 과부죠."

그날 점심식사 후 조지는 양쪽 발목에 깁스를 했다. 병원에서 그에게 휠체어와 목발을 주었다.

과부가 된 그라츠 부인을 찾아갈 용기를 내는 데는 시간이 좀 필요했다.

마침내 그는 휠체어를 타고 그녀의 병실로 들어가 침대 옆까지 갔다.

글로리아는 〈레이디스 홈 저널〉*을 읽고 있었다. 조지가 휠체어를 밀고 들어오자 글로리아는 잡지로 자기 얼굴 아래쪽을 가렸다. 하지만 너무 늦었다. 이미 그는 잔뜩 부푼 그녀의 입술과 앞니 빠진 치열을 보았다.

글로리아는 양쪽 눈에 모두 시퍼렇게 멍이 들어 있었다. 하지만 머리는 아주 깨끗하게 손질되어 있었다. 크고 요란한 링 귀걸이도 하고 있었다.

"미, 미안해요." 조지가 말했다.

그녀는 대답 없이 조지를 노려보았다.

"날 보러 와줬잖아요…… 기운 나게 해주려고." 그가 말했다. "어쩌면 나도 당신을 기운 나게 해줄 수 있을지도 몰라요."

그녀는 고개를 가로저었다.

"말 못해요?" 조지가 물었다.

그녀는 고개를 가로저었다. 그리고 그녀의 뺨 위로 눈물이 흘러내렸다.

"아, 저런, 저런." 조지가 연민 가득한 목소리로 말했다.

"제발, 가요." 그녀가 말했다. "나 보지 마요, 제발! 나 엄청

* 1883년에 창간된 미국 잡지.

츄해요. 가요."

"그렇게 보기 나쁘지는 않아요." 조지가 진심으로 말했다. "정말이에요."

"그가 내 얼굴을 망쳐놔써요!" 그녀가 말했다. 눈물이 더 세차게 흘렀다.

"그가 내 얼굴을 망쳐놔써요! 다른 남자가 날 절대 원하지 안케요!"

"아, 진정해요……" 조지가 말했다. "붓기만 빠지면 다시 아름다워질 거예요."

"의치를 써야 할 거예요." 그녀가 말했다. "아직 슈물한 살도 안 돼는데, 의치를 쑤게 돼써요. 쓰레기통 밑바닥에서 튀어나온 물건 같아 보일 거예요. 슈녀가 돼야게써요."

"뭐가 된다고요?" 조지가 말했다.

"슈녀." 그녀가 말했다. "남자들은 전부 돼지야. 내 남편은 돼지여써. 내 아버지도 돼지여써. 당쉰도 돼지야. 남자는 다 돼지야. 나가."

조지는 한숨을 쉬며 나갔다.

조지는 저녁식사 전에 잠깐 눈을 붙였다가 또 글로리아 꿈을 꾸었다. 일어나보니 글로리아 세인트피에르가 그의 침대 옆에서 휠체어에 앉아 그를 지켜보고 있었다.

그녀는 진지했다. 큰 귀걸이는 자기 병실에 놔두고 왔다. 잔뜩 부은 얼굴을 가리려는 시도도 전혀 하지 않았다. 그녀는 누구나 볼 수 있도록 용감하게, 거의 자랑스럽게 얼굴을 드러내고 있었다.

"안녕." 그녀가 말했다.

"안녕." 조지가 말했다.

"왜 나한테 니가 목사라고 얘기 안 해써?" 그녀가 말했다.

"난 목사 아니야." 조지가 말했다.

"목사가 되려고 공부하고 있자나." 그녀가 말했다.

"어떻게 알았어?" 조지가 말했다.

"신문에서 봐써," 그녀는 신문을 가지고 있었다. 그녀가 큰 소리로 헤드라인을 읽었다. "'쉰학교 학생과 범죄자의 정부, 폭력배에게 마자서 입원'."

"아, 맙소사." 조지는 이 헤드라인이 자기 집주인인 신학교 학장에게, 멀지 않은 워배시밸리의 흰 판잣집에 살고 있는 자기 부모에게 어떤 영향을 미칠까 생각했다.

"왜 니 정체를 밝히지 않아써?" 글로리아가 말했다. "니가 어떤 사람인지 알았다면, 절대 그런 말들은 안 해쓸 텐데."

"왜 안 해?"

"돼지가 아닌 유일한 남자는 셩직자니까." 그녀가 말했다. "난 니가 다른 남자와 똑같이 돼지인 대학생인 줄 알아써. 그냥 돼지처럼 굴 용기가 없는 거라고 생각해찌."

"음." 조지가 말했다.

"만약 니가 목사라면…… 적어도 목사가 되려고 공부하고 있다면, 왜 나를 야단치지 않아?"

"뭐 때문에?" 조지가 말했다.

"내가 저지르는 납븐 짓들." 그녀가 놀리는 것 같지는 않았다. 자신이 나쁘다는 걸 알았고, 자신을 겁주는 게 조지의 임무라고 강하게 믿는 듯했다.

"음…… 내 설교단이 생기기 전까지는……" 조지가 말했다.

"왜 셜교단이 필요해?" 그녀가 말했다. "넌 니가 믿는 걸 믿는 거잖아? 그런데 왜 셜교단이 이써야 돼?" 그녀가 휠체어를 굴려 더 가까이 다가왔다. "변하지 않으면 내가 지옥에 갈 거라고 말해줘."

조지는 겸손한 미소를 지어 보였다. "네가 지옥에 갈지 난 모르겠는데."

그녀가 뒤로 물러섰다. "넌 우리 아버지랑 똑가타." 그녀는 경멸조로 말했다. "아버지는 용셔하고 용셔하고 또 용셔해찌. 하지만 그건 용서가 아니었어. 그냥 관쉼이 업셨던 거야."

글로리아는 고개를 가로저었다. "이야…… 넌 정말 형편없고 보잘것없는 목사가 될 거야! 넌 아무것도 믿지 않아! 참 불쌍하다."

그리고 그녀는 나갔다.

그날 밤 조지는 글로리아 세인트피에르 꿈을 한번 더 꾸었다. 이번에는 발음이 새고 이가 몇 개 없으며 양 무릎에 깁스를 한 글로리아였다. 이번 꿈이 가장 황당했다. 그는 야릇한 유머 감각으로 그 꿈을 생각해볼 수 있었다. 마음과 정신뿐 아니라 몸도 갖고 있다는 게 부끄럽지 않았다. 그는 글로리아 세인트피에르를 원하는 자신의 몸을 질책하지 않았다. 몸이라면 그러는 게 지극히 자연스러웠다.

아침식사 후 조지가 그녀를 찾아갔을 때, 그는 자신의 마음과 정신은 이 일과 조금도 관련이 없다고 생각했다.

"좋은 아침." 그녀가 그에게 말했다. 붓기가 꽤 빠지고 좀 나아진 모습이었다. 그녀는 이미 질문을 준비해놓고 있었다. 바로 이 질문이었다.

"만약 내가 주부가 되어 아이를 많이 낳고, 그 아이들이 차카다면," 그녀가 조지에게 말했다. "넌 기뻐해줄래?"

"물론이지." 조지가 말했다.

"어젯밤에 그런 꿈을 꿔써." 그녀가 말했다. "내가 너랑 결혼했고, 우리집에 온통 책이랑 아이들이 이써써." 그녀는 그 꿈을 그다지 좋아하지 않는 것 같았다. 조지에 대한 그녀의 판단이 꿈 때문에 나아진 것 같지도 않았다.

"음……" 조지가 말했다. "나, 나는 네가 내 꿈을 꿨다고 하니 으쓱해지는걸."

"으쓱해하지 마." 그녀가 말했다. "난 늘 이상한 꿈을 꾸거든. 그리고 어젯밤 꿈은 너보다는 의치에 관한 꿈이어써."

"의치?" 조지가 말했다.

"아주 커다란 의치를 끼고 이썼는데," 그녀가 말했다. "너나 아이들에게 말을 하려고 할 때마다 의치가 빠져써."

"분명 그것보다 더 잘 맞는 의치를 만들 수 있을 거야." 조지가 말했다.

"넌 의치를 낀 사람을 사랑할 슈 이써?" 그녀가 물었다.

"물론이지." 조지가 말했다.

"의치를 낀 사람을 사랑할 슈 있냐고 물어찌만," 그녀가 말했다. "나를 사랑할 슈 있냐고 물은 거라고 생각하진 마. 그걸 물은 게 아니니까."

"음." 조지가 말했다.

"만약 우리가 결혼하면," 그녀가 말했다. "오래 못 갈 거야. 내가 납븐 행동을 해도 넌 충분히 화를 내지 않을 거고."

긴 침묵이 흐른 뒤 마침내 조지는 그녀를 어느 정도 이해하게 되었다. 그녀가 선한지 악한지에 관심을 가질 만큼 그녀를 사랑한 사람이 이제껏 아무도 없었기 때문에, 그녀는 스스로를 무가치하게 여겼다.

벌을 줄 사람이 아무도 없었기 때문에, 그녀는 스스로에게 벌을 주었다.

그런 사람들이 스스로에게 하는 일에 자신이 화를 내지 않는다면, 자신은 무가치한 목사가 될 거라는 것 또한 조지는 이해했다. 원만함, 수줍음, 용서는 소용이 없다.

그녀는 화를 낼 정도로 자신에게 관심을 가져달라고, 그에게 애원하고 있었다.

온 세상이, 화를 낼 정도로 관심을 가져달라고, 그에게 애원하고 있었다.

"결혼을 하든 말든," 그가 말했다. "만약 네가 앞으로도 자신을 쓰레기처럼 대하고, 신이 만드신 이 지구를 쓰레기처리장처럼 대한다면, 난 네가 지옥에서 불타기를 진심으로 바랄 거야."

글로리아 세인트피에르의 기쁨은 선명했고 깊었다.

조지는 이제껏 한 번도 여자에게나 자기 자신에게나 그토록 큰 기쁨을 주어본 적이 없었다. 순진한 그는 다음 단계가 결혼일 거라고 생각했다.

그는 그녀에게 청혼했다. 그녀는 받아들였다. 좋은 결혼이었다. 두 사람 모두에게 있어 순수함의 끝이었다.

그냥 넘어가도 좋을 것 같아

일 년에
1만 달러는
거뜬하지

"그래, 드디어 이사 가는 건가?" 지노 돈니니가 말했다. 그는 체구가 작고 인상이 매서운 사람으로, 한때 훌륭한 오페라 테너였다. 육십대가 된 그는 이제 실력이 예전만 못했고, 내가 살던 아래층 어수선한 아파트의 월세와 음식과 와인, 비싼 시가 값을 대기 위해 성악 레슨을 하며 지냈다. "나의 젊은 친구들이 하나씩 떠나는군. 이제 난 어떻게 젊음을 유지하지?"

"위층에 음치가 아닌 사람이 살게 되면 기분좋으실 것 같은데요."

"아아아아…… 자네도 속으로는 얼마든지 잘 부르지 않나. 저기 저 책은 뭐지?"

"벽장 금고를 비우던 중이었어요, 마에스트로. 고등학교 졸업 앨범이 있더라고요." 나는 그해 졸업한 백오십 명의 얼굴과 간략한 소개가 실린 페이지를 펼쳤다. "제가 어떻게 실패했는지 보이시죠? 친구들은 제가 언젠가 위대한 소설가가 될 거라고 예상했는데, 지금 저는 전화 회사의 정비 엔지니어가 되어 있으니 말이에요."

"아하. 이 미국 어린이들은 엄청난 꿈을 꾸고 있군." 지노가 앨범을 살펴보며 말했다. 그는 미국인이 된 지 사십 년이 되었지만, 아직도 스스로를 어리둥절해하는 외부인이라고 생각했다. "이 뚱뚱한 꼬마는 백만장자가 될 거고, 이 소녀는 백악관 최초의 여성 대변인이 될 거라는군."

"소년은 지금 식료품 가게를 운영하고, 소녀는 그의 아내예요."

"허! 위대한 사람들이 그렇게 몰락하다니. 그리고 이건 니키잖아! 자네들이 같은 반이었다는 걸 자꾸 까먹는다니까."

니키 마리노는 전쟁이 끝난 뒤에 자기 아버지의 옛친구인 지노와 함께 성악을 공부했다. 그리고 내가 제대군인원호법의 지원을 받아 공학 학위를 따기로 결심했을 때, 나를 위해 같은 건물에 있는 아파트 방을 하나 찾아주었다. "음, 니키의 예상은 멋지게 맞아들어갔군요."

"위대한 테너지." 지노가 말했다. "자기 아버지처럼."

"당신처럼일 수도 있고요, 마에스트로."

지노는 고개를 가로저었다. "그가 나보다 나았어. 자네는 상상도 못해. 내가 음반을 틀어줄 수도 있는데, 그 시절엔 녹음 기술이 참 형편없었는데도 니키 아버지의 목소리는 요즘 들을 수 있는 그 어떤 것보다 더 짜릿하게 전해진다네. 그 목소리 같은 기적은 수 세대가 지나도 나오지 않을 거야. 그런데 그는 스물아홉 살에 죽어야 했지."

"아들을 남겨서 정말 다행이에요."

니키와 내가 자란 작은 마을에서는 니키가 누구 아들인지 모르는 사람이 없었다. 그리고 니키가 어른이 되자마자 우리 마을을 유명하게 만들어주리란 걸 누구도 의심하지 않았다. 시에서 여는 어떤 행사도 니키가 거기에 어울리는 노래를 부르지 않으면 제대로 된 행사가 아니었다. 음악과 상관없는 회사원인 니키의 어머니는 가진 돈 대부분을 니키의 성악과 외국어 레슨에 쓰면서, 먼저 떠난 남편의 모습을 니키 안에서 다시 만들어냈다.

"그래." 지노가 말했다. "아들을 남겨서 정말 다행이지. 나와 이별주 한잔할 텐가? 아침식사 직후라 너무 이른가?"

"이건 이별이 아니잖아요. 이사 가려면 아직 이틀 남았고요. 감사하지만 술은 다음에 마실게요. 니키에게 돌려줘야 할 책이 몇 권 있어요."

내가 도착했을 때 니키 마리노는 증기 오르간만큼 큰 목소리로 노래를 부르며 샤워를 하고 있었다. 나는 단칸 아파트에 들어가 앉아서 기다렸다.

그의 아버지 사진과 아버지의 이름이 들어간 낡은 포스터들이 벽을 뒤덮고 있었다. 테이블 위에는 커피포트, 담배꽁초가 잔뜩 쌓인 컵받침 위의 금이 간 컵, 그리고 메트로놈이 있었다. 아버지에 관한 신문기사를 모아둔 스크랩북도 그 틈에 보였다. 잘라낸 신문기사들의 가장자리가 스크랩북 밖으로 삐져나와 너덜너덜해져 있었다.

바닥에는 그의 화려한 파자마와 아침에 배달된 편지가 있었다. 수표와 스냅 사진을 클립으로 끼워둔 편지였다. 그의 어머니가 보낸 것이었다. 그녀는 편지를 보낼 때 반드시 그의 아버지와 관련된 기념품을 동봉했는데, 그런 기념품이 끝도 없이 많은 것 같았다. 수표는 그녀의 작은 선물 가게에서 번 돈이었고, 초라한 액수였지만 니키는 다른 수입이 없었기 때문에 그 돈으로 버텨야 했다.

"방금 노래 어땠어?" 니키가 욕실에서 나오며 말했다. 가무잡잡하고 크고 느릿느릿한 몸이 젖어서 번들거렸다.

"내가 어떻게 알겠어? 난 큰 소리와 작은 소리의 차이밖에 몰라. 아주 크더라." 니키에게 책을 돌려줘야 한다고 지노에게 말했던 건 거짓말이었다. 석 달 전에 니키에게 빌려줬던 10달러를 받으러 온 것이었다. "저기, 10달러 말인데……"

"줄게!" 그가 호탕하게 말했다. "니키가 부자가 되면, 니키가 무명일 때 잘해줬던 사람은 누구나 부자가 될 거야."

니키는 농담을 하는 게 아니었다. 그의 어머니가 꼭 그런 식으로, 그의 미래에 대해 일말의 의심도 없이 말했다. 그는 평생 그런 식으로 말했고, 남이 자기에 대해 그런 식으로 이야기하는 걸 평생 들어왔다. 가끔은 이미 정상에 오른 것처럼 행동할 때도 있었다.

"그건 참 좋은 일이야, 니키. 하지만 난 지금 단돈 10달러로 널 풀어주려는 거야. 그러면 나중에 날 부자로 만들어주지 않아도 돼. 다 네가 가져."

"너 지금 비꼬는 거야?" 니키가 말했다. 웃음이 사라졌다. "너 지금 그런 날이 오지 않을 거라고 말하려는……"

"아니, 아니야…… 들어봐. 그런 날이 오겠지. 내가 어떻게 알겠어? 내가 원하는 건 빌려줬던 10달러뿐이야. 내 짐을 옮길 트럭을 빌릴 수 있게 말이지."

"돈!"

"돈 없이 뭘 할 수 있어? 돈이 없으면 엘런과 나는 이사도 못 해."

"난 늘 돈 없이 지내왔어." 니키가 말했다. "처음엔 전쟁이 내 인생에서 사 년을 빼앗아가더니, 쳇! 이젠 돈이 문제라니."

"10달러가 네 인생의 몇 년을 빼앗을 거라고 이러는 거야?"

"10, 100, 1000." 니키는 낙담한 듯 주저앉았다. "지노가 그러는데 내 목소리에서 그런 티가 난대. 불안정한 티가. 행복한 노래를 부르는데, 내 불안정함이 내비쳐서 노래를 오염시킨다는 거야. 불행한 노래를 불러도 마찬가지로 망쳐버린대. 왜냐하면 내 진짜 불행은 위대하거나 고귀한 게 아니라 천박한 불행이니까. 돈 때문에 생기는 불행."

"지노가 그랬어? 예술가는 가난할수록 예술적으로 더 나아진다고 생각했는데."

니키가 콧방귀를 뀌었다. "돈이 많을수록 더 나아지지…… 특히 가수들은."

"농담이었어, 니키."

"웃지 않아서 미안해. 볼트와 너트, 기관차와 냉동 오렌지주스를 파는 사람들은 수십억을 버는데, 이 세상에 조금이라도 아름다움을 가져오고, 인생에 조금이라도 의미를 주기 위해 분투하는 사람들은 굶어."

"넌 굶지 않잖아?"

"그래, 정말 밥을 굶는 건 아니지." 그가 배를 두드리며 인정했다. "하지만 내 영혼은 안정, 약간의 여윳돈, 어느 정도의 자존심에 굶주려 있어."

"으흠."

"흥, 네가 뭘 안다고 그래? 넌 자리를 잡았잖아…… 연금 제도에, 알아서 오르는 임금에, 생각할 수 있는 모든 것에 공짜로 보험도 들어 있고."

"니키, 이런 말을 하기는 좀 그렇지만……" 내가 말했다.

"알아, 알아, 알아! 왜 취직을 안 하느냐고 말하려는 거잖아."

"듣기 좋게 말하려고 했어. 성악을 포기하라는 건 아니지만, 지노와 공부하는 동안에, 그러니까 큰 기회가 올 때를 위해 준비하는 동안에 돈과 안정성을 조금 확보해두는 거 어때. 언제나 노래만 부를 수는 없잖아."

"난 언제나 노래만 불러야 해. 그렇게 하고 있고."

"좋아, 그러면 야외에서 하는 일을 구해."

"그러다 기관지염 걸려. 게다가 남 밑에서 일하는 게 내 영혼에 어떤 영향을 끼칠지는 너도 상상이 갈 텐데. 남의 신발이나 핥고, 늘 네, 네, 굽신거리고."

"누구 밑에서 일한다는 게 꽤 끔찍하긴 하지."

노크 소리가 들리더니 지노가 들어왔다. "아…… 자네 아직도 있었나? 아침신문 가져왔네, 니키. 난 다 읽었거든."

"불안정성에 대해 이야기하고 있었어요, 마에스트로." 내가 말했다.

"그래." 지노가 생각에 잠겨 말했다. "이야기할 만한 주제지. 그것이 우리보다 위대한 영혼들을 좌절시켰고, 이 세상에서 얼마나 많은 아름다움을 빼앗아갔는지는 신만이 아실 거야. 내가 그런 경우를 얼마나 많이 봐왔는지 생각하고 싶지도 않아."

"저한테는 그런 일 없을 거예요!" 니키가 격렬히 말했다.

"자네가 뭘 하겠나?" 지노가 어깨를 으쓱하며 말했다. "취업을 한다? 자네는 예술가 기질이 너무 강해. 그래도 어찌되든 한번 해보겠다면, 아마 신문 구인란에서부터 시작해야겠지. 하지만 아니야…… 그래도 난 반대일세. 자네 수준에 맞질 않아. 일을 시작하고 어쩌면 목돈을 만들어서 다시 빠져나와 성악에만 집중할 수도 있겠지…… 하지만 아니야, 난 마음에 들지 않아. 그리고 자네에게 책임감을 느껴."

니키는 한숨을 쉬었다. "신문 주세요. 평범한 사람은 예술가가 자기 인생에 아름다움을 가져다주기 위해 치르는 대가에 대해 생각도 하지 않아요. 이제 앤젤로 마리노의 아들이 취업을 하겠군요." 그는 어디에나 있는 평범한 사람의 대표자인 나를 질책하려고 내 쪽을 돌아보았다. "무슨 말인지 이해해?"

"난 뭐든 일단 두고 보자는 주의라서." 내가 말했다.

"니키." 지노가 근엄하게 말했다. "한 가지만 약속해주게. 일에 눌리지 않겠다고, 자네의 진짜 목표를…… 노래를 잊지 않겠다고 말이야."

니키는 주먹으로 테이블을 쾅 쳤다. "맙소사, 지노…… 전 세상에서 저희 어머니 다음으로 저를 제일 잘 아는 사람이 바로 당신이라고 생각했어요. 그런데 그런 말씀을 하시다니!"

"미안하네."

"자, 이 멍청한 신문에 뭐가 나와 있을까?"

우리가 아파트에서 이사 나가던 날, 니키는 내게 시시한 나의 일보다 훨씬 더 중요한 일—자신의 일에 집중할 것을 종용했다. 그가 사업기회란에 실린 그럴듯한 광고들을 보고 이틀 동안 거리를 돌아다닌 뒤였다.

"내가 어디서 1천 달러를 구하겠어?" 나는 빌린 트럭에 의자를 올리며 낑낑거렸다.

그는 나를 도울 생각은 없이 마치 내가 멋대로 주의를 분산하면 안 된다는 듯 짜증스러운 표정을 짓고 서 있었다. "그럼 500달러."

"미쳤구나. 난 자동차, 새집, 아기 때문에 빚을 잔뜩 졌어. 칠면조가 1파운드에 5센트라 해도 부리조차 못 살 거라고."

"대체 어떻게 하면 이 도넛 가게를 살 수 있을까?" 그가 짜증을 내며 물었다.

"젠장, 내가 무슨 구겐하임 재단이라도 돼?"

"내가 4를 넣으면 은행에서 4를 대출해주는 거지." 니키가 말했다. "넌 일생일대의 기회를 놓치고 있어. 이 허름하고 작은 가게가 일 년에 순수익 1만 달러를 올린다고. 거기 사장이 증명해 보였어. 일 년에 1만 달러는 거뜬하다고." 그의 목소리에 경외감이 배어 있었다. "하루 27달러씩, 매일. 그 돈이 그냥 앉아서 기다리고 있어. 도넛은 기계가 만들어. 봉투에 든 혼합 가루를 사서 기계에 집어넣고, 앉아서 빈둥거리다가 잔돈만 거슬러 주면 돼."

지노가 램프 두 개를 들고 내 아파트에서 나왔다. "은행 갔다 왔나, 니키?"

"반밖에 안 빌려준대요, 지노. 어떻게 그럴 수가 있어요? 게다가 보증금 4천 달러를 맡기래요."

"4천이라니, 큰돈이군." 지노가 말했다.

"푼돈이죠!" 니키가 말했다. "거기 주인은 1만 달러씩 벌었어요. 광고도 안 하고, 커피도 맛없고, 새로운 맛을 개발하지도 않았는데……" 그는 갑자기 말을 끊었고, 그의 열의가 푹 사그라들었다. "그러니까," 그가 딱 잘라 말했다. "사업가들이 가게를 굴리기 위해 해야 하는 바보 같은 일들도 하지 않았고요. 에이, 지옥에나 가라죠."

"일 년에 1만 달러 같은 건 잊어버리게." 지노가 말했다.

한 시간 후, 내가 트럭 운전석으로 기어올라가 시동을 거는데 니키가 자기 아파트에서 달려나왔다. "시동 꺼!"

나는 고분고분하게 시동을 껐다. "니키, 마지막으로 하는 말인데, 난 너한테 이미 빌려줬던 10달러를 더 빌려줄 여력도 없어."

"필요 없어." 그가 말했다.

"포기한 거야? 좋아. 현명하군."

"누가 익명으로 지원해주기로 했대. 은행에서 연락이 왔어."

"누가 그 돈을 준단 말이야?"

"그냥 오페라의 벗이라고만 밝혔대." 니키가 의기양양하게 말했다. "옛날 예술가들처럼 나에게도 후원자가 생긴 거야."

"예술 역사상 도넛 생산자의 비용을 대준 최초의 후원자구나."

"그게 중요한 게 아니잖아!"

"니키, 왜 고함을 지르고 있나?" 자기집 지하실의 문간에서 지노가 외쳤다.

니키는 수치스럽고 슬픈 표정으로 지노를 보았다. "사업을 시작했어요, 마에스트로."

"위대해지려면 고통을 겪어야 하는 법." 지노가 말했다.

니키는 고개를 끄덕였다. "다른 이름을 쓸 거예요. 마리노라는 이름은 어울리지 않아요."

"나도 같은 생각이야." 지노가 말했다.

"제프리." 니키가 곰곰이 생각하며 말했다. "조지 B. 제프리."

"가서 도넛을 팔게, 조지." 지노가 말했다.

나의 새로운 삶이 니키의 새로운 삶과 마주친 일은 한 번도 없었지만, 니키가 아직 사업을 하고 있다는 건 신문만 집어들어도 알 수 있었다. 그는 거의 매호에 작은 광고를 실었는데, 나는 그가 도넛에 대해 할말이 그렇게 다양하다는 것에 깜짝 놀랐다.

"아무래도 가서 좀 사와야겠어." 엘런이, 내 아내가, 어느 날 아침을 먹다가 말했다. "우리가 아직 안 가봐서 상처받았을지도 몰라."

"우리가 거기 가는 것보다 니키에게 더 상처가 되는 일은 없을걸." 내가 말했다. "옛친구들이 찾아오지 않아도 그는 이미 충분히 굴욕을 겪고 있어. 모든 게 끝났을 때가 찾아갈 적기야. 돈을 충분히 모았거나 사업이 망해서 다시 지노와 공부를 할 때."

그날 아침, 니키가 자기 재능을 썩히고 돈을 벌기로 결심한 지 육 개월 정도 지났을 때, 신호등 옆에서 버스를 기다리는데 누가 자동차 라디오를 귀에 거슬릴 정도로 크게 튼 것 같았다. 신문을 읽다가 고개를 들어보니, 180센티미터 높이에 바퀴 네 개, 창문, 범퍼가 달린 도넛이 보여 깜짝 놀라고 말았다.

그 안에 니키가 있었다. 그는 고개를 뒤로 젖히고 흰 치아를 빛내며 노래를 부르는 중이었다. 멜로디는 별로였지만 그 노래의 광기 어린 즐거움이 내게도 느껴졌다. "닉, 이봐!" 나는 그를 불렀다.

노래를 멈추자 니키는 침울하고 냉소적으로 변했다. 그가 손을 흔들며 도넛 옆을 열었다. "타, 시내까지 태워줄게."

"일부러 돌아서 가지는 마. 네 가게는 고작 세 블록 거리에 있잖아, 아니야?"

"시내에 볼일이 있어." 그가 어두운 목소리로 말했다.

알고 보니 도넛 안은 지프였다. 뒤에는 색색의 설탕 옷을 입힌 도넛이 든 선반들로 가득했다. "으으음, 멋진데!"

"자꾸 아픈 데 찌를래?"

"정말 맛있어 보인단 말이야."

"여섯 달 안에 다 팔아치울 거야. 그러고 나면 누가 나한테 도넛을 권하기만 해도 등골을 부러뜨려버릴 거고."

"아까 신호등에서는 행복한 목소리였는데."

"웃어라, 이 광대 같은 놈아, 웃어."

"눈물을 흘리며 웃으라는 거지? 사업이 그렇게 안 좋아?"

"사업! 누가 사업 이야기 하고 싶겠어?"

"음악은?"

"아아아, 음악. 지노가 그러는데 안정적이 되니 좀 낫대."

"좋네! 안정을 얻고 있는 거구나."

"조금…… 어쩌면. 지노는 돈을 빼고 사업을 접으래."

"하지만 넌 여섯 달 더 한다고 했잖아."

"덫에 걸렸어." 그가 비통한 목소리로 말했다. "내 파트너 때문이야. 오페라의 위대한 벗 말이야. 그 사람 허락 없이는 팔아치울 수 없도록 손을 써뒀더라고. 맙소사! 내가 세상 물정을 정말 몰랐어!"

"저런, 안됐군. 그 사람 이름이 뭐야?"

"아무도 몰라. 은행이 그 사람 대변인이야."

"어쨌든, 잘 지내고 있는 것 같네."

"너한텐 그렇게 들리겠지." 니키가 말했다. "내가 아니라 너 같은 사람이 이 사업을 해야 하는데. 너 같은 사람은 이 일을 정말 좋아할 거야…… 경쟁을 지켜보고, 새 관점을 생각해보고. 새로운 생산 라인, 새로운 홍보 방법, 그런 말도 안 되는 헛소리들." 그가 내 무릎을 탁 쳤다. "20세기 사람! 넌 타고난 재능이 없다는 행운에 감사해야 해."

"좋아, 그래. 넌 시내에 왜 가는지 물어봐도 될까?"

"아…… 우유 회사 하나가 아침에 우유랑 같이 우리 도넛을 배달하는 건 어떨까 생각하고 있어서. 날 만나고 싶대."

"하는 건 어떨까 생각하고 있어?"

"할 거야." 그는 멍하니 대답했다.

"니키! 돈을 잔뜩 벌겠구나. 넌 사업계의 능력자야. 타고났어!"

"어떻게 그걸 여태 몰랐냐?"

"기분 상하게 하려던 건 아니었어. 도넛 하나 먹어도 돼?"

"연두색으로 먹어." 니키가 말했다.

"독 든 거야?"

"시험중인 새로운 맛이야."

나는 도넛을 베어물었다. "와! 민트구나. 맛있는데?"

"정말 마음에 들어?" 니키가 열성적으로 물었다.

"뭘 그렇게 신경써, 예술가 선생?"

"덫에 걸렸다면 최선을 다하는 편이 나으니까."

"음, 마음 단단히 먹고 잘 버텨. 난 여기서 내릴게."

니키는 차를 세웠지만 내가 내릴 때 나를 보지 않았다. 그는 길 건너편의 무언가를 노려보고 있었다. "거짓말이나 하는 개새끼." 그는 그렇게 중얼거리더니 차를 몰고 가버렸다.

길 건너편은 레스토랑이었고, 전기등 아래에 이렇게 쓰여 있었다. '이 도시 최고의 커피.'

부활절 직후 내 생일에 니키가 보낸 소포가 도착했다. 니키를 못 본 지도 거의 일 년이 되었고, 그의 말없는 파트너가 이제는 발을 빼도록 해주었을 거라고 생각했다. 그리고 이제 돈이 잔뜩 생긴 니키는 지노와 공부하는 데 전력을 쏟고 있을 거라고. 도넛을 우유와 함께 배달한다는 아이디어는 내가 아는 한 성공한 것 같았다. 나는 우유 배달부에게 사흘에 한 번씩 민트맛 도넛 여섯 개를 배달받아 먹고 있었다.

저녁에 도착한 소포를 보니, 내 추측 중 최소한 하나는 맞았다는 걸 알 수 있었다. 니키에게 돈이 넘쳐날 거라는 추측.

"이게 뭐야?" 엘런이 물었다.

"크고 묵직한 걸 보면 세발자전거라도 될 것 같은데." 요란한 포장을 벗기자 눈부시게 멋진 티세트 한 벌이 나왔다. 대사들이 공주들에게 결혼 선물로 이런 물건을 주는 모습이 떠올랐다.

"세상에!" 엘런이 말했다. "쟁반에 테이프로 붙여놓은 저건 뭐야?"

"10달러 지폐와 메모." 나는 메모를 소리 내어 읽었다. "분명 절대 못 돌려받을 줄 알았겠지. 고마워. 생일 축하해. 니키."

"당황스럽네." 엘런이 말했다. "이걸로 뭘 해? 이걸 어디에 두겠어?" 엘런이 말했다.

"팔아서 대출금을 갚을 수는 있겠지." 나는 고개를 절레절레 흔들었다. "아, 젠장, 이건 말도 안 돼. 되돌려줘야겠어." 엘런이 선물을 다시 포장했고, 나는 티세트를 들고 니키의 아파트로 차를 몰았다.

문 고리쇠의 '조지 B. 제프리'라는 이름을 보고, 나는 니키가 이사한 줄 알고 되돌아올 뻔했다. 그리고 안에서 나는 시끄러운 소리도 낯설었다. 댄스 음악과 여자들의 목소리였다. 니키는 자기 어머니를 제외하고는 여자들과는 거의 어울리지 않았다. 그의 노래 실력이 제대로 인정받기 시작하면 여자들, 아름답고 재능 있는 수백 명의 여자들이 저절로 따라올 거라는 게 그의 생각이었다. 니키의 아버지가 경험했던 일이니 분명 니키에게도 일어날 터였다.

그때 조지 B. 제프리가 니키의 사업용 이름이라는 게 기억났고, 나는 문을 두드렸다. 제복 차림의 가정부가 마티니 잔들이 올라간 쟁반을 든 채 문을 열었다. "네?"

그녀의 뒤로 니키의 방이 보였다. 이제 그 방은 얼룩 하나 없었고, 짙은 색 빅토리아풍 가구로 고상하게 꾸며져 있었다. 스크랩북은 여전히 테이블 위에 있었지만, 비싸 보이는 플러시* 와 가죽으로 새로 장정해놓은 모습이었다. 니키의 아버지 사진과 포스터들이 여전히 벽을 덮고 있었는데, 이제 육중한 도금 프레임의 유리 액자에 들어가 있었다. 작은 방이라기보다는 잘 관리된 미술관 같아 보였다.

요란하게 축하하는 소리 때문에 나는 어리둥절했다. 가정부 뒤로는 아무도 보이지 않았고, 안으로 연결되어 있는 방이라고는 화장실, 작은 부엌, 벽장뿐이었기 때문이다. "마리노 씨 계신가요?" 내가 물었다.

"제프리 씨요?" 가정부가 말했다.

"네…… 제프리 씨. 제 친구인데요."

방 한쪽의 묵직한 커튼이 열리고 상기된 얼굴의 니키가 행복한 표정으로 나타났다. 예전에 니키가 살던 방과 옆집 사이의 벽을 허물어 널찍한 스위트룸으로 만든 것이었다. 그의 뒤로 다시 커튼이 내려져 커튼 너머의 모습은 언뜻 보일 뿐이었다.

* 벨벳과 비슷하게 부드러운 털로 뒤덮인 직물.

연기와 웃음소리로 흐릿해진, 천박할 정도로 현대적인 방이었다. 마치 동굴 입구에서 석양을 내다보는 것 같았다.

"생일 축하해, 생일 축하해." 니키가 말했다.

"사업 판 걸 축하하고 있었어?"

"으응? 아…… 아니, 그런 건 아니야." 이전처럼 그는 내가 그의 새로운 생활에 끼어들어서 슬퍼진 것 같았다. "아니. 그냥 거래처 사람들 좀 불렀어." 그는 은밀히 속삭이듯 목소리를 낮추었다. "일을 계속 부드럽게 진행시키려면 이런 일도 좀 해야 하거든."

"아직도 덫에 걸려 있어?"

"응. 나쁜 자식, 날 완전히 옭아맸어. 아마 육 개월만 지나면……"

"다른 계약이 또 있어?"

"빌어먹을, 하나가 끝나면 또다른 일이 생겨." 그가 우울한 목소리로 말했다. "밀워키 체인점이 여기에 가게를 몇 개 열려고 한다니까, 우리 체인을 늘릴 수밖에 없잖아? 서로 먹고 먹히는 세상인걸. 그래도 맹세하는데, 육 개월만 지나면 조지 B. 제프리는 사라지고, 니키 마리노가 다시 태어날 거야."

"조지, 이리 와서 노래 한 곡 불러줘요." 다른 방에서 어느 여자가 그를 불렀다.

니키는 내가 자기 거래처 사람들과 마주치는 것을, 내가 다른 방에 들어가는 것을 원하지 않는 게 분명했다. 그런데 그 여자가 다시 조지를 부르려 커튼을 젖혔고, 나는 문간에서 또다른 광경을 보게 되었다. 벽은 액자에 든 광고로 장식되어 있고, 벽난로 위에는 도넛을 들고 행복한 표정으로 씩 웃으며 거들먹거리는 니키의 캐리커처가 놓여 있었다.

"이봐, 니키. 티세트 때문에 왔어. 정말 멋지지만, 들어봐, 이건 너무 지나쳐. 정말이지, 우린……"

니키는 안절부절못하고 있었다. 얼른 나를 내보내고 일행들에게 돌아가고 싶어하는 것 같았다. "아니…… 네가 가졌으면 해. 네가 가질 만한 물건이 아니었으면 애초에 주지도 않았을 거야. 옛날에 네가 줬던 10달러는 정말 큰돈이었어." 그는 다정하지만 확고하게 나를 문 쪽으로 몰고 갔다. "네가 가지고, 엘런에게 조지가 안부 전하더라고 해줘."

"누가 안부 전한다고?"

"니키가." 나는 다시 복도로 나와 있었다. 니키는 윙크를 하고 문을 닫았다.

나는 터무니없는 은제 티세트를 한아름 들고 천천히 계단을 내려와 지노의 아파트 문을 두드렸다.

노인은 문을 살짝 열었다가 활짝 미소 지으며 나를 반겼다.

"안녕하세요, 마에스트로. 이사하셨나 했어요. 밖에 문패가 없어졌더라고요."

"응…… 마침내 떼냈지. 은퇴했어."

"니키가 방금 절 쫓아냈어요."

"조지 B. 제프리 씨가 쫓아낸 거지. 니키는 절대 그런 일을 하지 않아. 뭘 좀 마실 텐가?" 그는 상냥했다. "예전 학생이 보낸 좋은 아이리시 위스키가 한 병 있는데. 지금은 아주 잘나가는 용접공이야."

"근사하네요."

"일 년 중 언제든, 심지어 크리스마스 때도 나는 혼자 있는 걸 즐겨." 지노가 나에게 줄 술을 따르며 말했다. "하지만 봄에는 어쩔 줄을 모르겠어. 조용히 곤드레만드레 취하는 것 말곤 아무 할 일이 없어."

"삶을 즐겨!" 밖에서 니키가 온 세상을 향해 외쳤다. 지노와 나는 도넛 왕 수행단의 알록달록한 발들이 지하실 창문 앞을 지나가는 걸 지켜보았다.

"수난을 잘 견뎌내고 있어, 안 그런가?" 지노가 말했다.

"지켜보시려면 분명 가슴 아프시겠죠, 마에스트로?"

"꼭 그래야 하나? 왜?"

"니키처럼 전도유망한 예술가가 사업에 점점 깊이 빠져들고, 노래에서 점점 멀어지는 걸 보시려면요."

"아…… 그거 말인가. 자기 말로는 아니라고 하지만 니키는 행복하다네. 그게 중요한 거지."

"예술의 배반자처럼 말씀하시네요. 그런 사람 말을 들어본 적은 없지만."

지노는 자기가 마실 술을 한 잔 더 따르고 의자로 돌아가다가 내 쪽으로 몸을 기울이고 속삭였다. "니키가 음악 세계에 기여할 수 있는 길은 공연장 좌석 안내원이 되는 것뿐이라네."

"마에스트로!" 나는 믿을 수가 없었다. "마에스트로께서는 니키가 자기 아버지의……"

"니키가 그랬지. 니키 어머니가 그랬고. 나는 그런 말 한 적 없어. 두 사람의 말을 반박하지 않은 것뿐이야. 그 거대한 거짓말이 그의 인생 자체였어. 만약 내가 니키에게 노래를 못한다고 했다면, 니키는 자살했을 거야. 그리고 내가 무슨 말이든 해야 할 때가 되어가고 있었거든."

"그렇다면 이 도넛 사업은 정말 최고의 행운이었네요." 내가 감탄하며 말했다. "니키는 자기가 아버지처럼 위대한 가수가 될 수 있는 사람이지만, 사업 때문에 그걸 입증하지 못하는 거라고 계속 믿을 수 있으니까요."

"그러니 누굴 예술의 배반자라고 부르려거든 조심해야 해." 지노가 말했다. 그는 잔을 들어올리고 상상 속의 관중에게 건배했다. "작년에 나는 여기 시립 오페라 협회에 1만 달러를 냈어."

"1만 달러요."

"푼돈이지." 지노가 말했다.

니키의 시끄러운 노랫소리가 아파트 안뜰에 쩌렁쩌렁 울렸다. 손님들에게 작별인사를 하고 난 그는 이제 혼자였다.

"조지 B. 제프리가 가고 니키 마리노가 돌아왔군." 지노가 속삭였다.

니키는 문간으로 고개를 내밀었다. "여러분, 봄입니다! 지구가 다시 태어나고 있어요!"

"사업은 어떤가, 니키?" 지노가 물었다.

"사업! 누가 사업에 관심을 가집니까? 육 개월만 더 지나면, 마에스트로, 사업은 지옥에나 가라죠." 니키는 윙크를 하고 사라졌다.

"1만 달러가 푼돈이라고요, 지노?" 내가 말했다.

"푼돈이지." 지노가 당당하게 말했다. "세상에서 가장 빨리 성장하고 있는 도넛 체인의 절반을 가진 사람에게는 푼돈이야. 육 개월만 더 한다고 했던가? 육 개월 안에 니키와 도넛은 그의 아버지가 평생 기여한 것 못지않게 오페라에 기여하게 될 거야. 언젠가는 니키에게 말해줄 걸세." 지노는 고개를 가로저었다. "아니, 아니야…… 그러면 다 엉망이 되겠지? 아니…… 내 생각에 니키의 남은 인생은 전부, 그의 어머니가 약속했던 미래와 그가 그 모든 걸 이루는 순간 사이의 막간이 되는 게 좋을 것 같아."

돈이 말한다*

* Money Talks, '돈이 곧 권력이다' '돈이 힘을 쓴다' 등의 의미로도 쓰이는 관용적 표현.

케이프코드는 시원한 물과 가을 안개에 폭 싸여 있었다. 저녁 일곱시였다. 하버 로드를 비추는 빛이라고는 조선소의 경비원이 흔드는 손전등 불빛, 벤 니켈슨의 식료품점에서 나오는 불빛, 크고 검은 캐딜락 세단의 전조등 빛이 전부였다.

캐딜락이 벤의 가게 앞에 섰다. 캐딜락의 점잖은 천둥 같은 엔진 소리가 멎었다. 싸구려 천으로 된 코트를 입은 젊은 여자가 차에서 내려 가게 안으로 들어갔다. 그녀는 찬 공기 속에서도 건강과 젊음으로 꽃처럼 피어나고 있었지만, 굉장히 수줍어했다. 내딛는 모든 걸음이 사과하는 것처럼 보였다.

벤은 금전등록기 옆에 두 팔을 올리고 엎드려 그 위에 부스스한 머리를 괴고 있었다. 그의 야망은 이미 사라졌다. 벤은 스물일곱 살에 벌써 끝나버렸다. 빚쟁이들에게 가게를 잃은 것이다.

벤은 고개를 들고 희망이라고는 없는 미소를 지었다. "찾으시는 거라도 있나요, 아가씨?"

그녀가 속삭이듯 대답했다.

"뭐라고 하셨죠?" 벤이 다시 물었다. "안 들렸어요."

"킬레인 코티지로 가는 길을 알려주실 수 있나요?" 그녀가 말했다.

"코티지요?" 벤이 말했다.

"코티지라고 부르는 거 맞죠, 아닌가요?" 그녀가 말했다. "열쇠고리에 그렇게 나와 있는데요."

"그렇게 불러요, 맞습니다." 벤이 말했다. "그런데 전 도무지 적응이 안 돼서 말이에요. 조엘 킬레인에게는 코티지였는지도 모르죠. 그 사람이 다른 살 집을 가진 건 못 봤으니까요."

"어머." 그녀가 말했다. "굉장히 큰 집인가요?"

"방이 열아홉 개, 개인 소유 해변이 약 1킬로미터, 테니스장, 수영장." 벤이 말했다. "그래도 마구간은 없어요. 그래서 코티지라고 부르는지도 모르겠네요."

그녀는 한숨을 쉬었다. "작고 깨끗하고 아늑한 집이길 바랐는데."

"실망시켜드려서 죄송하네요." 벤이 말했다. "거기로 가시려면 차를 돌려서 오셨던 길로 되돌아가시다가……" 벤은 말을 멈추었다. “이 동네를 전혀 모르세요?”

“네.”

“음, 설명하기가 너무 어려운데.” 벤이 말했다. “거의 숨어 있는 거나 다름없는 집이거든요. 제 트럭으로 앞장서서 안내해 드릴게요.”

“폐를 끼치고 싶지는 않아요.” 그녀가 말했다.

“어차피 곧 문 닫을 참이었어요.” 벤이 말했다. “다른 할 일도 없고.”

“일단 먹을 걸 좀 살게요.” 그녀가 말했다.

“제 빚쟁이들이 아주 좋아하겠군요.” 벤이 말했다. 외로움과 공허함에 사로잡힌 그는 여자를 위아래로 훑어보았다. 손을 보아하니 손톱을 물어뜯는 사람이었다. 굽이 낮고 뭉툭한 흰 구두로 봐서는 대개 제복을 입는 하인 비슷한 사람이라는 걸 알 수 있었다. 그는 그녀가 예쁘다고 생각했지만, 잔뜩 주눅이 든 게 마음에 들지 않았다.

“혹시…… 그 여자의 가정부나 뭐 그런 분인가요?” 벤이 말했다. “그 여자가 자기가 받은 집이 어떤지 보고 오라고 보낸 거예요?”

“누구요?” 그녀가 말했다.

“그 간호사…… 신데렐라 아가씨 말이에요. 그 집을 통째로 물려받은 여자.” 벤이 말했다. “100만 달러짜리 소독용 알코올을 가진 여자. 그 여자 이름이 뭐였죠? 로즈? 로즈 뭐였던가?"

"아." 그녀는 고개를 끄덕였다. "그래서 온 거예요." 그녀는 벤에게서 시선을 돌려 그의 뒤에 있는 선반을 보았다. "어디 보자…… 소고기 누들수프 한 캔하고, 토마토 한 캔…… 콘플레이크 한 상자…… 빵 한 덩이, 마가린 1파운드……"

벤은 그녀가 말한 식품들을 계산대 위에 놓았다. 그런데 마가린을 너무 세게 내려놓는 바람에 코팅된 마분지 상자가 나무 계산대에 부딪혀 쾅 소리가 났다.

그녀가 화들짝 놀랐다.

"이봐요, 당신 정말 고양이처럼 안절부절못하는군요." 벤이 말했다. "로즈 때문에 그렇게 됐어요? 그 여자가 그런 사람이에요? 원하는 게 있으면 그녀가 원할 때 당장 가져다줘야 하나요?"

"로즈는 그저 평범하고 땅딸막한 간호사고, 아직 자기에게 무슨 일이 생겼는지도 잘 몰라요." 그녀가 딱딱하게 말했다. "죽도록 겁에 질려 있어요."

"금방 극복할 거예요." 벤이 말했다. "다들 그러잖아요. 내년 여름이 되면 로즈는 자기가 화약이라도 발명한 것처럼 으스대며 돌아다닐걸요."

"제 생각에 로즈는 그런 사람이 아닌 것 같아요." 그녀가 말했다. "진심으로 그렇길 바라고요."

벤은 못 믿겠다는 듯 미소 지었다. "그저 자비의 천사일뿐이겠죠." 그는 윙크를 했다. "맙소사, 1200만 달러를 준다면 나라도 그 사람 간호를 했을 텐데. 당신도 그렇지 않아요?"

"로즈는 그가 자신에게 모든 걸 남겨주리라곤 생각도 못했어요." 그녀가 말했다.

벤은 선반에 기대며 십자가에 못박히는 시늉을 해 보였다. "아, 왜 이래요…… 이러지 마세요." 그가 말했다.

"파크 애비뉴의 큰 아파트에서 죽음을 맞게 된 외로운 노인이 삶에 매달리고, 살게 해달라고 애걸하고, 누군가에게 돌봐달라고 애걸하고." 그의 눈에 그 장면이 생생하게 보였다. "킬레인이 밤에 사람을 부르면 누가 오죠?" 벤은 점잖은 척 미소를 지었다. "로즈…… 자비로운 천사 로즈죠. 로즈가 그의 베개에 솜을 채워주고, 등을 문질러주고, 다 잘될 거라고 말해주고, 수면제를 주겠죠. 그에겐 로즈가 세상 전부였을 거예요."

벤은 그녀에게 손가락을 까닥여 보였다. "그런데도 로즈의 작은 머리에 그가 자신을 기억할 만한 작은 무언가를 남겨줄지도 모른다는 생각이 한 번도 안 떠올랐을 거라는 말씀이신가요?"

그녀는 시선을 바닥으로 떨구었다. "그런 생각이 스쳤을 수도 있겠네요." 그녀가 중얼거렸다.

"수도 있다?" 벤이 의기양양하게 말했다. "그런 적이 분명 있어요…… 그리고 한 번이 아니라 수백 번은 떠올랐을 거예요."

벤은 그녀가 산 식료품들을 계산했다. "그 여자를 본 적도 없지만," 그가 말했다. "내가 이 업계에서 배운 게 하나 있다면, 그건 사람 마음이 작동하는 방식이에요." 그는 고개를 들었다. "2달러 95센트입니다."

그녀의 눈가에 눈물이 맺힌 것을 보고 그는 깜짝 놀랐다.

"아, 저기요…… 음." 벤이 후회하며 말했다. 그는 그녀에게 손을 갖다댔다. "이런…… 저, 저기요, 제 말은 신경쓰지 마세요."

"알지도 못하는 사람에 대해 그런 식으로 말씀하시는 건 별로 좋지 않은 것 같아요." 그녀가 목이 메어 말했다.

벤은 고개를 끄덕였다. "맞아요, 그 말이 맞아요. 제 말은 신경쓰지 마세요. 안 좋은 때에 오셔서 그래요. 제가 뭐든 공격할 만한 걸 찾고 있었거든요. 아, 젠장…… 로즈는 세상의 소금일지도 모르죠."

"전 그런 말은 안 했어요." 그녀가 말했다. "그렇게 주장한 적은 한 번도 없어요."

"음, 당신이 뭘 주장했든," 벤이 말했다. "나한테 신경쓰지 마세요." 그는 고개를 절레절레 흔들었다. 그리고 식료품점에서 죽은듯이 지낸 지난 이 년을 떠올리다가 그만 놀라고 말았다. 불안함과 끝이 없는 오만 가지 자질구레한 일들이 이 년 내내 그를 죄수처럼 묶어두고, 무감각하게 만들고, 고갈시켰다. 사랑하거나 놀 시간이란 없었고, 심지어 그런 것들을 생각할 시간조차 없었다.

그는 손가락을 움직여보았다. 자신의 손가락에 사랑과 장난스러움이 돌아오는 날이 있기는 할지 알 수 없었다.

"당신처럼 착한 여자에게 심한 말을 하면 안 되는 거였는데." 그가 말했다. "미소를 지으며 치자꽃을 줬어야 했는데 말이에요."

"치자꽃이요?" 그녀가 말했다.

"그럼요. 이 년 전에 가게문을 열었을 때는 여자 손님이 오시면 늘 미소를 지으며 치자꽃 한 송이를 드렸죠. 제 마지막 손님이시니 당신도 뭔가를 받아야 할 것 같은데요." 그는 개업했던 날과 같은 미소를 지어 보였다.

미소와 치자꽃 이야기가 불쌍하고 예쁜 생쥐 같은 소녀를 기쁘게 하는 동시에 당황스럽게 했다. 그녀는 얼굴을 붉혔다.

벤은 그녀에게 마음을 빼앗겼다. "우와." 그가 말했다. "그렇게 웃으시니 꽃가게가 문을 닫았다는 게 정말 안타까워지네요."

그녀의 기쁨은 계속되었고, 벤의 기쁨 역시 마찬가지였다. 벤은 거의 치자꽃 향기를 맡을 수 있을 정도였다. 그녀가 서투른 손놀림으로 옷에 꽃을 다는 모습이 보이는 것만 같았다.

"가게를 내놓으셨나봐요?" 그녀가 말했다.

이제 그들 사이에서 빛이 났다. 그들이 주고받는 모든 말에 함축된 의미와 숨은 뜻이 있었다. 대화 자체는 정중하고 무미건조했지만.

"망했어요." 벤이 말했다. 이제 사업은 그다지 중요하지 않았다.

"이제 무슨 일을 하실 거죠?" 그녀가 물었다.

"조개를 캐려고요." 벤이 말했다. "당신에게 더 좋은 생각이 있는 게 아니라면." 그는 고개를 까딱했다. 그러고는 배우라도 된 양, 자신이 얼마나 그녀를 갈구하는지를 얼굴 표정으로 말했다.

핸드백을 쥔 손가락에 힘이 들어갔지만 그녀는 시선을 돌리지 않았다. "힘든 일인가요?" 그녀가 물었다.

"추운 일이에요." 벤이 말했다. "외롭죠, 바깥에서 갈퀴 하나 들고 일하려면."

"먹고살 만은 해요?" 그녀가 말했다.

"저 사는 대로는요." 벤이 말했다. "아내도, 아이도 없고…… 나쁜 버릇도 없으니 살 수는 있어요. 킬레인 노인이 시가에 쓰던 돈만큼도 못 벌 테지만."

"말년에 그분에게 남은 거라곤 시가뿐이었어요." 그녀가 말했다.

"그리고 간호사하고요." 벤이 말했다.

"그는 죽었고, 당신은 젊은데다 살아 있어요." 그녀가 말했다.

"그렇다마다요." 벤이 말했다. "결국 위대한 승리자는 나인 것 같네요."

그는 그녀의 작은 식료품 봉투를 들고 밖으로 따라 나왔다가 그녀가 타고 온 큰 차를 보았다.

"로즈가 당신에게 이런 큰 차를 타게 해요?" 그가 말했다. "그러면 로즈는 뭘 타나요?"

"정말 민망해요." 그녀가 말했다. "너무 커요. 저 차를 타고 시내를 지나면 대시보드 밑에 숨고 싶어져요."

벤이 그녀를 위해 앞문을 열어주었고, 그녀는 가죽으로 된 운전석으로 미끄러지듯 들어가 앉았다. 거대한 핸들과 계기판 때문에 그녀는 열 살배기처럼 작아 보였다.

벤은 그녀 옆자리 바닥에 식료품 봉투를 놓으며 코를 킁킁거렸다. "만약 유령에게서 냄새가 난다면," 그가 말했다. "조엘 킬레인의 유령에게선 이런 냄새가 나겠죠…… 시가." 그는 그녀에게 작별인사를 할 생각이 없었다. 그는 생각을 정리하고 쉬기라도 하려는 듯 그녀 옆에 앉았다. "킬레인이 어떻게 돈을 벌었는지 들은 적 있어요? 1922년에, 그 사람이……" 마법의 주문이 깨졌다. 그녀가 다시 울음을 터뜨리기 직전인 걸 보고, 그는 말끝을 흐렸다.

"아가씨, 정말 툭하면 우시는군요." 벤이 어쩔 줄 몰라하며 말했다.

"전 늘 울어요." 그녀가 새된 목소리로 말했다. "모든 게 절 울게 만들어요. 어쩔 수가 없어요."

"무엇 때문에요?" 벤이 물었다. "울 일이 뭐가 있는데요?"

"뭐든 다요." 그녀가 가여운 목소리로 말했다. "내가 로즈예요." 그녀가 말했다. "그리고 모든 게 다 절 울게 만들어요."

벤의 세상이 기울었다가, 흐릿해졌다가, 다시 원래대로 돌아왔다. "당신이?" 그가 부드럽게 말했다. "로즈예요? 1200만 달러? 천 코트? 콘플레이크? 마가린? 당신 핸드백 좀 봐요! 에나멜가죽이 다 벗겨지고 있어요."

"전 늘 이렇게 살았어요." 그녀가 말했다.

"별로 오래 살지도 않았잖아요." 벤이 말했다.

"이상한 나라의 앨리스가 된 기분이에요." 로즈가 말했다. "몸이 자꾸자꾸 줄어들어서 모든 게 너무 커져버린 앨리스."

벤은 멍하니 웃어 보였다. "다시 커질 거예요." 그가 말했다.

그녀가 눈가를 문질렀다. "킬레인 씨가 그런 일을 한 건 그가 이 세상에 던지는 농담 같은 게 분명해요. 나 같은 사람을 이런 부자로 만드시다니." 그녀는 하얗게 질린 채 떨고 있었다.

벤은 그녀를 진정시키려고 그녀의 팔을 단단히 잡았다.

그녀는 기꺼이 몸에서 힘을 뺐다. 그녀의 눈이 멍해졌다. "찾아갈 사람도, 믿을 사람도, 이해해주는 사람도 없어요." 그녀의 억양은 단조로웠다. "내 인생에 이렇게 외롭고 지치고 두려운

적은 없었어요. 다들 이러쿵저러쿵 떠들어대기나 하고." 그녀는 눈을 감고서 헝겊 인형처럼 몸을 뒤로 기댔다.

"술 한잔하면 좀 나아질까요?" 벤이 말했다.

"모, 모르겠어요." 그녀가 느릿느릿 말했다.

"술을 마시긴 하나요?" 벤이 말했다.

"한 번 마셔봤어요." 그녀가 말했다.

"다시 마셔볼래요, 로즈?" 벤이 말했다.

"어쩌면…… 어쩌면 좀 나아질지도 모르겠네요." 그녀가 말했다. "어쩌면요. 모르겠어요. 생각하는 게 지긋지긋해요. 누구든 내게 하라는 대로 뭐든 할 거예요."

벤은 입술을 핥았다. "트럭이랑 술을 한 병 가져올게요. 제빚쟁이들은 모르는 술이에요." 그가 말했다. "절 따라오세요."

벤은 킬레인 코티지의 거대한 주방에 로즈의 식료품들을 정리해 넣었다. 얼마 안 되는 먹거리들이 도자기와 철로 된 협곡 속으로 사라졌다.

그는 가져온 병에서 술을 두 잔 따라 칵테일을 만들어 거실로 가져왔다. 로즈는 코트를 입은 채 나선계단에 누워서 저 위에 있는 웨딩 케이크 같은 천장을 바라보고 있었다.

"석유난로를 켰어요." 벤이 말했다. "온기가 느껴지려면 좀 걸릴 거예요."

"앞으로 다시는 아무것도 느끼지 못할 것 같아요." 로즈가 말했다. "이제 아무것도 의미가 없어요. 모든 게 너무 지나치게 많거든요."

"계속 숨을 쉬어요." 벤이 말했다. "지금은 그게 중요해요."

로즈는 열심히 숨을 들이마시고 내쉬었다.

그녀의 감정 일부가 벤의 뼛속으로도 스며들어오기 시작했다. 집안에 제3의 인물이 있다는 으스스한 느낌이 들었다. 조엘 킬레인의 그림자가 아니라 1200만 달러의 환영이었다. 로즈와 벤 모두 두려움에 떨면서도 예의바르게 킬레인의 재산에 허락을 구하지 않고는 아무 말도 할 수 없었다. 그리고 3퍼센트 금리로 하루에 이자만 1천 달러가 나오는 1200만 달러는 그들의 경외심을 십분 활용했다. 한 마디 한 마디에 토를 달며 대화를 거칠고 무례하게 비틀었다.

"자, 우리가 여기 있네요." 벤이 로즈에게 술을 건네며 말했다.

"그리고 나도 있어." 1200만 달러가 말했다.

"졸린 두 사람……" 벤이 말했다.

"난 절대 잠들지 않아." 킬레인의 재산이 말했다.

"운명이란 우스워요." 벤이 말했다. "오늘밤 우리가 이렇게 같이 있다니."

"헤 헤 헤." 1200만 달러가 말했다. 헤와 헤 사이에는 긴 틈이 있었고, 그 틈에 녹슨 경첩처럼 삐걱대며 빈정거리는 소리가 숨어 있었다.

"이 집, 이 모든 게 나랑 무슨 상관이죠?" 로즈가 말했다. "난 그냥 평범한 보통 사람인데."

"1200만 달러를 가진 평범한 보통 사람이지." 킬레인의 재산이 말했다.

"물론이죠." 벤이 말했다. "내가 고등학교 때 만나던 여자애들이랑 다르지 않아요."

"1200만 달러가 있다는 것만 빼면." 킬레인의 재산이 말했다.

"난 내가 가진 것만으로도 행복했어요." 로즈가 말했다. "간호학교를 졸업해서 제 힘으로 앞가림을 해나가고 있었어요. 좋은 친구들이 있었고, 할부를 거의 다 갚은 49년형 녹색 쉐비*도 있었죠."

1200만 달러가 침을 튀기며 입술 사이로 혀를 진동시켜 길게 야유하는 소리를 냈다.

"그리고 난 사람들을 돕고 있었다고요." 로즈가 말했다.

"네가 1200만 달러를 받고 킬레인을 도왔던 것처럼." 1200만 달러가 말했다.

벤이 목이 마른 듯 술을 들이켰다. 로즈도 벌컥 마셨다.

"지금 당신이 어떤 기분인지가 당신이 어떤 사람인지 잘 보

* 미국 자동차 브랜드 쉐보레의 별칭.

여준다고 생각해요." 벤이 말했다.

"그리고 그녀가 정신을 차리지 않으면 누군가 그녀를 속여 모든 걸 다 빼앗아가겠지." 1200만 달러가 말했다.

벤은 눈알을 굴렸다. "어휴…… 고민이란 참 묘한 거예요." 그가 말했다. "당신에게도 고민이 있고, 나에게도 고민이 있고…… 누구에게나 고민이 있어요. 돈이 많든 돈이 적든 돈이 없든 말이죠. 결국 정말 중요한 건, 사랑과 우정과 선한 행동이라고 생각해요."

"그래도, 남의 돈을 가로채고 더 행복해지지 않는 사람이 있는지 알아보는 것도 나름 재미있을걸." 1200만 달러가 말했다.

벤과 로즈가 동시에 귀를 막았다.

"이 무덤 같은 곳에 음악을 틀어봅시다." 벤이 말했다. 그는 거실로 가서 커다란 축음기에 음반을 넣고 볼륨을 크게 키웠다. 잠시 동안 그는 자신이 킬레인의 재산을 쫓아버렸다고 생각했다. 그리고 잠시 동안 있는 그대로의 로즈를 알아볼 수 있었다. 로즈는 핑크빛에, 다정하고, 애정이 넘쳤다.

그때 1200만 달러가 음악에 맞춰 노래를 부르기 시작했다. "조심해, 푼돈, 현금, 땡전, 화폐, 쨍그랑, 잭, 달러, 쩐, 반 페니, 금화, 땡그랑."

"춤출까요?" 벤이 거칠게 말했다. "로즈…… 춤출까요?"

그들은 춤추지 않았다. 거실 구석에서 음악을 들으며 안고 서 있었다. 벤은 팔이 아팠다. 그는 로즈를 안고 있다는 것이 정말 감사했다. 그에게 필요했던 건 바로 그녀였다. 가게와 통장 잔고가 사라진 지금, 그녀의 손길만이 그가 온전히 자신이라는 기분을 느끼게 할 수 있었다.

그리고 그는 로즈에게 필요한 게 자신이라는 것도 알고 있었다. 그는 몸을 단단하고 울퉁불퉁하게 만들려고 모든 근육에 잔뜩 힘을 주었다. 그녀는 바위 같은 그의 몸에 기댔다.

고개를 숙인 채 서로 끌어안은 두 사람은 킬레인의 재산이 시끄럽게 떠드는 소리를 거의 무시할 수 있었다. 하지만 1200만 달러는 여전히 그들 주위를 뛰어다니고 노래하고 그럴싸한 말을 떠들어대면서, 파티의 중심인물이 되려고 무진 애를 쓰는 것 같았다.

벤과 로즈는 조금이라도 둘만의 대화를 나눌 수 있기를 바라면서 서로에게 속삭였다.

"시간이란 참 묘해요." 벤이 말했다. "어쩌면 과학이 새롭게 밝혀낼 놀라운 사실은 시간일지도 몰라요." 벤이 말했다.

"무슨 뜻이에요?" 로즈가 말했다.

"음, 당신도 알겠지만……" 벤이 말했다. "가끔 이 년이 십 분 같을 때가 있잖아요. 십 분이 이 년 같을 때도 있고."

"어떤 때에 그래요?" 로즈가 말했다.

"예를 들면, 지금처럼요." 벤이 말했다.

"지금이 어떤데요?" 로즈는 자기가 벤보다 훨씬 더 앞서 있다는 투로 말했다. "무슨 뜻이에요?"

"제 말은," 벤이 말했다. "우리가 몇 시간째 춤추고 있는 것 같다고요. 마치 내가 당신을 평생 알고 지낸 것 같아요."

"재미있네요." 로즈가 말했다.

"무슨 뜻이에요?" 벤이 물었다.

"나도 똑같은 기분이거든요." 로즈가 속삭였다.

벤은 시간을 거슬러올라가 고등학교 졸업 무도회 때로 되돌아갔다. 어린 시절이 끝나고 성인기의 허우적거리는 저주가 시작되던 때였다. 무도회는 비현실성이 벌이는 떠들썩한 파티였다. 그때의 느낌이 되돌아왔다. 벤은 중요한 사람이다. 벤의 여자는 지구상에서 가장 예쁜 여자다. 모든 일은 다 잘될 것이다.

"로즈," 벤이 말했다. "나, 난 마치 집에 돌아온 기분이에요. 무슨 말인지 알겠어요?"

"네." 로즈가 말했다.

그녀는 눈을 감은 채 고개를 뒤로 젖혔다.

벤은 그녀에게 키스하려고 몸을 숙였다.

"잘하도록 해." 킬레인의 재산이 말했다. "1200만 달러짜리 키스니까."

벤과 로즈는 얼어붙은 듯 그대로 멈췄다.

"1200만 달러를 입술 네 쪽으로 나누면 한 쪽당 300만 달러군." 킬레인의 재산이 말했다.

"로즈, 들어봐요…… 나는……" 벤이 말했다. 아무 생각도 떠오르지 않았다.

"그는 널 사랑한다고 말하려 하는 거야." 1200만 달러가 말했다. "너에게 하루에 1천 달러가 생기지 않는다 해도. 원금엔 손도 안 댈 거고 말이야. 호황일 때 네 원금이 하늘 높은 줄 모르고 치솟지 않는다 해도, 널 사랑할 거라고 말하려는 거야. 자기에게 푼돈이 조금 있었다 해도 널 사랑했을 거고, 일하기가 지긋지긋하지 않았다 해도 사랑했을 거라고. 너무나 간절히 돈을 원해서 입안에 그 맛이 느껴질 지경이 아니었다 해도 너를 사랑했을 거라고. 크로즈비 스트라이퍼 요트를 타고 제이컵슨 낚싯대와 스트로저 릴, 매슈 낚싯줄, 차가운 슐리츠 맥주 한 상자를 가지고 등 푸른 물고기를 낚시하러 가는 걸 평생 꿈꾸지 않았다 해도 널 사랑했을 거라고 말이야."

킬레인의 재산은 숨이 차서 잠시 말을 멈춘 것 같았다.

벤과 로즈는 서로에게서 떨어졌다. 둘의 손은 힘없이 멀어졌다.

"그는 널 사랑했을 거야." 1200만 달러가 말했다. "신께 맹세코, 큰돈을 버는 방법은 돈 있는 사람과 결혼하는 것밖에 없다고 그가 백 번이나 지껄이지 않았다 해도." 킬레인의 재산이 마지막 일격을 가하려고 다가왔다. 하지만 그럴 필요도 없었다. 사랑의 완벽한 순간은 이미 죽어서 눈이 휘둥그레진 채 뻣뻣하게 굳어 있었다.

"작별인사를 하는 게 나을 것 같네요." 로즈가 벤에게 말했다. "석유난로 켜준 것, 이것저것 다 고마워요."

"도움이 되었다니 기쁩니다." 벤이 쓸쓸한 목소리로 말했다.

1200만 달러가 결정타를 날렸다. "그는 너를 사랑해, 로즈. 아무도 너를 대단한 미녀나 개성 있는 여자라고 해주지 않았어도. 비록 너를 사랑했던 사람이라고는 병든 노인 한 명밖에 없었지만."

"안녕." 벤이 말했다. "푹 자요."

"안녕." 로즈가 말했다. "좋은 꿈 꿔요."

벤은 밤새 자신의 헝클어진 좁은 침대에 누워 로즈의 장점 목록을 만들었다. 1200만 달러보다 더 유혹적인 점을 모두 적었다. 혼란스러워진 그는 침대 옆 벽의 벽지를 잡아 뜯었다.

그러다 새벽이 되자 1200만 달러를 밀어낼 수 있었던 건 키스뿐이었음을 깨달았다. 만약 킬레인의 재산이 지껄일 수 있는 온갖 못된 말들을 무시하고 벤과 로즈가 키스할 수 있다면, 그들은 그 무엇보다 사랑이 소중하다는 걸 서로에게 증명할 수 있을 것이다. 그리고 그들은 그뒤로 영원히 행복하게 살 수 있을 것이다.

벤은 남자다움으로 로즈를 압도해 단숨에 그녀의 마음을 사로잡기로 결심했다. 어쨌거나 결국 그들은 남자와 여자니까.

아침 아홉시에 벤은 킬레인 코티지의 거대한 문 고리쇠를 들어올렸다. 그리고 마침내 놓았다. 쿵 하는 소리가 방 열아홉 개에 메아리치다 사라졌다.

벤은 조개 캐는 옷을 입고 있었다. 그는 폴 버니언*처럼 거대했다. 엉덩이까지 오는 장화, 바지 두 벌, 스웨터 네 장, 그리고 악당 같아 보이는 검은 모자 차림이었다. 조개 캐는 갈퀴를 전투용 도끼처럼 들고 있었다. 옆에는 마댓자루로 꽉 찬 양동이가 있었다.

데이지 꽃무늬가 그려진 낡은 잠옷을 입은 킬레인의 상속인이 문을 열며 말했다. "네?" 로즈는 한 걸음 뒤로 물러섰다. "아…… 당신이었군요." 그녀가 말했다. "장화 신으신 걸 보니 낯서네요."

벤은 옷차림 덕분에 묵직하고 무심한 분위기를 유지할 수 있었다. "괜찮으시다면 당신 해변에서 조개를 좀 캤으면 하는데요."

로즈는 수줍어하면서도 흥미를 보였다. "바로 저기에 조개가

---

* 미국 민화 속의 거인 영웅.

있다는 말씀이세요?"

"네, 아가씨." 벤이 말했다. "대합이 있죠."

"아, 저는 전혀 몰랐어요." 로즈가 말했다. "식당에서 파는 것 같은 거요?"

"식당에서 조개를 사줍니다." 벤이 말했다.

"와, 신께서는 케이프코드 주민들에게 자상하시군요." 로즈가 말했다. "필요한 사람은 누구나 가질 수 있도록 음식을 잔뜩 놓아두시다니 말이에요."

"네." 그는 모자에 손을 댔다. "음, 정말 고마웠습니다." 그녀의 인생에서 그가 영영 떠난다고 생각하도록, 그는 신중하게 돌아설 시간을 계산했다. 그리고 갑자기 그녀에게 다시 돌아서서 열정적으로 그녀를 꽉 잡았다.

"로즈, 로즈, 로즈." 벤이 말했다.

"벤, 벤, 벤." 로즈가 말했다.

코티지 깊숙한 곳에서 킬레인의 재산이 그들에게 고함치는 것 같았다. 그들이 키스를 하기도 전에 그것이 다시 그들 옆에 와 있었다. "이 광경은 꼭 봐야겠어…… 1200만 달러짜리 키스 말이야."

로즈는 고개를 숙였다. "안 돼요, 안 돼, 안 돼, 벤, 안 돼요." 그녀가 말했다.

"다른 건 다 잊어버려요." 벤이 말했다. "중요한 건 우리잖아요."

"낡은 모자를 잊어버리듯 1200만 달러는 잊어버려." 킬레인의 재산이 가볍게 말했다. "대부분의 남자들이 1200만 달러를 얻기 위해 하는 거짓말은 전부 잊어버려."

"뭐가 중요한지 난 영영 알 수 없을 거예요." 로즈가 말했다. "난 영영 아무것도, 누구도 믿지 못할 거예요." 그녀는 조용히 흐느끼며 벤의 면전에서 문을 닫았다.

"안녕, 로미오." 1200만 달러가 벤에게 말했다. "그렇게 우울한 표정 짓지 마. 세상에는 로즈처럼 훌륭하고, 더 예쁜 여자애들이 가득해. 그애들은 전부 사랑, 사랑, 사랑 때문에 너 같은 남자와 결혼하려고 기다리지."

벤은 슬픔에 젖어 천천히 걸어갔다.

"그리고 우리 모두 알다시피," 킬레인의 재산이 벤의 뒤통수에 대고 말했다. "이 세상을 움직이는 건 바로 사랑이지."

벤은 킬레인 코티지 앞 해변에 마댓자루를 내려놓고는 양동이와 갈퀴를 들고서 바닷물을 헤치며 들어갔다. 갈퀴를 물밑 바닥에 박아넣은 다음 모래 사이로 조개를 끌어냈다.

달그락거리는 느낌이 갈퀴 자루를 타고 올라와 장갑을 낀 벤의 손으로 또렷하게 전해졌다. 벤은 손잡이를 뒤집고 갈퀴를 물위로 들어올렸다. 통통한 조개 세 개가 갈퀴에 걸려 올라와 있었다.

벤은 사랑과 돈 생각을 멈출 수 있어서 기뻤다. 두툼한 울 스웨터의 기분좋은 감촉을 느끼고 바다의 목소리만 들으며 모래 밑의 보물 사냥에 푹 빠졌다.

한 시간 동안 정신없이 조개를 캐자 거의 14킬로그램이 모였다.

그는 물을 헤치며 해변으로 돌아와 양동이에 든 조개를 자루에 담은 뒤 쉬면서 담배를 피웠다. 남자다운 만족감에 뼈마디가 기분좋게 아파왔다.

이 년 만에 처음으로 그는 날씨가 얼마나 좋은지, 자기가 사는 지역이 얼마나 아름다운지 볼 수 있었다.

그리고 그는 머릿속으로 계산을 하기 시작했다. 28킬로그램에 6달러…… 세 시간에 28킬로그램…… 하루에 여섯 시간…… 일주일에 엿새…… 방세는 일주일에 8달러…… 밥값은 하루에 1달러 50센트…… 담배는 하루에 40센트…… 대출금 이자가 한 달에 15달러……

돈이 다시 벤에게 말하기 시작했다. 이번엔 큰돈이 아니라 푼돈이었다. 돈은 외롭게 늙은 마녀처럼 공포와 신랄함에 가득차서, 그에게 시비를 걸고 잔소리를 하고 투덜대고 징징거렸다.

벤의 영혼은 오래된 사과나무처럼 엉키고 뒤틀렸다. 이 년 동안 그를 식료품점에 가둬두었던 목소리가 다시 들리기 시작했다. 젖과 꿀이 흐르던 고등학교 시절 이후 모든 미소를 망쳐버렸던 목소리였다.

그는 고개를 돌려 킬레인 코티지를 보았다. 로즈가 귀신에 홀린 듯한 얼굴로 위층 창문에서 밖을 내다보고 있었다.

갇힌 그녀를 보자 자기 자신도 감금 상태임이 떠오르면서, 벤은 마침내 돈이 하나의 거대한 용이라는 사실을 이해했다. 머리에는 10억 달러가, 꼬리에는 1센트가 달려 있었다. 돈은 세상에 있는 남자와 여자만큼 다양한 목소리를 가지고 있었고, 항상 돈의 목소리에 귀를 기울일 정도로 어리석은 사람들은 모두 돈에 갇혀 지낸다.

벤은 조개 자루를 어깨에 둘러메고 다시 한번 킬레인 코티지의 문으로 향했다.

이번에도 로즈가 문을 열어주었다. "제발…… 제발 가주세요." 그녀가 약한 목소리로 말했다.

"로즈." 벤이 말했다. "조개를 드실 생각이 있나 해서 왔어요. 쪄서 녹인 버터나 마가린에 찍어 먹으면 아주 맛있어요."

"아뇨, 사양할게요." 로즈가 말했다.

"당신에게 뭐라도 주고 싶어서 그래요, 로즈." 벤이 말했다. "내가 가진 건 조개뿐이에요. 1200만 마리는 아니지만, 그래도 조개는 조개죠."

로즈는 깜짝 놀랐다.

“물론,” 벤이 그녀의 옆을 지나 거실로 들어가며 말했다. “우리가 사랑에 빠지고 결혼을 하게 된다면, 나도 당신처럼 부자가 되겠죠. 나한테는 엄청난 기회가 될 거예요. 킬레인 노인이 당신에게 주었던 엄청난 기회처럼 말이죠.”

로즈는 충격을 받았다. “제가 지금 웃어야 되는 건가요?” 그녀가 말했다. “그런 식으로 말하는 거, 재미있으라고 하는 거예요?”

“이건 진실이에요.” 벤이 말했다. “모든 건 당신이 어떻게 해석하느냐에 달려 있어요. 신께 맹세코 이건 진실입니다.” 그는 시가 상자에서 오래된 시가를 한 개비 꺼냈다. 그의 손가락이 닿자 겉을 싼 잎이 바스러지며 카펫 위로 떨어졌다.

“가달라고 좋게 말씀드렸는데요.” 로즈가 화가 나서 말했다. “분명히 말씀 드리지요, 여기서 당장 나가요. 이젠 정말 내가 옳았다는 걸 알겠네요. 당신에 대해 얼마나 아는 게 없었는지.” 그녀는 부르르 떨었다. “무례하고, 남을 모욕하고……”

벤은 조개를 내려놓고 남은 시가에 불을 붙였다. 그는 한쪽 발을 창틀에 올리고 엉덩이를 한쪽으로 기울이면서 남자가 취할 수 있는 가장 오만한 자세를 취했다. “로즈.” 그가 말했다. “당신의 그 어리석은 노다지가 어디 있는지 알아요?”

“전국에 걸쳐 투자되어 있어요.” 로즈가 말했다.

벤은 시가로 방구석을 가리켰다. “부루퉁해져서 저 구석에 숨어 있어요. 그놈이 원래 있어야 할 곳이죠." 그가 말했다. "왜냐하면 그놈이 하려던 말을 내가 전부 해버렸거든요."

로즈는 어리둥절해져서 구석을 들여다보았다.

"돈이란," 벤이 말했다. "예의바르게 대해선 안 돼요. 뭔가 의심스러운 말을 남겨두면 그놈이 말해버리거든요." 그는 창틀에서 발을 내렸다. "뭔가 탐욕스러운 말을 남겨두어도 돈이 말해버려요." 그는 시가를 재떨이에 껐다. "뭔가 무서운 말을 남겨두어도 돈이 그 말을 하죠."

"조금이라도 틈을 보이면 당해버리는 거예요." 벤은 장갑을 벗어 창틀에 얹었다. "내가 아는 한, 난 당신을 사랑해요, 로즈." 그가 말했다. "난 당신을 행복하게 하기 위해 최선을 다할 거예요. 만약 날 사랑한다면, 내게 키스해주고 내가 상상도 못했던 만큼 부자로 만들어줘요. 그러고 나서 같이 이 조개를 찝시다."

로즈는 계속 구석을 들여다보며 잠시 생각했다. 그러고는 벤이 하자는 대로 했다.

킬레인의 재산이 한마디를 더 하는 것 같았다. "시키실 일이 있으면 시키세요."

NUDE
BEACH

사기꾼들

덜링 스테드먼의 인생은 나쁘지 않았다. 그는 바닷가재 비스크* 색의 신형 캐딜락을 몰았다. 캐딜락 뒤쪽 범퍼에는 커다란 고리가 있었는데, 거기에 스테드먼의 은색 하우스 트레일러를 연결해 봄에는 케이프코드로, 가을에는 플로리다로 떠났다. 스테드먼은 예술가—그림을 그리는 화가였다. 하지만 겉으로는 그렇게 보이지 않았다. 그의 장사 수완 중 하나는 성실한 사업가 같은 외모를 유지하는 것이었다. 현실적이고, 급여를 지급한다는 게 어떤 건지 아는, 예술가들은 대부분 몽상가들이며 예술은 대부분 헛소리라고 생각하는, 자유주의 기업가 같은 모

* 바닷가재를 삶아서 만든 크림수프.

습이었다. 그는 예순 살이었고 조지 워싱턴과 상당히 닮은 모습이었다.

플로리다주 세미놀 하이랜즈의 예술인 마을에 있는 그의 스튜디오 간판 문구를 보면 명확히 알 수 있었다. '덜링 스테드먼, 헛소리 없는 예술.' 그는 생활고에 시달리는 추상화가들이 모인 곳 한가운데에 스튜디오를 열었다. 그게 그의 수완이었다. 관광객들 대다수가 추상화가들의 그림을 보면 혼란스러움을 느끼고 화를 냈기 때문이다. 그러고 나서 언짢아진 관광객들이 그 영문 모를 것들 사이에서 스테드먼과 그의 작품들을 보게 되는 것이었다. 스테드먼의 그림들은 엽서처럼 예뻤다. 그리고 스테드먼 자체가 그들의 고향 친구 같은 모습이었다.

"나는 오아시스야." 스테드먼은 이 말을 즐겨 했다.

그는 매일 밤 자기 스튜디오 앞에 이젤을 놓고 그림 그리는 시범을 보였다. 사람들이 지켜보는 가운데 딱 한 시간 안에 그림 하나를 완성했다. 그림을 완성하면 다 그렸다는 뜻으로 금빛 액자에 끼워 마무리했다. 그러면 사람들은 이제 이야기를 나누고 박수를 쳐도 되는구나, 하고 이해했다. 그때는 갑자기 시끄러운 소리가 나도 걸작을 망칠 일은 없었다. 걸작은 이미 완성되었으니까.

그 걸작의 가격은 액자에 붙은 쪽지에 쓰여 있었다. '65달러, 액자 포함. 예약 구입은 저희에게 문의하십시오.' 쪽지의 '저희'는 스테드먼과 아내 코닐리아를 의미했다. 코닐리아는 예술에 대해 잘 몰랐지만 자기 남편이 제2의 레오나르도 다빈치라고 생각했다.

그렇게 생각한 사람이 코닐리아만은 아니었다.

어느 날 밤 그림 시범을 본 구경꾼들 중 한 여성은 큰 충격을 받고 이렇게 말했다. "맹세하는데, 자작나무를 그리실 때는…… 무슨 자작나무 껍질 물감을 쓰시는 것 같았어요. 그냥 짜서 슥 바르기만 하면 자작나무 껍질이 되는 물감이요. 저 구름도…… 아무 생각 없이 슥 바르면 구름이 되는 구름 물감을 쓰는 것 같았어요."

스테드먼은 그녀에게 자기 팔레트를 내밀며 칠해보라고 장난스럽게 권했다. "마음껏 그려보세요, 부인." 그는 차분하게 미소를 짓고 있었지만 그건 쇼를 진행할 때만 보이는 공허한 미소였다. 상황이 좋지 않았다. 그는 눈물을 흘리는 아내를 내버려둔 채 예정대로 시범을 보이러 나온 참이었다.

그는 코닐리아가 아직도 스튜디오 뒤의 트레일러에서 훌쩍이고 있을 거라고 생각했다. 여전히 석간신문을 보며 훌쩍이고 있을 것이다. 신문에서 어느 예술 평론가가 스테드먼을 무지갯빛 사기꾼이라고 했기 때문이다.

"저런, 맙소사, 아니에요!" 스테드먼이 팔레트와 붓을 내밀자 여성이 말했다. "전 아무것도 못 그려요." 그녀가 양손을 뒤로 숨긴 채 물러섰다.

그때 코닐리아가 나타났다. 그녀는 하얗게 질린 채 떨면서 스튜디오에서 나와 자기 남편 뒤에 섰다. "여기 있는 모든 사람들에게 하고 싶은 말이 있어." 그녀가 말했다.

여기 있는 사람들 모두 한 번도 그녀를 본 적이 없었다. 하지만 보자마자 그녀에 대해 아주 많은 것을 알 수 있었다. 그녀는 겁을 먹었고 겸손했고 수줍어했다. 그녀는 많은 사람들 앞에서 이야기해본 적이 한 번도 없었다. 분명 1급 재난만이 그녀의 입을 열 수 있을 것이었다. 코닐리아 스테드먼은 갑자기 보편적인 존재—다정하고 조용하고 애정이 넘치고 당황하고 나이 지긋한 주부를 대표하는 사람—가 되었다.

스테드먼은 할말을 잃었다. 이런 일은 전혀 예상하지 못했다.

"오늘부터 열흘 뒤," 코닐리아가 떨리는 목소리로 말했다. "제 남편은 예순 살이 돼요. 그리고 저는 도대체 언제쯤 이 세상이 정신을 차리고 제 남편이 역사상 가장 위대한 화가 중 한 명이라는 걸 인정할까 하는 생각을 했어요." 그녀는 입술을 깨물고 눈물을 참았다.

"어느 잘나고 고귀한 예술 평론가가 오늘밤 신문에서 제 남편이 사기꾼 같다고 했어요." 여기서 눈물이 터졌다. "예술에 평생을 바친 사람에게 이렇게 멋진 생일 선물을 주다니요."

그녀는 그 생각에 마음이 너무 아파 말을 잇지 못하다가 간신히 다시 입을 열었다. "제 남편은 소위 세미놀 하이랜즈 예술 협회라는 곳에서 매년 여는 전시회에 아름다운 그림 열 점을 냈는데 전부 거절을 당했어요." 그녀는 길 건너편 스튜디오 창으로 보이는 그림을 가리켰다. 그녀의 입술이 움직였다. 그 거대하고 충격적인 추상화에 대해 무언가 말하려 했지만, 그녀의 입에서 알아들을 수 있는 소리는 나오지 않았다.

코닐리아의 연설은 끝났다. 스테드먼은 그녀를 부드럽게 스튜디오로 데리고 들어가 문을 닫았다.

스테드먼은 아내에게 입을 맞추고 술을 한 잔 만들어주었다. 그는 묘한 입장에 처했다. 자기가 사기꾼이라는 걸 아주 잘 알고 있었기 때문이다. 그는 자기 그림이 형편없다는 걸 알았고, 좋은 그림이 무엇인지, 좋은 화가가 어떤 것인지 알았다. 하지만 어째서인지 결코 그 사실을 아내에게는 알려주지 않았다. 코닐리아가 그의 재능을 높이 평가한다는 건 그녀의 취향이 형편없다는 걸 보여주는 것이었지만, 스테드먼이 가진 가장 귀중한 것이기도 했다.

코닐리아는 잔을 비우고 자신의 연설도 마무리했다. "당신의 아름다운 그림들이 전부 거절당했어." 그녀는 더이상 떨리지 않는 무서운 손으로 길 건너편의 그림을 가리켰다. "그리고 길 건너의 저 쓰레기가 1등을 했어."

"음, 여보," 스테드먼이 말했다. "우리가 늘 말했듯이, 좋은 일이 있으면 나쁜 일도 있는 거고, 좋은 일들은 정말 좋았잖아." 길 건너의 그림은 대단히 창의적이고 강력하고 진실했다. 그리고 스테드먼도 그걸 알았다. 뼛속 깊이 느꼈다.

"그림 그리는 스타일은 정말 다양해, 여보." 그가 말했다. "어떤 사람들은 이런 걸 좋아하고 어떤 사람들은 다른 걸 좋아하고, 세상사가 다 그런 거야."

코닐리아는 계속 길 건너편을 응시했다. "나라면 저 끔찍한 물건은 집에 두지도 않을 거야." 그녀가 어두운 목소리로 말했다. "당신을 둘러싼 거대한 음모가 있어. 그리고 이제 누군가 경고를 할 때가 된 거야."

코닐리아는 계속 길 건너를 응시하며 천천히 일어섰다. 위험해 보였다. "저 여자가 창문에 대체 뭘 붙이는 거지?"

길 건너편에서는 실비아 라사로가 자기 남편의 스튜디오 앞 창에 신문기사를 붙이고 있었다. 스테드먼을 사기꾼이라고 한 바로 그 기사였다.

실비아는 다들 보라는 의미로 기사를 붙이고 있었다. 사기꾼 이야기 때문이 아니라 자기 남편 존 라사로에 대한 이야기 때문이었다. 기사에서는 라사로가 플로리다에서 가장 흥미로운 추상화가라고 했다. 라사로는 놀라울 정도로 간단한 재료를 가지고 복잡한 감정을 표현할 수 있으며, 가장 희귀한 안료로—

영혼으로—그림을 그린다고 했다.

라사로는 시카고 빈민가에서 발굴된 신동으로, 직업으로서 예술을 시작했다고도 했다. 또한 이제 겨우 서른세 살이고, 미술 학교를 다닌 적 없이 독학으로 그림을 그렸다는 내용도 나와 있었다.

기사를 붙인 창문에는 온갖 찬사를 받으며 1등 상금으로 200달러를 탄 그림도 있었다.

그 그림에서 라사로는 폭풍우 직전의 함축적인 고요함, 거대한 고통과 식은땀을 캔버스에 잡아두려 했다. 구름은 진짜 구름 같아 보이지 않았다. 커다란 회색 바위 같았다. 화강암처럼 단단해 보이기도 했고 동시에 푹신하고 흠뻑 젖은 것 같기도 했다. 땅도 진짜 땅 같아 보이지 않았다. 뜨겁고 변색된 구리 같았다.

폭풍을 피할 곳은 보이지 않았다. 저 우울한 순간에 저 우울한 장소에 있는 사람은 뜨거운 구리와 크고 축축한 바위 사이에서 웅크리고 있을 수밖에 없을 것이다. 자연이 앞으로 무엇을 쏟아내든 다 맞을 수밖에 없을 것이다.

미술관이나 열성적인 수집가만이 걸어둘 법한 불편한 그림이었다. 라사로의 그림은 잘 팔리지 않았다.

라사로 자체가 불편한 사람이었다. 그는 상스럽고 화가 나 보였다. 그는 위험해 보이는 걸 즐겼다. 깡패가 될 뻔했었고, 깡

패처럼 보이는 걸 좋아했다. 하지만 그는 위험한 사람이 아니었다. 그는 두려웠다. 자기가 최고의 사기꾼일까봐 두려웠다.

그는 옷을 다 입은 채로 어둠 속 침대에 누웠다. 스튜디오에 들어오는 유일한 빛은 길 건너편의 스테드먼이 전기를 낭비하며 밝게 켜둔 조명에서 흘러나오는 빛이었다. 그는 1등 상금 200달러로 사고 싶었던 선물들을 시무룩하게 떠올렸다. 아내에게 선물을 주고 싶었지만, 빚쟁이들이 상금을 가져가버렸다.

창문 앞에 있던 실비아가 들어와 침대 끝에 앉았다. 라사로가 그녀에게 구애하던 시절, 그녀는 당돌하고 단순한 종업원이었다. 그런데 복잡하고 똑똑한 남편과 삼 년을 살고 나자 그녀의 눈 밑에 다크서클이 생겼다. 돈을 받으러 오는 사람들이 그녀의 당돌함을 꿋꿋하고 명랑한 절망으로 바꾸어놓았다. 하지만 실비아는 포기할 생각이 없었다. 그녀는 자기 남편이 제2의 라파엘이라고 생각했다.

"신문에 자기 얘기 나온 걸 왜 안 읽으려고 해?" 그녀가 물었다.

"난 예술 평론가들 이야기는 봐도 무슨 말인지 모르겠어." 라사로가 말했다.

"평론가들한테는 자기가 큰 의미가 있던데." 실비아가 말했다.

"만세." 라사로의 목소리는 공허했다. 평론가들이 찬사를 보낼수록, 그는 바위가 떠 있는 하늘 아래 뜨거운 구리 밑에서 남

몰래 몸을 웅크렸다. 그의 손과 눈은 워낙 미숙해서 정말 단순한 것도 비슷하게 그려낼 수 없었다. 그의 그림은 잔혹했는데, 잔혹하게 표현하고 싶어서가 아니라 그렇게밖에 그릴 수 없어서였다. 라사로는 겉으로 스테드먼에게 오직 경멸만을 품었다. 그러나 마음 깊은 곳에서는 스테드먼의 손과 눈에 경외심을 품고 있었다. 스테드먼의 손과 눈은 주인이 시키는 일이라면 무엇이든 할 수 있었다.

"스테드먼 공께서 열흘 후에 생신이시라네." 실비아가 말했다. 그녀는 스테드먼 부부에게 '스테드먼 공과 스테드먼 사모님'이라는 별명을 붙였다. 스테드먼 부부는 아주 돈이 많고, 라사로 부부는 정말 가난했기 때문이다. "스테드먼 사모님께서 방금 트레일러에서 나와 대단한 연설을 하셨어."

"연설?" 라사로가 말했다. "스테드먼 사모님에게도 목소리가 있는 줄은 몰랐는데."

"오늘밤엔 있더라고." 실비아가 말했다. "신문에서 자기 남편을 사기꾼이라고 해서 완전히 정신이 나갔던데."

라사로는 부드럽게 그녀의 손을 잡았다. "만약 누가 나한테 그런 말을 하면 날 지켜줄 거야, 여보?"

"당신한테 그런 말을 하면 누구든 죽여버릴 거야." 실비아가 말했다.

"담배 없지?" 라사로가 물었다.

"다 떨어졌어." 실비아가 말했다. 정오에 담배가 똑 떨어졌다.

"혹시 어디 숨어 있는 한 갑을 찾지 않았을까 싶어서."

실비아가 일어섰다. "옆집에서 좀 빌려올게."

라사로가 그녀의 손을 붙들었다. "아냐, 아냐…… 아니야." 그가 말했다. "옆집에서 더이상 아무것도 빌리지 마."

"당신이 담배가 그렇게 간절하면……" 실비아가 말했다.

"아니야, 잊어버려." 라사로의 목소리는 조금 거칠었다. "끊을 거야. 처음 며칠이 제일 힘들어. 돈을 엄청 절약하고, 기분도 훨씬 나아질 거야."

실비아는 그의 손을 꼭 쥐었다가 놓았다. 그러고는 가벼운 널빤지로 만든 벽으로 가서 주먹으로 쿵쿵 쳤다. "정말 불공평해." 그녀가 비통하게 말했다. "난 저 사람들이 싫어."

"누구 말이야?" 라사로가 일어나 앉았다.

"스테드먼 공이랑 사모님!" 실비아가 이를 악물고 말했다. "저기서 돈 자랑이나 하고 있잖아. 25센트짜리 커다란 시가를 입에 문 스테드먼 공은 멍청한 그림을 잔뜩 팔아치우는데…… 이 세상에 새롭고 놀랍고 독창적인 걸 주려고 여기서 노력하는 당신은 담배를 피우고 싶어도 한 개비 피우지도 못하고!"

단호한 노크 소리가 들렸다. 스테드먼의 시범을 보던 구경꾼들이 길을 건너오기라도 한 것처럼, 구경꾼들의 소리도 들려왔다.

그때 스테드먼의 하소연하는 듯한 목소리가 문밖에서 들렸다. "저기, 여보……"

실비아가 가서 문을 열었다.

밖에는 굉장히 자부심 넘치는 스테드먼 사모님과 굉장히 쩔쩔매는 스테드먼 공과 굉장히 흥미로워하는 구경꾼들이 서 있었다.

"당신 창문에 붙은 저 빌어먹을 것을 당장 떼요." 코닐리아 스테드먼이 실비아 라사로에게 말했다.

"제 창문에서 뭘 떼라고요?" 실비아가 말했다.

"창문에 붙은 신문기사 떼라고요." 코닐리아가 말했다.

"그 기사가 왜요?" 실비아가 말했다.

"당신도 알잖아요." 코닐리아가 말했다.

라사로에게 여자들의 목소리가 커지는 게 들렸다. 처음에는 악의 없는 사무적인 목소리 같았다. 하지만 한 마디씩 주고받을 때마다 목소리가 조금씩 더 높아졌다.

라사로가 스튜디오 문까지 가자, 바로 그때 두 훌륭한 여성—서로를 지나치게 자극한 두 훌륭한 여성—사이에 싸움이 터졌고, 그는 그 광경을 목격했다. 코닐리아와 실비아 위에 떠 있는 듯한 구름은 축축하지도 거대하지도 않았다. 어둠 속에서도 빛을 내는, 독을 품은 듯한 녹색이었다.

"기사에서 당신 남편이 사기꾼이라고 한 부분을 말하는 거예요, 아니면 제 남편이 위대하다고 한 부분을 말하는 거예요?" 실비아가 까칠하게 물었다.

폭풍이 불어닥치기 시작했다.

두 여자의 몸이 직접 닿지는 않았다. 그들은 멀찍이 서서 끔찍한 진실들로 서로를 난타했다. 그들이 아무리 소리를 질러도 절대 서로를 해치지는 못했다. 마침내 전쟁의 광기 어린 기쁨이 찾아오자, 두 사람은 더욱 격렬해졌다.

무너져가는 건 남편들이었다. 코닐리아가 조롱할 때마다 라사로는 큰 상처를 받았다. 코닐리아는 라사로가 서툰 사기꾼이라는 걸 알았다.

라사로는 스테드먼을 힐끗 보았다. 실비아가 그럴듯하게 놀릴 때마다 스테드먼이 숨을 훅 들이마시며 움찔하는 게 보였다.

싸움이 하강기에 접어들자 여자들의 말은 더 명확하고 신중해졌다.

"제 남편이 자작나무 껍질 카누를 타거나 협곡의 오두막에 있는 인디언 그림처럼 멍청하고 고리타분한 걸 정말 못 그릴 거라고 생각하세요?" 실비아 라사로가 말했다. "생각하지 않고도 그릴 수 있어요! 제 남편이 이런 그림을 그리는 건 케케묵은 달력이나 베끼기에는 너무 정직한 사람이기 때문이에요."

"제 남편이 커다랗고 괴상한 걸 아무렇게나 그려놓고 그럴싸한 이름을 떠올려서 붙이는 걸 못 할 거라고 생각해요?" 코닐리아 스테드먼이 말했다. "물감을 되는대로 마구 처발라놓고, 당신들의 고귀하신 평론가 친구가 와서 그 꼴을 보고는 '그래, 이런 게 영혼이지'라고 말하게 할 수 없을까봐서요? 정말 그렇게 생각해요?"

"당연히 그렇게 생각하죠." 실비아가 말했다.

"시합 한번 해볼까요?" 코닐리아가 말했다.

"뭐든 말만 하세요." 실비아가 말했다.

"좋아요." 코닐리아가 말했다. "오늘밤 당신 남편은 실제와 꼭 닮은 걸 그리고, 우리 남편은 당신이 영혼이라고 하는 걸 그리기로 해봐요." 코닐리아는 회색 머리를 까닥했다. "그리고 내일 누가 패배를 인정하는지 보자고요."

"해봐요." 실비아가 즐겁게 말했다. "해보자고요."

"그냥 물감을 처발라." 코닐리아 스테드먼이 말했다. 그녀는 기분이 끝내줬고, 스무 살은 젊어 보였다. 그녀는 남편의 어깨 너머를 보고 있었다.

스테드먼은 텅 빈 캔버스 앞에 암울하게 앉아 있었다.

코닐리아가 물감 튜브 하나를 들고 꾹 짜서 캔버스에 주황색 벌레 하나를 만들었다. "좋았어." 그녀가 말했다. "이제 여기서부터 시작해봐." 스테드먼은 무기력하게 붓을 들고 아무것도 하지 않았다. 그는 자신이 실패할 거라는 걸 알았다.

그는 자신이 예술적으로 실패한 것을 알면서도 여러 해 동안 즐겁게 살아왔다. 수중의 현금으로 실패를 덮으며 잘 지내왔다. 하지만 이제 자신의 실패가 아주 노골적이고 극적으로 드러날 것이고, 그게 얼마나 끔찍한 일인지 받아들일 수밖에 없다는 확신이 들었다.

그는 믿어 의심치 않았다. 길 건너에서 라사로가 멋진 그림을, 코닐리아와 그림 시범을 구경하는 사람들마저 놀라 입을 다물지 못할 정도로 생기 넘치는 그림을 그리고 있으리라고. 그리고 스테드먼은 다시는 붓에 손도 대지 못할 만큼 치욕을 당하리라.

그는 캔버스만 빼고 다른 모든 곳에 시선을 던졌다. 스튜디오 벽의 그림들과 안내문들을 전에 한 번도 본 적 없는 것처럼 둘러보았다. 안내문들의 내용은 이랬다. '보증금 10퍼센트를 내시면 스테드먼의 어떤 그림이든 예약할 수 있습니다.' '스테드먼은 추가 요금 없이 고객님의 커튼, 카펫, 소파 커버 색으로 석양을 그려드립니다.' '스테드먼은 어떤 사진이든 유화로 똑같이 재현해드립니다.' 스테드먼은 저렇게 바쁘게 사는 스테드먼이란 사람은 누구일까 하고 생각했다.

스테드먼은 이제 스테드먼의 작품을 관찰하기 시작했다. 모든 그림에 반복되는 한 가지 주제가 있었다. 가공하지 않은 돌로 만든 굴뚝에서 연기가 피어오르는 정교하고 작은 집이었다.

그 어떤 늑대가 바람을 불어도 무너지지 않을 튼튼한 집이었다. 스테드먼이 그 집을 어디에 그려두어도 집은 "들어오세요, 지친 낯선 이여. 누구시든 간에…… 들어와서 지친 몸을 쉬세요" 하고 말하는 것 같았다.

스테드먼은 자기가 그 집에 들어가, 문을 닫고 차양을 내리고 불 앞에 웅크리고 싶었다. 그리고 자신이 지난 삼십오 년간 거기서 지내왔다는 사실을 어렴풋이 이해했다.

이제 그는 집밖으로 끌려나가고 있었다.

"여보……" 코닐리아가 말했다.

"응?" 스테드먼이 말했다.

"기쁘지 않아?" 그녀가 말했다.

"기쁘냐고?" 스테드먼이 말했다.

"누가 진짜 예술가인지 터놓고 이야기하게 돼서." 코닐리아가 말했다.

"더이상 기쁠 수가 없지." 스테드먼이 말했다. 그리고 간신히 미소를 지어 보였다.

"그럼 왜 그림을 안 그리고 있어?" 코닐리아가 말했다.

"왜 안 그리느냐고?" 스테드먼이 말했다. 그는 붓을 들고 주황색 벌레를 살짝 건드렸다. 몇 초 만에 주황색 자작나무 숲을 만들었다. 아무 생각 없이 열 번 정도 더 건드리자, 숲 옆에 작은 주황색 집이 솟아났다.

"인디언…… 인디언을 그려." 실비아 라사로가 그렇게 말하고는 웃음을 터뜨렸다. 스테드먼이 언제나 인디언을 그리기 때문이었다. 실비아는 라사로의 이젤에 새 캔버스를 놓고 손끝으로 밑그림을 그렸다. "밝은 빨강색 인디언으로 하고," 그녀가 말했다. "큰 독수리 부리를 손에 들려줘. 배경에는 산 위로 해가 지는 걸 그리고, 산기슭에는 작은 집을 넣고."

라사로의 눈이 게슴츠레해졌다. "그걸 그림 하나에 다 넣으라고?" 그의 목소리는 침울했다.

"당연하지." 그녀는 다시 기운찬 신부가 되어 있었다. "이것저것 다 집어넣어서, 사람들이 당신보다 자기 아이가 그림을 더 잘 그린다는 말 따위 다시는 못하게 해버려."

라사로는 몸을 굽히고 눈을 문질렀다. 그가 아이처럼 그림을 그린다는 건 엄연한 사실이었다. 상상력이 넘치는 놀라운 아이처럼 그리긴 했지만, 어쨌든 아이처럼 그리는 건 마찬가지였다. 사실, 그가 지금 그리는 것 중 일부는 그가 어렸을 때 그리던 것과 거의 분간할 수 없을 정도였다.

라사로는 자신의 가장 위대한 작품은 첫번째 작품이 아니었을까 하는 생각을 했다. 그가 그린 그림 중 일말의 중요성이라도 있는 건, 훔친 색분필로 시카고의 고가철도 그늘 아래에서 인도에 그린 첫번째 그림이었다. 그때가 열두 살이었다.

그가 첫 대작을 그린 동기는 빈민가의 교활함이었다. 사고를 치고 싶은 마음, 혹은 짓궂은 장난을 하고 싶은 마음 때문이었다. 밝은색 분필로 그리기 시작한 그림은 점점 커져갔다. 그리고 점점 과격해졌다. 검은 번개가 섞인 녹색 비가 무질서한 피라미드들 위로 쏟아졌다. 여기는 낮인데 저기는 밤이었다. 희미한 회색 달은 낮을, 새빨간 태양은 밤을 나타냈다.

그림이 더 크고 과격해질수록 그걸 좋아하는 구경꾼들은 점점 늘어났다. 잔돈이 인도 위로 비처럼 쏟아졌다. 모르는 사람들이 분필을 더 가져다주었다. 경찰이 찾아왔다. 기자들이 찾아왔다. 사진가들이 찾아왔다. 시장도 직접 찾아왔다.

젊은 라사로가 마침내 손과 무릎을 딛고 땅에서 일어났을 때, 최소한 어느 여름날 하루 동안만큼은 그가 중서부 지방에서 제일 유명하고 사랑받는 예술가였다. 그리고 이제 더는 아이가 아니었다. 그는 아이처럼 그림을 그려서 생계를 꾸리는 성인이었는데, 그의 아내는 그에게 진짜 인디언 같아 보이는 인디언을 그리라고 하고 있었다.

"당신한테는 정말 쉬운 일일 거야." 실비아가 말했다. "영혼을 넣거나 할 필요가 없으니까." 그녀는 얼굴을 찡그리고 눈썹 위에 손을 올려 그늘을 만들면서, 스테드먼이 그린 인디언처럼 지평선을 둘러보는 척했다. "그냥 인디언들을 잔뜩 그려." 그녀가 말했다.

새벽 한시쯤에 덜링 스테드먼은 거의 제정신이 아니었다. 앞에 놓인 캔버스에 바른 물감만 몇 킬로그램은 되었다. 긁어낸 것도 몇 킬로그램이었다. 아무리 추상적으로 시작을 해봐도, 평생 그려온 진부한 주제가 튀어나왔다. 육면체가 있으면 참지 못하고 오두막으로 바꾸었고, 원뿔은 정상에 눈 덮인 산으로, 구는 가을의 보름달로 바꿔버렸다. 그리고 '커스터 장군의 옥쇄'*를 파노라마로 그려도 충분할 정도로 여기저기서 인디언들이 튀어나왔다.

"재능이 자꾸 솟구치는 걸 막을 수가 없는 거지, 그렇지?" 아내 코닐리아가 말했다.

폭발한 스테드먼은 그녀에게 가서 자라고 해버렸다.

"당신이 보고 있지 않으면 굉장히 도움이 될 텐데." 존 라사로가 아내에게 짜증을 냈다.

"당신이 너무 열심히 하면 안 되니까 도와주려는 거야." 실비아는 하품을 했다. "혼자만 내버려두면 당신이 그림에 영혼을 집어넣고 복잡하게 만들까봐 그래. 그냥 인디언이나 그려."

"난 인디언을 그리고 있어." 라사로의 신경이 날카롭게 울려

---

* 19세기 수족 인디언과의 전투에서 미 육군이 몰살당한 일.

댔다.

"저기…… 뭐 하나만 물어봐도 돼?" 실비아가 말했다.

라사로는 눈을 감았다. "물론이지." 그가 말했다.

"인디언이 어디 있어?" 그녀가 말했다.

라사로는 이를 악물고 캔버스 한가운데를 가리켰다. "그 빌어먹을 인디언이 저거야."

"녹색 인디언이라고?" 실비아가 말했다.

"저건 밑그림이야." 라사로가 말했다.

실비아는 아기에게 하듯 양팔로 그를 안았다. "자기야, 밑그림은 그리지 마. 그냥 바로 인디언부터 그려." 그녀가 물감 튜브 하나를 집었다. "여기…… 인디언을 그리기 좋은 색깔이야. 인디언을 그리고 이걸로 칠해. 미키마우스 색칠공부 책이랑 똑같지 뭐."

라사로는 방 저편으로 붓을 집어던졌다. "난 누가 어깨 너머로 보고 있으면 미키마우스도 못 그린다고!" 그는 소리를 질렀다.

실비아가 물러섰다. "미안. 얼마나 쉬운 일인지 말해주려던 것뿐이야." 그녀가 말했다.

"가서 자! 인디언은 그려줄 테니까! 가서 잠이나 자."

스테드먼은 라사로의 고함소리를 듣고 기쁨의 고함으로 착각했다. 스테드먼은 그게 둘 중 한 가지 의미일 거라고 생각했다. 라사로가 그림을 마쳤거나, 이제 가닥이 잡혀서 금방 끝날 예정이거나.

그는 라사로의 그림을 상상해보았다. 라사로의 그림이 어른어른 빛을 발하는 틴토레토*의 그림 같았다가, 어슴푸레한 카라바조**의 그림 같았다가, 현기증 나는 루벤스***의 그림 같아 보였다가 했다.

자신이 죽든 살든 상관이 없어진 스테드먼은 팔레트 나이프로 인디언들을 끈질기게 죽이기 시작했다. 이제 그의 자기 비하는 최고조에 달했다.

자신의 자기 비하가 얼마나 깊은지 깨닫고 그는 아예 작업을 그만두었다. 수치심도 없이 길을 건너가 영혼이 담긴 라사로의 그림을 사겠다고 결심할 정도로 자기 비하가 심해졌다. 그 그림에 자기 이름을 서명하고 라사로가 비밀을 지켜준다면, 라사로의 그림 한 점에 막대한 돈을 낼 생각이었다.

이렇게 결정을 내린 뒤 스테드먼은 다시 그림을 그리기 시작했다. 그는 천박하고 영혼 없는 자신의 친숙한 옛 모습이 되어 마음껏 즐겼다.

---

* 이탈리아 화가(1518~94).

** 이탈리아 화가(1571~1610).

*** 플랑드르 화가(1577~1640).

그는 칼로 베듯 붓을 여남은 번 움직여 산맥을 만들어냈다. 산 위로 붓을 끌 듯이 움직이자 그 뒤에 구름이 남았다. 산기슭에 대고 붓을 흔들자 인디언들이 굴러나왔다.

인디언들은 즉시 협곡 아래의 불쌍한 녀석을 공격할 준비를 마쳤다. 스테드먼은 그 불쌍한 녀석이 누구인지 알고 있었다. 인디언들이 그의 소중한 오두막을 공격할 것이다. 스테드먼은 살짝 열려 있는 오두막의 앞문을 그렸다. 그리고 그 안에 자기 자신을 그렸다. "이게 스테드먼의 정수지!" 그는 코웃음을 치고서 씁쓸하게 키득거렸다. "그 늙은 바보가 저기 있군."

스테드먼은 트레일러로 돌아가 코닐리아가 깊이 잠든 것을 확인했다. 그러고는 지갑에 든 지폐를 세어보고 스튜디오를 살금살금 지나가 길을 건넜다.

라사로는 녹초가 되어 있었다. 지난 다섯 시간 동안은 그림을 그린 것 같지 않았다. 모래 늪에서 인디언 목각상을 구출하려고 버둥거린 기분이었다. 모래 늪은 라사로의 캔버스 위에 발린 물감이었다.

라사로는 인디언을 표면으로 끄집어올리기를 포기하고, 인디언이 저세상에서 행복하게 살도록 결국 보내주었다.

그는 물감으로 인디언을 덮어버렸고, 라사로의 자긍심도 사라졌다. 삶이 라사로에게 어디 할 테면 해보라고 을렀다. 그는 언젠가 이런 날이 올 거란 사실을 늘 알고 있었다.

그는 사기꾼 같은 미소를 지었다. 아주 재미있는 속임수로 여러 해를 잘 버텨왔다는 기분을 느끼고 싶었다. 하지만 그런 기분이 들지 않았다. 그는 그림을 엄청나게 좋아했고, 앞으로도 계속 그림을 그릴 수 있기를 몹시 원했다. 만약 그가 사기꾼이라면, 그는 그 사기의 가장 불쌍한 피해자이기도 했다.

서투른 양손을 무릎 위에 툭 떨어뜨리며, 그는 스테드먼의 능란한 손이 지금 무얼 하고 있을까 생각했다. 만약 스테드먼이 자신의 마술적인 손에게 피카소처럼 세속적으로 그리라고 하면, 그의 손은 세속적으로 그릴 것이다. 그가 자기 손에게 몬드리안처럼 빳빳한 직선만 그리라고 하면 그의 손은 직선만 그릴 것이다. 그가 자기 손에게 클레처럼 짓궂게, 어린아이처럼 그리라고 하면 그의 손은 짓궂고 어린아이 같은 그림을 그릴 것이다. 라사로처럼 분노가 담긴 어설픈 그림을 그리라고 하면, 스테드먼의 마술적인 손은 그렇게도 할 수 있을 것이다.

계속 아래로 가라앉다보니, 라사로는 스테드먼의 그림을 하나 훔쳐서 자기 이름으로 서명을 하고, 그 불쌍한 노인에게 입이라도 뻥긋하면 폭력을 쓰겠다고 협박해야겠다는 생각까지 들었다.

라사로는 더이상 내려갈 곳이 없었다. 그는 자신의 기분을 그림으로 그리기 시작했다. 라사로가 얼마나 부정직하고 엉터

리이며 더러운가에 대한 그림이었다. 그림은 주로 검은색이었다. 그것이 라사로의 마지막 그림이 될 것이었고, 제목은 '형편없어'였다.

스튜디오 앞문에서 소리가 났다. 밖에 병든 짐승이라도 왔나 싶었다. 라사로는 가열차게 계속 그림을 그렸다.

다시 소리가 났다.

라사로는 가서 문을 열었다.

밖에 스테드먼 공이 서 있었다. "만약 내가 곧 목이 매달릴 사람 같아 보인다면, 내 기분이 바로 그렇기 때문이오."

"들어오세요." 라사로가 말했다. "들어오세요."

덜링 스테드먼은 오전 열한시까지 잤다. 더 자려고 했지만 그럴 수 없었다. 그는 일어나고 싶지 않았다.

왜 일어나고 싶지 않은지 분석해본 스테드먼은 자신이 오늘을 두려워하지 않는다는 걸 깨달았다. 어쨌든 어젯밤의 문제를 깔끔히 해결했기 때문이다. 그와 라사로는 서로 그림을 바꾸었다. 그는 더이상 망신당할 것이 두렵지 않았다. 그는 영혼이 담긴 그림에 자기 이름을 서명했다. 바깥의 묘한 고요함 속에서 영광이 그를 기다리고 있을 것이다.

스테드먼이 일어나고 싶지 않았던 건 광기 어린 밤 동안 뭔가 엄청나게 귀중한 것을 잃어버린 듯한 느낌 때문이었다.

면도를 하면서 거울에 비친 자기 모습을 들여다보니 그가 잃어버린 귀중한 것은 정직성이 아니었다. 지금도 그는 예전과 똑같이 상냥하고 늙은 사기꾼이었다. 그가 잃어버린 것은 돈도 아니었다. 그와 라사로는 맞교환을 했다.

트레일러에서 밖으로 나오면서 보니 스튜디오에는 아무도 없었다. 관광객들이 다니기엔 아직 이른 시간이었다. 관광객들은 정오는 되어야 나타난다. 코닐리아도 없는 것 같았다.

뭔가 중요한 것을 잃어버렸다는 느낌이 아주 강하게 들어서, 그는 뭘 찾는지도 모르는 채 충동적으로 스튜디오 안의 서랍과 캐비닛을 뒤졌다. 아내가 도와주었으면 싶었다.

"여보……?" 그가 불렀다.

"그가 저기 있네요!" 밖에서 코닐리아가 외쳤다. 그녀는 안으로 들어와 명랑하게 그를 떠밀어 시범을 보이는 이젤로 데리고 갔다. 이젤 위에는 라사로의 검은 그림이 놓여 있었다. 스테드먼의 서명이 되어 있었다.

햇빛 속에서 보니 완전히 새로운 특징이 드러났다. 검은색은 반짝거리면서 살아 있었다. 검은색 이외의 다른 색들이 더이상 검은색의 탁한 변주로만 보이지 않았다. 그 색깔들이 스테인드글라스 창처럼 부드럽고 성스러우며 시간을 초월한 반투명한 느낌을 주었다. 게다가 그건 전형적인 라사로의 그림도 아니었다. 라사로의 그림보다 훨씬 훌륭했다. 두려움의 그림이 아니라 아름다움, 자신감, 생동감이 넘치는 확신의 그림이었다.

코닐리아에게서 빛이 났다. "자기가 이겼어, 여보…… 자기가 이겼어." 그녀가 말했다.

그림 앞에 반원을 이루며 둘러서 있는 몇 명의 진지한 관중들은 스테드먼에게 익숙한 사람들과는 아주 달랐다. 순수미술을 하는 화가들이 스테드먼의 그림을 보러 조용히 찾아온 것이었다. 그들은 당혹스러워했고 슬퍼했으며 공손했다. 얄팍하고 어리석은 스테드먼이 스스로 그들 중 최고의 장인이라는 걸 입증했기 때문이다. 그들은 달콤씁쓸한 미소를 지으며 새로운 거장에게 경의를 표했다.

"그리고 저기 있는 저 형편없는 그림을 봐요!" 코닐리아가 길 건너를 가리키며 외쳤다. 라사로의 스튜디오 창문 안에 어젯밤에 스테드먼이 그린 그림이 있었다. 라사로의 서명이 되어 있었다.

스테드먼은 깜짝 놀랐다. 그 그림은 조금도 스테드먼의 그림 같지 않았다. 엽서 그림 같아 보이긴 했지만, 자기만의 지옥에서 부친 엽서 같았다.

그 그림 속의 인디언들, 오두막, 오두막 안에서 웅크린 노인, 산, 구름은 과장된 로맨스와 예쁘장함을 추구하지 않았다. 브뤼헐*의 그림 같은 스토리텔링 능력과 터너** 같은 붓질과 조르조네*** 같은 색깔로, 한 노인의 힘겨운 영혼을 웅변했다.

그것이 바로 스테드먼이 간밤에 잃어버린 귀중한 것이었다. 그가 이제껏 그렸던 그림 중 유일하게 훌륭한 그림이었다.

라사로가 흥분한 표정으로 길을 건너 스테드먼에게 오고 있었다.

실비아 라사로가 옆에서 계속 그를 말렸다. "난 당신이 이러는 건 처음 봐. 대체 왜 그래?"

"나 저 그림 갖고 싶어요." 라사로가 화가 난 듯 큰 목소리로 말했다. "얼마면 되겠어요?" 라사로는 스테드먼에게 으르렁거렸다. "지금은 돈이 한푼도 없지만, 돈이 생기면 드릴게요…… 뭐든지. 얼마면 될지 말씀하세요."

"당신 미쳤어? 저런 형편없는 그림을. 난 저거 집에 두기 싫어." 실비아가 말했다.

"입 다물어!" 라사로가 말했다.

실비아는 입을 다물었다.

"혹시…… 혹시라도 맞교환을 할 생각은 없소?" 스테드먼이 물었다.

코닐리아 스테드먼이 웃었다. "이 아름다운 그림을 저 엉터

---

* 네덜란드 풍속 · 풍경화가(1525~69).

** 영국 화가(1775~1851).

*** 이탈리아 화가(1477~1510).

리 그림이랑 바꾼다고?"

"조용히 해!" 스테드먼이 말했다. 이번만큼은 그간 행세해왔던 것만큼이나 실제로도 위엄이 있었다. 그는 라사로와 따뜻하게 악수를 했다. "좋아요."

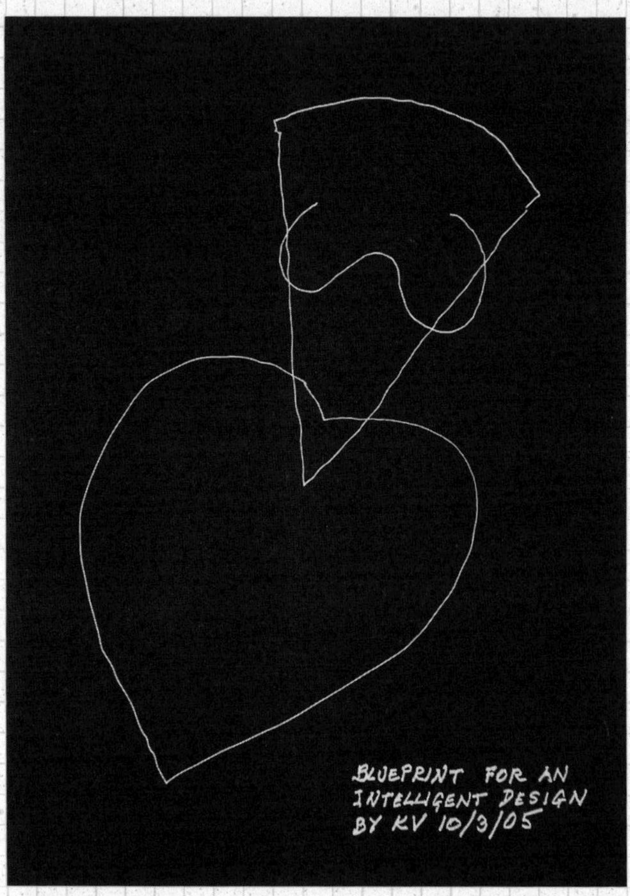
BLUEPRINT FOR AN
INTELLIGENT DESIGN
BY KV 10/3/05

커트 보니것 연보

1922년	미국 인디애나주 인디애나폴리스에서 독일계 이민자 커트 보니것 시니어와 이디스 보니것 사이의 3남매 중 막내로 태어남. 본명은 커트 보니것 주니어.
1940년	코넬 대학에 입학해 생화학을 공부함. 〈코넬 데일리 선〉 편집을 맡음.
1942년	재학중에 미 육군에 입대함. 카네기 공과대학과 테네시 대학에서 기계공학을 배움.
1943년	제2차세계대전에 징집되어 전쟁에 나감.
1944년	어머니 이디스가 자살함. 12월, 독일군에게 포로로 잡혀 드레스덴으로 끌려감.
1945년	드레스덴 폭격에서 운좋게 살아남았고, 폭격에 분노한 독일인 생존자들에게 구타당하기도 함. 이 경험은 이후 『제5도살장*Slaughterhouse-Five*』의 소재가 됨. 송환 후 소꿉친구인 제인 마리 콕스와 결혼함. 시카고 대학 대학원에서 인류학을 공부함.
1946년	시카고 대학에서 논문이 통과되지 않아 학위를 받지 못함.
1947년	아들 마크 출생. 뉴욕주 스케넥터디에서 제너럴 일렉트릭사의 홍보 담당자로 일함.
1949년	큰딸 이디스 출생.

1950년 첫 단편 「반하우스 효과에 대한 보고서*Report on the Barn-house Effect*」를 비롯, 단편 몇 편을 지면에 발표함.

1951년 제너럴 일렉트릭사를 그만두고 매사추세츠주로 이사함.

1952년 『자동 피아노*Player Piano*』 출간.

1954년 작은딸 나넷 출생. 고등학교 영어 교사, 광고기획사 카피라이터, 자동차 영업사원 등의 일을 전전함.

1957년 아버지 커트 보니것 시니어 사망.

1958년 매형이 열차 사고로 사망하고 그 직후 누나마저 병으로 죽자, 누나의 세 아이를 양자로 들임.

1959년 『타이탄의 미녀*The Sirens of Titan*』 출간.

1961년 『마더 나이트*Mother Night*』 『고양이 집의 카나리아*Canary in a Cathouse*』 출간.

1963년 『고양이 요람*Cat's Cradle*』 출간.

1965년 『신의 축복이 있기를, 로즈워터 씨*God Bless You, Mr. Rose-water*』 출간.

1967년 드레스덴을 방문함.

1968년 『몽키하우스에 어서 오세요*Welcome to the Monkey House*』 출간.

1969년 『제5도살장』 출간.

1970년 하버드 대학에서 문예창작 강의를 함. 희곡 〈생일 축하해, 완다 준*Happy Birthday, Wanda June*〉이 공연됨.

1971년 시카고 대학에서 『고양이 요람』을 논문으로 인정받아 뒤늦게 석사 학위를 받음. 제인과 별거하고 뉴욕으로 이사함. 이후 뉴욕에서 사진작가이자 아동소설가인 질 크레멘츠를 만남.

1972년 미국 PEN 부회장에 선출됨. 『제5도살장』이 영화화되어 그해 칸 국제영화제 심사위원상, 이듬해 휴고상 드라마틱 프리젠테이션 부문 수상.

1973년 전미예술가협회 회원으로 선출됨. 뉴욕 시립대 영문학 석좌교수가 됨. 인디애나 대학에서 명예박사 학위를 받음. 『챔피언들의 아침식사*Breakfast of Champions*』 출간.

1974년 에세이, 여행기 등을 모은 『웜피터, 포마 그리고 그랜펄룬*Wampeters, Foma and Granfalloons*』 출간.

1976년 『슬랩스틱*Slapstick*』 출간. 이때부터 주니어를 빼고 커트 보니것이라는 이름으로 책을 출간함.

1979년 『제일버드*Jailbird*』 출간. 제인 마리 콕스와 정식으로 이혼하고 질과 결혼함.

1980년 그림책 『해 달 별*Sun Moon Star*』 출간.

1981년 연설문, 에세이 등을 모은 『종려주일*Palm Sunday*』 출간.

1982년 『데드아이 딕*Deadeye Dick*』 출간.

1984년 자살을 시도했으나 실패함.

1985년 『갈라파고스*Galápagos*』 출간.

1987년 『푸른 수염*Bluebeard*』 출간.

1990년 『호커스 포커스*Hocus Pocus*』 출간.

1991년 에세이 『죽음보다 나쁜 운명*Fates Worse Than Death*』 출간.

1996년 『마더 나이트』가 영화화됨. 영화에 커트 보니것 본인도 카메오로 등장함.

1997년 『타임퀘이크*Timequake*』 출간. 소설가로서 은퇴를 선언함.

1998년 『챔피언들의 아침식사』가 영화화됨.

1999년 미출간 단편들을 모은 단편집 『배곰보 코담뱃갑*Bagombo Snuff Box*』, 가상 인터뷰를 모은 『신의 축복이 있기를, 닥터 키보키언*God Bless You, Dr. Kevorkian*』 출간.

2000년 집에 화재가 나 병원 치료를 받음. 뉴욕주 작가로 지명됨.

2005년 에세이 『나라 없는 사람*A Man Without a Country*』 출간.

2007년 맨해튼 자택 계단에서 굴러떨어져 머리에 큰 상처를 입고 입원, 몇 주 후 사망함.

2008년 미발표 유고집 『아마겟돈을 회상하며*Armageddon in Retrospect*』 출간.

2009년 미발표 단편집 『카메라를 보세요*Look at the Birdie*』 출간.

2011년 미발표 단편집 『세상이 잠든 동안*While Mortals Sleep*』 출간.

2012년 미발표 유고집 『멍청이의 포트폴리오*Sucker's Portfolio*』 출간.

2013년 졸업식 연설문 모음 『그래, 이 맛에 사는 거지*If This Isn't Nice, What Is?*』 출간.

도판 목록

지은이 **커트 보니것**
미국 최고의 풍자가이자 소설가, 에세이스트. 1922년 11월 11일 인디애나폴리스에서 태어났고, 2007년 4월 11일 세상을 떠났다. 1952년 첫 장편『자동 피아노』를 출간한 후『신의 축복이 있기를, 로즈워터 씨』『마더 나이트』『제5도살장』『챔피언들의 아침식사』 등의 소설과 풍자적 산문집『신의 축복이 있기를, 닥터 키보키언』을 발표했다. 1997년『타임퀘이크』 발표 이후 소설가로서 은퇴를 선언했고, 회고록『나라 없는 사람』을 남겼다.

옮긴이 **이원열**
전문 번역가 겸 뮤지션. '헝거 게임' 시리즈,『슈트케이스 속의 소년』을 비롯한 '니나 보르' 시리즈,『책 사냥꾼의 죽음』을 비롯한 '클리프 제인웨이' 시리즈, '스콧 필그림' 시리즈와『그 남자의 고양이』『요리사가 너무 많다』 등의 책을 옮겼다. 로큰롤 밴드 '원 트릭 포니스(One Trick Ponies)'의 리드싱어 겸 송라이터로 활동하고 있다.

문학동네 세계문학
세상이 잠든 동안

1판 1쇄 2018년 3월 14일 | 1판 3쇄 2018년 4월 25일

지은이 커트 보니것 | 옮긴이 이원열 | 펴낸이 염현숙
책임편집 정혜림 | 편집 홍유진 고선향 이현정 | 모니터링 이희연
디자인 김마리 이원경 | 저작권 한문숙 김지영
마케팅 정민호 정진아 함유지 김혜연 강하린 | 홍보 김희숙 김상만 이천희
제작 강신은 김동욱 임현식 | 제작처 한영문화사(인쇄) 경일제책사(제본)

펴낸곳 (주)문학동네
출판등록 1993년 10월 22일 제406-2003-000045호
주소 10881 경기도 파주시 회동길 210
전자우편 editor@munhak.com | 대표전화 031) 955-8888 | 팩스 031) 955-8855
문의전화 031) 955-3576(마케팅) 031) 955-8861(편집)
문학동네카페 http://cafe.naver.com/mhdn | 트위터 @munhakdongne

ISBN 978-89-546-5029-8 03840

www.munhak.com

“세상에서 가장 웃기고 시니컬한 유머 작가” 커트 보니것

Kurt Vonnegut Jr.

나라 없는 사람 **김한영** 옮김

블랙유머의 대가이자 마크 트웨인을 계승하는 우리 시대의 위대한 유머리스트 커트 보니것, 그가 남긴 마지막 작품. 특유의 유쾌한 입담과 날카로운 필치, 진심이 담긴 회고록으로 인생과 예술, 성과 정치, 현대 미국의 정신을 그려낸다.

마더 나이트 **김한영** 옮김

시종일관 팡팡 터지는 보니것 특유의 풍자와 블랙유머 폭탄! 2차대전 당시 나치의 라디오 선전원으로 가장한 미합중국 첩보원 하워드 W. 캠벨 2세의 고백록 형식으로 쓰인 소설로 전쟁이 빚어낸 인간의 위선과 오만, 야만과 광기를 유쾌하게 파헤친다.

신의 축복이 있기를, 로즈워터 씨 **김한영** 옮김

국내에 처음 번역 소개된 커트 보니것 소설! 모든 것이 자동화된 시대, 인간의 노동이 하찮아진 시대, 돈이 곧 권력인 시대에 인간의 고귀함을 탐구하고자 나선 주정뱅이 백만장자 로즈워터의 유쾌한 모험담.